不可能犯罪诊断书

4

[美]爱德华·霍克　著
黄延峰　译

Edward D. Hoch

CNS PUBLISHING & MEDIA
湖南文艺出版社
HUNAN LITERATURE AND ART PUBLISHING HOUSE
博集天卷
CS-BOOKY

著作权合同登记号：图字18-2022-126

图书在版编目（CIP）数据

不可能犯罪诊断书 . 4 /（美）爱德华·霍克著；黄延峰译 . -- 长沙：湖南文艺出版社，2023.4
书名原文：Nothing Is Impossible
ISBN 978-7-5726-1094-3

Ⅰ . ①不… Ⅱ . ①爱… ②黄… Ⅲ . ①推理小说－小说集－美国－现代 Ⅳ . ① I712.45

中国国家版本馆 CIP 数据核字（2023）第 046958 号

上架建议：畅销 · 外国文学

BU KENENG FANZUI ZHENDUANSHU.4
不可能犯罪诊断书.4

著　　者：［美］爱德华·霍克
译　　者：黄延峰
出 版 人：陈新文
责任编辑：匡杨乐
监　　制：于向勇
策划编辑：布　狄
特约编辑：王成成　罗　钦
版权支持：王媛媛
营销编辑：时宇飞　黄璐璐
封面设计：潘雪琴
版式设计：利　锐
出　　版：湖南文艺出版社
（长沙市雨花区东二环一段 508 号　邮编：410014）
网　　址：www.hnwy.net
印　　刷：三河市天润建兴印务有限公司
经　　销：新华书店
开　　本：680 mm × 955 mm　1/16
字　　数：222 千字
印　　张：16.5
版　　次：2023 年 4 月第 1 版
印　　次：2023 年 4 月第 1 次印刷
书　　号：ISBN 978-7-5726-1094-3
定　　价：59.80 元

若有质量问题，请致电质量监督电话：010-59096394
团购电话：010-59320018

导读

二〇〇六年五月的某一天，我联系爱德华·霍克先生询问翻译授权事宜。那时，他的作品尚未被系统性地引进中国，国内知道这位推理小说大师的读者寥寥无几。在回信中，他表示这是他第一次收到来自中国读者的邮件，非常开心，并且答应了我的请求。十六年过去了，这位世界短篇推理小说之王笔下的角色终于再次来到中国读者的案头。

生平

霍克全名为爱德华·丹廷格·霍克，一九三〇年二月二十二日出生在纽约罗切斯特市，父亲埃尔·G. 霍克是银行的副行长，母亲爱丽丝·丹廷格·霍克是家庭主妇。霍克从小喜欢阅读推理小说，他阅读的第一本推理小说是埃勒里·奎因的《中国橘子之谜》，虽然霍克自己也认为这并非奎因最好的作品，但这并不妨碍他喜爱上这种独特的类型文学。霍克在高中时就开始尝试撰写推理小说，这个习惯一直延续到他就读罗切斯特大学的两年时光。

一九四九年开始，他在罗切斯特公共图书馆担任研究员，同时还加入了美国推理作家协会分会，不时去纽约参加聚会。次年年底，他应征加入美国陆军，并被分派至纽约服役。这无疑给他参加美国推理作家协会的活动制造了便利，这两年他和许多当时响当当的人物成了朋友，其中就包括弗雷德里克·丹奈（埃勒里·奎因的缔造者之一）、密室之王约翰·狄克森·卡尔、悬念大师康奈尔·伍尔里奇、美国推理作家协会首位女性主席海伦·麦克洛伊，以及魔术师作家克莱顿·劳森等人。也是在此期间，霍克与名编辑汉斯·斯特凡·山特森建立了良好的关系，这为霍克今后的专职创作之路埋下了伏笔。

退伍后，霍克先是在纽约的口袋图书公司找了一份核算货物账目的工作。一年后，周薪仅涨了三美元，他便于一九五四年一月回到罗切斯特，并在哈钦斯广告公司找了一份版权和公共关系管理的工作。这些工作经历，比较明显地投射在霍克塑造的第一个侦探——“西蒙·亚克”系列的故事叙述者“我”的身上。

一九五五年九月二十六日，霍克的短篇《死人村》在《名侦探》杂志上发表，这是他第一次正式发表推理故事，灵感源于一九五三年夏天他和女友的一次约会经历，正是这个故事里的西蒙·亚克此后成了霍克笔下最重要也最“长命”的侦探。

一九五六至一九六七年间，霍克发表了二十二篇小说。一九六八年，他的《长方形房间》获得美国推理作家协会颁发的埃德加·爱伦·坡奖，同时他还获得了一份长篇小说合同，并于第二年完成了《粉碎的大乌鸦》。由此，霍克决定转向全职写作。一九七三年起，霍克作品开始在主流推理杂志如《埃勒里·奎因推理》和《阿尔弗雷德·希区柯克推理》上发表。

此后三十多年间，霍克笔耕不辍，为世界留下了近千篇短篇推理故事。二〇〇一年，他获得美国推理作家协会终身成就奖，这是该领域的最高荣誉之一。

系列

在不同的系列故事中，霍克塑造了众多侦探形象，其中最具代表性和知名度的是以下七人。令人惊叹的是，他们的职业竟然全都不同。

西蒙·亚克：具体年龄不详，活了两千年以上，是纪元初期埃及的基督教教士，在世上的主要任务是寻找并消灭魔鬼。“西蒙·亚克”系列多与玄学、撒旦、巫术或各种匪夷所思的事件有关，不过到故事终了时，案件都会以合乎逻辑的方式得到解决，共计六十二篇，最后一篇为二〇〇九年一月号《埃勒里·奎因推理》刊载的《圣诞节鸡蛋》。

萨姆·霍桑：新英格兰诺斯蒙特镇的执业医生，专攻密室以及不可能犯罪，首次登场是在一九七四年十二月号《埃勒里·奎因推理》刊载的《廊桥谜案》中。“萨姆·霍桑医生”系列故事背景设定在二十世纪二十至四十年代，共计七十二篇，最后一篇为二〇〇八年五月号《埃勒里·奎因推理》刊载的《秘密病人之谜》。

尼克·维尔维特：专业窃贼，只偷各种奇怪的东西，比如用过的袋泡茶、褪色的国旗、玩具老鼠，甚至一个空房间的灰尘，首次出场是在一九六六年的《偷窃云虎》中。“尼克·维尔维特”系列共计八十七篇，最后一篇为二〇〇七年九月号《埃勒里·奎因推理》刊载的《偷窃被放逐的鸵鸟》。

本·斯诺：西部快枪手侦探，因为人物设定的关系，读者经常可以在书中看到枪战描写，初次登场是在一九六一年《圣徒》杂志刊载的《箭谷》中。“本·斯诺”系列背景设定在一八八〇至一九一〇年间，共计四十四篇，最后一篇为二〇〇八年七月号《埃勒里·奎因推理》刊载的《辛女士的黄金》。

杰弗瑞·兰德：杰弗瑞·兰德是一位密码专家，退休前是英国秘密通信局的特工，初次登场是在一九六五年五月号《埃勒里·奎因推理》刊载的《无所事事的间谍》中。“杰弗瑞·兰德”系列洋溢着异域风情，共计八十五篇（含合著一篇），案件多与密码或谍报有关，最后一篇为二〇〇八年十二月号《埃勒里·奎因推理》刊载的《亚历山大方案》。

麦克·瓦拉多：罗马尼亚一个吉卜赛部落的国王，口头禅是“我只不过是个贫穷的农民”。一九八四年，霍克受比尔·普洛奇尼（二〇〇八年美国推理作家协会大师奖得主，塑造了著名的私家侦探“无名”）之邀，为《民俗侦探》杂志撰稿，发表了瓦拉多的登场作《吉卜赛人的好运》。“麦克·瓦拉多”系列共计三十篇，最后一篇为二〇〇七年十二月号《埃勒里·奎因推理》刊载的《吉卜赛黄金》。

利奥波德：康涅狄格州某市警察局重案科队长，霍克短篇系列小说中登场次数最多的主角，初次登场是在一九五七年三月号《犯罪与公正推理》刊载的《嫉妒的爱人》中。“利奥波德”系列的早期作品大多具有刑侦小说特征，后期则趣味性增强，不可能犯罪数量上升，共计九十一篇，最后一篇为二〇〇七年六月号《埃勒里·奎因推理》刊载的《卧底利奥波德》。

创作

霍克一生共创作了九百多个推理故事，平均两周完成一个，就算称之为“故事制造机”恐怕也不为过。尽管如此，霍克的作品却令人惊叹地保持了一贯的高水准，每个故事在满足充分意外性的同时，都具有鲜活的地域或时代特色。从独立战争时期的美国，到改革开放后的中国，您都能发现霍克笔下的侦探们活跃的身影。

他是怎么做到这一切的？

霍克是一位求知欲强烈，同时保持着童心的作家。朋友们说，从他的眼神中能看到他对世界的好奇。霍克每天都会在固定的时间阅读报刊或网络新闻（当然是在电脑普及之后），这让他积累了丰富的素材，创作时可以信手拈来。

一次，他在《纽约时报》上看到一则报道，说现在有年轻人通过帮货运公司运货，可以享受超低折扣的机票。于是，斯坦顿和艾夫斯的侦探组合便诞生了。两人是情侣，从普林斯顿大学毕业后想去欧洲旅行，但又负担不起高昂的机票费用，恰在此时，免费机票这样的好事出现了，代价就是要在他们的行李中加入委托人的一件货物。

除了新闻，霍克还有阅读旅行指南的习惯，他尤其偏爱那些配有生动插图的画册。虽然他一辈子都没学会开车，也很少出远门旅行，但因为脑海中已经有了世界各地的画面，他笔下的角色行动起来便不再受到地域限制。从中东到南亚，再到远东，侦探们的足迹遍布全球。

值得一提的是，霍克从未来过中国，但他创作的角色至少来过两次。一九八九年，杰弗瑞·兰德在香港完成了一次冒险之旅，故事的名字是《间谍和风水师》。二〇〇七年，斯坦顿和艾夫斯千里跋涉，在

《中国蓝调》中前往黄河边的农村，故事刚一开场，两人便已身处北京首都国际机场了。

除了长期扎实的素材积累工作，霍克需要面对的另一个挑战是短篇小说创作本身的难度。创作十万字以上的长篇小说固然费时费力，但不少作家都有一个共识——优秀的短篇较长篇更难驾驭，原因就在于篇幅的限制。推理小说是欺骗的艺术，作者通过文字布下陷阱，令读者因为思维定式而忽略近在眼前的真相，从而在揭晓谜底时，产生最为强烈的冲击力。一个故事的字数越少，可供作者布置陷阱的空间就越少。

在长篇小说中，误导线索可以平均地塞进十几个不同的章节，这些“雷区”的密度被“安全”的文字大大稀释，即便是有经验的读者，在长时间的阅读后，也难免放松警惕，结果不知不觉着了作者的道。反观短篇小说，读者通常能够一口气读完，从头到尾都保持高度的警觉性，如果作者像在长篇小说中那样设置误导线索的数量，那么很容易就会被识破。您也许会问，把“红鲱鱼”的数量降低到长篇小说的十分之一不就行了吗？但新的问题随之而来：人的思维要被植入某个观念，其摄取的信息量不能太低，正所谓一个令人信服的谎言需要十个不同的谎言来圆。因此，短篇小说的核心挑战便在于用最少的笔墨，最大程度地操控读者的思路。短篇推理小说的字数没有统一标准，东西方差异明显，欧美作品的篇幅普遍短于日本和中国作品，霍克的短篇小说篇幅多为一万字上下，要想做到意料之外，情理之中，难度可想而知。在这一点上，霍克的作品将为您展示教科书级别的推理小说创作（误导）技巧。

灵感

既然霍克这么能写，为何只写短篇呢？据霍克本人说，这是因为他缺乏耐心。能用一万字就让读者感到惊奇，就没必要用两万字。笔者却认为，更深层的原因在于霍克无法抑制的创作灵感。挂历上的插画，偶然听到的广播，生活中的所见所闻都能随时刺激他开启一段新的故事。

从某种意义上说，创作短篇小说比长篇小说更依赖灵感。一个巧妙的点子，离开了复杂的人物关系和丰满的社会背景，就很容易导致故事后劲不足，可用于人物较少的短篇小说却刚刚好。

霍克的很多作品从开头到结尾，都保持着情节的高速推进，始终牢牢抓住读者的胃口。名作《漫长的下坠》，不仅入选了一九六八年的经典密室推理选集《密室读本》，还被改编为二十世纪七十年代美国热门电视剧《麦克米兰和妻子》中的一集。故事讲述了一起匪夷所思的坠楼案，一个男人从一栋摩天大楼的窗口跳了下去，可楼下的街道却人来车往，一切如常，正当人们以为发生了凭空蒸发的灵异事件时，跳楼男子却在四小时后“砰”的一声着陆身亡！

将这种贯穿全文的悬念发扬到极致的代表，是“尼克·维尔维特”系列，该系列标题格式统一，均为“偷窃××物品”，这些物品毫无经济价值，却有人花大价钱雇佣主角下手。读者光是看到标题，就已经好奇不已——这个小偷为什么要偷空房间的灰尘？他要怎么偷一支球队？

霍克本人曾告诉我，他总是先构思故事大纲，然后再思考符合大纲设定的解答，这也从侧面验证了他依靠灵感驱动的写作模式。他用自己的职业生涯证明了这一模式的高效与持久，可以说，霍克完全就是为短篇推理小说而生的。

《不可能犯罪诊断书》在美国结集出版时，霍克将献词留给了《埃勒里·奎因推理》的专栏书评撰稿人史蒂文·斯泰恩博克。据斯泰恩博克回忆，他第一次见霍克是一九九四年在西雅图的一间宾馆里。当时，霍克正站在一部扶手电梯上。这个画面长久地停留在他的记忆中，他对我说："相信我，如果你在他刚刚走上电梯的时候丢给他一个密室，他能在电梯到达下一层之前想出至少三个不同的诡计。"

读完这套书，您也会相信的。

吴非

二〇二二年于上海

DIAGNOSIS:
IMPOSSIBLE

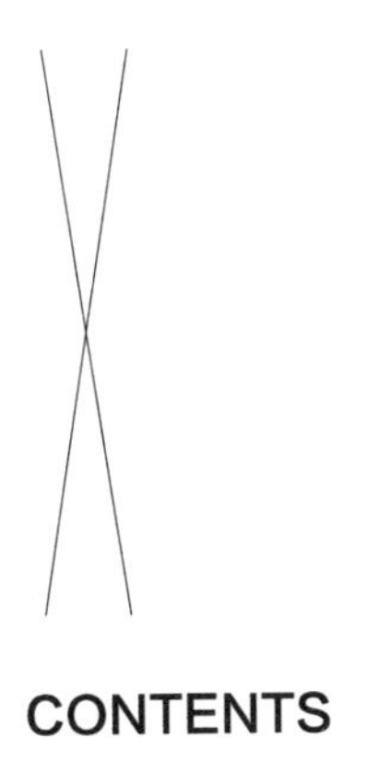

CONTENTS

目录

01 失踪的黑色跑车

“噢不，抢银行跟以前完全不一样了，”萨姆医生喝着白兰地说道，“现在，劫匪只需走到柜员面前，亮出一张字条，她就会递给他一袋钱，而这袋钱恰恰就是为了应对此种情况而预留在柜台里的。之后，劫匪便会大摇大摆地走出去，而自动相机则拍下他的照片，当天晚上，这照片就会登上当地的报纸。大多数情况下整个抢劫过程甚至都看不到枪。以前，我在诺斯蒙特当全科医生时可不是这样的。那时正是经济大萧条时期，银行劫匪横行一时，包括约翰·迪林杰、漂亮男孩弗洛伊德和娃娃脸纳尔逊，更不用说著名的雌雄大盗邦尼和克莱德了。那些人才懒得写字条，他们直接用猎枪和汤姆冲锋枪说话。”

转眼到了一九三五年春天，再过几周就是复活节了，那年的复活节是四月二十一日。自从我的护士阿普丽尔嫁给缅因州的一个度假旅馆的老板后，我就没了助手。那天是周一，我给她打了一个长途电话，把导致她的接替者突然离职的特殊事件告诉了她。或许，我暗自想过她若能回来再干一两周就好了，但我很清楚，那是绝对不可能的。还有不到三周，她就要结婚了，日子就定在复活节后那周的周六。

“听说你遇到了这样的麻烦，我感到很歉疚，萨姆。”她在电话里告诉我，“我希望我能帮上忙，但我正忙着安排婚礼……不过，我想，你还是会来参加婚礼的，是吗？”

“无论如何我也不会错过的，”我如实地告诉她，“我一定会去。”

“希望在那之前你能找到一个新护士。”她对我说。

诊所没有了护士，我不得不亲自处理很多日常琐事。其中之一便是与银行有关的业务，周一的邮件中有多张让人感到高兴的支票，看来一周前我寄出的月结账单有了反应，开始回钱了。我想立刻把它们存入银行，这样，我的诊所和公寓的租金就有了着落，支付新护士第一个月的工资也没什么问题了。当然了，我得先找到一个合适的人选才行。

我的诊所现在已经搬到了清教徒纪念医院的一栋翼楼，离镇子不远，原先我很喜欢迈着轻快的步伐走着去银行，因为诊所有人接电话，但现在情况不同了，这种奢侈的生活恐怕我是享受不了了，为此我只好开着车去镇上，把车停在农商银行对面的街旁。红色的奔驰现在成了我唯一的奢侈品。

“你好，医生。车跑得怎么样？”

我刚从车里出来，还没转过身，就听出了伦斯警长那特有的沙哑嗓音。我转过身和他打招呼。他最近长胖了一点，想必他妻子做的饭菜很对他的口味。在他向我走来时，我拍了拍他的腹部。“你得把它减下来，警长。对心脏不好。”

“我知道，医生。你找到新护士了吗？”

我摇了摇头。“昨天我在波士顿、哈特福和普罗维登斯的报纸上登了广告，但很难找到有医疗经验还愿意搬到诺斯蒙特这种地方的人。”

“你现在要去哪儿？”

“我要把几张支票存到……”

然而，我还没说完就被打断了，因为一辆黑色敞篷跑车呼啸而至，它从我们后面驶来，然后横穿街道，逆行开到另一侧的车道上，停在银行前面。我们看见两个人从银行里跑出来，他们穿着深色西装，戴着软呢帽，一身银行职员的打扮，脸上却蒙着白色手帕。打头的那个拿着一把锯短的猎枪，另一个一手抓枪，一手拎着一个钱袋。

“要了命了。”伦斯警长厉声说着，伸手去掏枪。

跑车司机挪到旁边的座位，让跑来的这两个人坐到驾驶座一侧，虽然是一闪而过，我还是看到开车来的那人长着一头金色长发。那个抓着钱袋的家伙发现了我们，看到警长手里拿着左轮手枪，便朝我们的方向胡乱开了一枪，虽然不是近距离射击，但足以让警长无法回射。当劫匪的汽车驶离路边时，伦斯警长的子弹疯狂地射了出去。“追他们，医生！这是抢银行！”他喊道。

我想都没想就开车去追，伦斯警长则站在脚踏板上，挂在车外。“我只看到牌照的一部分是8M5，其余的让泥糊住了！”他喊道。那辆敞篷车突然左转，看不见了。我及时追上，正好看到它在下一个拐角又向左转。“提速，萨姆，我要让他们尝尝我的子弹！”赶到路的拐角处，正要转弯时，一辆福特房车突然出现，朝我开过来。我猛踩刹车，差点儿就撞上了。“该死！”伦斯警长跳下车，举着枪开始跑着追。

那辆房车的司机是一个年轻女子，看到警长一声尖叫，显然是害怕那武器是冲她去的。我急忙过去安抚她。

“警长在抓几个银行劫匪。他们刚刚从你车边经过。”我指了指他们逃跑的方向。

“噢！”她双手捂到嘴上说，“我以为走这边会安全些的！”

伦斯警长满脸沮丧地回来了。“那帮家伙跑没影了，医生。他们一定又转了个弯，而这条街上没人可以追。来吧，我们最好回银行去。”

“很抱歉让你受了惊吓。”我对那位年轻女士说。

“你看清那车上的人了吗？”警长问她。

“只是瞥了一眼。我……”

“你最好跟我们走。我需要你做份证词。”

“跟你去哪儿？”

“跟我们去银行，”我解释道，“就在街角那里。”

有几个中心大街上的人看到劫匪跑了，冒险走近银行，但没人敢进大楼。“里面安静得可怕。”塞思·辛普金斯说，他是街对面裁缝店的老板，“你们认为他们都死了吗？”

“我们会搞清楚的。”伦斯警长推开前门，手里仍然握着他的左轮手枪。

我们首先看到的是银行经理布鲁斯特·卡特赖特，他四肢摊开，躺在地板上，身下一摊血。当时我想，果然跟外面的人议论的一样，他们都死了。

但卡特赖特是唯一的死者。另外四名银行职员被劫匪铐在一起，锁进了银行的里屋。

警长的钥匙与手铐不配，打不开，他只好去寻找钢锯，而我则检查他们的伤势。“告诉我发生了什么。”我问经理助理格林利夫。

“太可怕了。他们进来时脸上蒙着手帕，手上拿着枪。我立刻想到了迪林杰和报纸上登的所有银行抢劫案。我从没想过诺斯蒙特也会发生这种事。”

“卡特赖特是怎么回事？”

“拿着猎枪的那个人先从前门进来，大声说是抢劫。柜员都坐在各自的窗口后面，准备迎接中午来的顾客。卡特赖特先生坐在前面的桌子旁。他想悄悄摸到第一个枪手身后，但被刚进门的第二个枪手看到，第二个枪手开枪打死了他。在那之后，没有人反抗。我们以为他们会把我们都杀了。”

“他们抢了多少钱？”

“我不知道。他们给我们戴上手铐，把我们锁在里屋，然后去翻找钞票，并警告我们不许出声，否则就会射杀我们。”

柜员有三人，分别是马格尼森、琼斯和赖德，因为常来银行办理业务，我跟他们都认识。在那个年代，成为银行柜员是很少见的，但对刚毕业的小伙子来说，虽然报酬很低，这却是一份体面的工作。“来抢劫的这两个人是常客吗？你们能认出来吗？”我问他们。

马格尼森摇了摇头。他二十出头，长着一头鬈发。“他们脸上蒙着手帕，很难分辨。声音听起来很陌生。”

伦斯警长回来了，带着一把钢锯和一串钥匙。经过三次尝试，其中一把钥匙打开了手铐。银行职员们重获自由，他们揉着手腕，一脸的感激。“可怜的卡特赖特先生，”格林利夫低声说道，“他是个好人。他的人生应该有一个比这更好的结局。”

就在这时，枪击和抢劫的消息传到了卡特赖特家。布鲁斯特的妻子莉迪娅赶了过来，满脸泪水。去年冬天，我曾经为她治疗过流感，跟她丈夫相比，我更加了解她。“莉迪娅，”我截住她道，“我送你回家吧。”

“萨姆医生，我听说了这个消息，我必须来。我应该在这里陪着他。”

“你在这儿帮不上什么忙，莉迪娅。”

“萨姆，他对我来说就是一切，他不可能这么快就走了！”

“来吧，我开车送你回家。”

然而，我们刚到外面的人行道，还没来得及走到车旁，她弟弟便跑了过来。“莉迪娅，我刚听说！”汉克·福克斯又高又瘦，有点笨手笨脚，二十五岁，比他姐姐小十岁左右。几年前，他也在这家银行工作，但显然他觉得在很大程度上那是因为受到了姐姐和姐夫的关照，现在他受雇于诺斯蒙特第一家汽车经销商，它在离镇广场几个街区远的地方有一家店，而镇广场位于波士顿街。

“汉克，他已经去世了。”

福克斯看着我，想从我这里确认一下，我点了点头。“银行劫匪枪击了他，”我确认道，“一切发生得太快，他在死之前没有承受太多痛苦。”

“上帝！”他把姐姐搂在怀里，轻轻地领着她走了。

“你还需要我吗？”有个声音在我身后问道。我转过身来，看到了那个开福特房车的姑娘。

“很抱歉。”我表示歉意，“我想警长和我把你忘了。银行经理被劫匪杀了。”

“太可怕了。”她说。

我这才有机会打量一下她。我猜她当时接近三十岁，跟很多城市姑娘一样，留一头金褐色的短发。“事情太仓促了，我还没来得及问你的名字。”我说。

“玛丽·贝斯特。我开车去斯普林菲尔德，路过本镇。那儿有个工作机会等着我。”

“医生！”伦斯警长在银行门口喊道，“你能过来一下吗？”

“别走开。”我告诉玛丽·贝斯特，“你对那些人的描述可能非常有价值。”

“但我并没有看清楚……”

警长把我领到了尸体旁，说道：“你能做一下尸检记录吗？我们好把他弄出去。”

“当然可以。”我抬头看了一眼，确定他手下的警员正在做记录，说道，“死者名叫布鲁斯特·卡特赖特，诺斯蒙特农商银行的经理。死亡时间是……”我看了看表，“下午十二点八分，死亡原因是胸部靠近心脏位置的一处枪伤。从弹孔处的伤势判断，子弹从心脏或心脏附近穿过，然后从背部射出。瞬间死亡。”

伦斯警长朝我点了点头，他的眼睛充满泪水，他之前有时也会这样。接着他示意两名救护人员过来把尸体运走。我提醒他那个年轻女子还在外面等待。“你要向她问话吗？”我问他。

“是的，我必须得到她的名字和地址。抢劫银行属于联邦犯罪。天黑前我们会让联邦调查局的人过来，他们也会想和她谈谈。我已经打电话给州警，让他们设置路障。”

“司机可能是个女人。我看到了一缕金色的长发。”

“我也看到了，”玛丽证实道，并跟着我进入了银行里面，“但他们的脸我一个也没有看清。他们过去得太快了。”

“小姐，你应该在外面等待。”伦斯警长劝告道。在把尸体搬到担架上时，他试图挡住她的视线。

“没事的。”她说，“我是护士。”

“你是……？”我满脸惊讶，“我一直在登广告，我的诊所要招聘一位护士。”

她对我笑了笑：“我已经在斯普林菲尔德找到工作了。”

“请告诉我你在那儿的地址，怎么称呼你，小姐？”警长问。

“贝斯特。我还没找到住的地方，不过，可以通过斯普林菲尔德综合医院找到我。”她回过头来看我，“我猜你是个医生。刚才是你在宣布他的死亡。”

“请原谅我没有自我介绍。我是萨姆·霍桑医生。我在这里开了一家私人诊所，已经十三年了。”

“想必你还是个孩子的时候，就开始开诊所了。”

“差不多。”我笑了，她的称赞让我陶醉。

电话铃响了，经理助理格林利夫接了电话。“州警找你，警长。”他说着，把电话递了过去。

“伦斯警长。”警长说。然后，“什么？见鬼，他们一定躲到什么地方了！”

“没有他们的踪影？”等他挂断电话，我问道。

“无影无踪。我打电话后几分钟内，他们就在四个十字路口设了岗，没有一辆符合我描述的车通过。”

“这只能说明他们还在镇上。镇上有很多偏僻的小路和农民的畜棚，他们可能躲在那些地方。”

“这也意味着我们已经把他们困住了。”伦斯警长说，微笑中透露出坚定，“抓住他们只是早晚的事。”

联邦调查局在我们这块地方设有办公室，负责人是克林特·沃林探员。他又高又瘦，和我年龄相仿，穿着西装，戴着一顶灰色软呢帽，在诺斯蒙特这样的小镇上很显眼。他大约在下午三点左右到达，径直开车去了银行，当时伦斯警长刚刚结束调查。我去医院看一个病人，但回来时正巧见到了沃林探员。“这里出了什么事？”握手后，他问道，“银行抢劫和谋杀？”

他盯着地板上的血迹。“当然，你们发出了警报。”

“州警几分钟内就封锁了道路，但没有发现那辆车的迹象。他们要么设法溜走了，要么还躲在镇上某个地方。”

“他们没留下什么物证？”沃林问，掏出一个烟斗，开始装烟。

“只有柜台上那些手铐。”

这位探员一边研究，一边咕哝道：“警察用的那种，几乎在任何地方都能买到。”

“我的一把钥匙打开了它们。”警长告诉他。

“让我们去里屋看看。”沃林跟着伦斯警长进了那间库房，我跟在后面。房间的后门是金属的，顶部和底部都用插销闩住了。沃林问警长此门通往哪里。

“枫树街。银行后门通向枫树街。”

“所以啊，他们本可以从这条路逃走的。”

“柜员逃不了。他们被铐在一起，其中一个人被铐在了桌子腿上。劫匪从前门离开，有一辆车在那里等着接应。在他们往外跑的时候，医生和我看见那辆车开了过来。”

沃林深深地吸了一口烟斗。“他们抢走了多少钱？”

“会计主管说差不多有四万美元。”

“这帮家伙就忙活了几分钟，收获可真不小。”沃林边说边做了点笔记，“明天早上另一位探员会和我一起调查。通常我们是团队合作。

我想找银行职员和其他目击者了解了解情况。”

“你可以从我们开始。”我建议道，“警长和我都看见他们逃走了。”我把前后经过讲了一遍。

“那另一辆车里的女士呢？”

“她一直在街对面的午餐柜台等着，”警长告诉他，“银行职员也在那里。医生，麻烦你去喊他们过来，好吗？”

银行职员围坐在一张桌子旁，正跟裁缝辛普金斯谈论抢劫和谋杀的事。只要有惊险刺激的事情发生，老塞思就不再担心自己的生意，不用看我就知道他的店门口现在肯定挂着一个“外出午餐”的牌子。“联邦调查局的人在那边，”我通知他们，“他想见诸位。”

我们一行人穿过大街，向对面走去，塞思跟在后面。当玛丽·贝斯特和银行职员被介绍给克林特·沃林时，辛普金斯插话道：“我是抢劫案发生后第一个到达现场的人。我从我的裁缝店里看到了整个过程。伦斯警长和霍桑医生去追他们后，我穿过马路，但不敢进银行。我还以为他们都死了呢。”

沃林回头看了看伦斯警长，说：“他们总共开了多少枪？”

“卡特赖特先生被一颗子弹击中身亡。”格林利夫插话道，“那是他们在银行里开的唯一一枪。我们被关起来后，听到街上传来更多的枪声。”

“拿枪的那家伙向我开枪，我还击了。”伦斯警长解释说，“我们谁也没打中谁。我还没来得及再开枪，这个姑娘就冲到了我们前面。”

沃林把烟斗放进烟灰缸，然后再次转移了注意力。“贝斯特小姐？”

“我是要开车去斯普林菲尔德应聘护士。我绕道这边，想看看乡村风光。不知为何，当我驶上那条小街，也就是枫树街，并接近十字路口时，那辆黑色敞篷跑车呼啸着拐过来，前座坐着三个人。它朝我这边的街道冲过来，然后又突然转向离开了。”

“你能描述一下其中的某个人吗？”

“描述不了。我甚至不记得他们是否戴着面具。他们可能戴着吧。其中一个留着金色长发，可能是个女人。”

“是司机？”

“不，不是司机，是坐在司机右手边的那个人。”

“没错，”我说，“他或者她从驾驶座挪到了那边，好让另外两个人上车。拿枪的那家伙最后上车，他开的车。”

沃林不耐烦地点点头。“我想清楚地知道银行里到底发生了什么。你们谁能扮演一下死者，告诉我他当时站在哪里？我还需要两个人装劫匪。”

经理助理格林利夫走上前来。“我看到了整个过程。赖德，你当第一个劫匪，假装端着猎枪走进来。”

尽管感到尴尬，这位年轻柜员还是听从了指示。会计主管马格尼森被挑出来扮演经理，他走出办公室，绕到第一个劫匪的后面，似乎想要将其制伏。然后，格林利夫扮演第二个银行劫匪，从门口走进来，跟演哑剧一样从背后向经理开枪。

这位联邦调查局探员让他们又经历了一次被关的过程，戴上手铐，锁进里屋。“这么长时间里就没有其他顾客进来吗？”他问道。

“我们的高峰期在中午。”会计主管解释说，“当时大约是十二点差十分，但拿着猎枪的那个人一直把着门。”

“时间是对的。”我确认道，“当我们回到这里，我宣布卡特赖特死了的时候，已经是十二点八分了。而且当时我们已经回来几分钟了。抢劫必定发生在十二点差十分到差一刻之间。”

“钱是从哪里拿出来的？”沃林问经理助理。

“现金抽屉都没有上锁，这个小保险箱里的抽屉也拉开着。如果他们只拿了这些，那就是四万美元。当然，我们还得进一步检查，看看有没有丢失其他东西。”

“听起来像是中西部的一个银行抢劫团伙，对吧？”伦斯警长问那位联邦调查局探员。

“他们现在大多数都死了。”克林特·沃林指出，“就在去年，一群民防团员在路易斯安那州打死了邦尼和克莱德，联邦调查局探员在芝加哥一家剧院外击毙了迪林杰……”

“有人说那根本不是迪林杰。”塞思·辛普金斯插话道。

沃林没有理会他。“去年秋天，我们抓到了漂亮男孩弗洛伊德和娃娃脸纳尔逊。在我们看来，这差不多就是顶级银行劫匪的末日了。”

“总会有人想要模仿他们。”我说道。

沃林点了点头。“看来他们知道中午之前银行可能没有顾客。格林利夫先生，你注意到最近有什么陌生人在附近转悠吗？”

“没注意到。”

“昨天有个人进来，拿着一张五十美元的钞票要换零钱。”赖德主动说，“我不记得以前见过他。”

“有没有可能他是今天的其中一个劫匪？”

柜员害怕地看着那位联邦调查局探员。“可能吧，我想。”

“你还需要我吗？”玛丽·贝斯特问道，“我真的要去斯普林菲尔德了。”

沃林盯着她看了一会儿，然后说：“我希望你能在这里多待一会儿，小姐。”

“为什么？”

“你可能是一个重要证人。”

“可是我什么也没看见！”

我感觉到她越来越生气。“我们出去吧。”我建议道。

来到银行外面，她说：“他怀疑我，对吗？”

“怀疑什么？”

“怀疑我跟银行劫匪是一伙的。他认为我等在那个十字路口是为了阻止任何追击的车辆。我不就是这样才影响到你和警长的吗？”

“哦，我不清楚。”我没想过这种可能，但不确定克林特·沃林会不会这样想。

一辆别致的黄色敞篷车停了下来，我认出开车的是汉克·福克斯——莉迪娅·卡特赖特的弟弟。“莉迪娅怎么样了？”我问他，他却注视着银行，没有把车熄火。

“不算好，”他说，“我现在要去布鲁斯特家安排葬礼。家人在陪着她。”

我想起玛丽在我身边。“这是玛丽·贝斯特，目击者之一。汉克的姐姐是那个被害人的妻子。”

“看到发生这样的事情，我很难过。”她告诉汉克。

“你姐夫有没有说起过有陌生人在银行附近转悠？”我问汉克。

“据我所知，没有。咱们悄悄地说，医生，他们有可能不是陌生人。”

“你什么意思？”

跟人说话时，汉克·福克斯总是一副自己无所不知的样子，对此我并不喜欢。他以这种态度继续说道：“你肯定知道银行家是如何树敌的。我看到了裁缝辛普金斯在附近晃悠。他在枫树街街角有一栋带车库的小房子，之前抵押给银行了，上个月，银行取消了他的抵押品赎回权。现在枫树街街角的房子空着，辛普金斯不得不和他的女儿住在一起，他一有机会就咒骂布鲁斯特。”

这个想法太奇怪了，我忍不住笑了。“如果你认为塞思·辛普金斯和银行劫匪是一伙的，你就得去检查一下你的脑子了，汉克。他是个裁缝，不是盗贼。”

“大萧条会把我们都逼成抢劫犯，医生。为了能在餐桌上吃上一顿像样的饭菜，我们什么事都干得出来。”

“你好像过得不错。”我拍了拍那辆黄色敞篷车的挡泥板，“又换了一辆新车？”

我这一问，似乎让他感觉不自在。“从经销商的停车场开出来的。”他嘟囔道，“开着它在镇上转一转，展示一下，算是很好的宣传。”

他开始往前开，然后停下，倒回来。“医生，如果你有空的话，开车去看看我姐姐吧。我想她可能需要某种药物镇定一下，帮助她睡个好觉。”

“我会去的。”我向他保证。

我们看着他开车离开，然后回到了银行里。伦斯警长刚刚又给州警察局打了一通电话。“还是没有那辆黑色跑车的踪影，”他告诉我们，“他们派了一个人过来，这个人带着一份报告正往这里赶。”

来的州警是马伦斯警官，我认识他，但不太熟。可能是有联邦调查局探员在场的缘故，这位面色红润的年轻人显得有些紧张。“我们把本县的道路全都检查过了。”他告诉警长，“没有发现那辆跑车的踪影。”

“就没有车通过你们的路障吗？”

“不是你描述的那种车。最接近的是一辆红色跑车，不过，车里是几个大学生。”

“那要是某种大型卡车呢，搬家用的厢式车？”我问。

警长面露喜色。“你认为他们把车开到了那里面？”

“值得考虑。”

马伦斯略带优越感地对我们笑了笑。“在还有禁酒令的时候，我们就已经了解这一招。在检查站，我们检查了所有过往卡车的内部。”

沃林不以为然。“还是会有很多地方可以藏车的。而且，在你们设置路障之前，他们可能就已经逃出去了。”

“对此我表示怀疑，先生。”马伦斯回答。

经过近四小时的问话后，格林利夫和柜员们越来越不耐烦了。“我们想回家见家人，现在可以走了吗？”格林利夫问。

沃林点了点头。“我想可以了。到底多少钱被抢了，你有更详细的数字吗？”

会计主管查完账本后抬起头来。“跟我们最初的估计非常接近，四万两千美元左右。”

“好吧。等明早我的搭档来了，我们需要你们每个人的证词。现在就到此为止吧。”

“明早银行能开门营业吗？”格林利夫问道。

“那要由你们的董事决定。我们不反对。”

我领着玛丽再次走出银行，朝我的车走去。“等一下，霍桑医生，我要去斯普林菲尔德，记得吗？”

“要是你能跟我一起去拜访卡特赖特太太就好了。她可能需要另一个女人的安慰。”

“我已经晚了好几个小时了！”

“那再晚一个小时又有什么关系呢。”我咧嘴一笑说道。

她疲惫地笑了笑，坐进我奔驰车的前座。“我不知道我为什么要这么做。”

“因为你心地善良，是个好护士。”

“我在斯普林菲尔德还有一份好工作。”

我就像银行劫匪那样绕着街区转了一圈，拐进了枫树街。除了裁缝的空房子之外，从这条街上看到的主要是面向中心大街的建筑的背面，中间隔着一片空地，本镇希望有一天能在此新建一所学校。我在下一个十字路口右转，沿着逃跑的银行劫匪一定会选择的路线走。接着我来到了波士顿街，没过多久就到了汉克·福克斯工作的汽车经销店。我扫视了一下停车场，寻找他开的那辆黄色敞篷车，但没有看到，也许他已经回他姐姐家去了。

“难道你们没看清逃跑车辆的车牌号？”玛丽问道。

“伦斯警长看到了前面是8M5，后面的恰好被一些泥巴糊住了。而且，那辆车很可能是偷来的。”

“听警长的口气，好像你以前帮过他似的。”

“有过几次。”我承认。

我把车停在布鲁斯特·卡特赖特生前住的白色大房子前。没有看到汉克·福克斯，莉迪亚·卡特赖特在门口迎接我们。她换了一身黑衣，戴着一条单串珍珠项链，眼睛哭肿了。“谢谢你的到来，萨姆医生。”

“不客气。我给你留点药粉，可以帮助你入睡。”

“太好了。”她盯着玛丽，像是在努力想认出这是谁。

“玛丽是护士，特意来帮我的。”我说。

“警察抓到凶手了吗？”

“还没有，不过是早晚的事。”我宽慰她道。

“不把他们关进监狱，我是不会安心的。他们可能还躲在这一带吧？”

“有这个可能。”我告诉她。我尽可能地安慰她，看得出来，玛丽的安抚对她也有帮助。

等我们最后离开时，已经快五点了。“你还有时间去斯普林菲尔德吗？”我问她。

“我可能已经失去斯普林菲尔德的那份工作了。镇上有我可以过夜的地方吗？有的话我就可以给他们打电话，让他们了解一下我的处境。”

我开车把她送到诺斯蒙特旅馆，那里不比其他地方差。然后，我去了伦斯警长的办公室。三五成群的人聚集在银行附近的街道上，忧心忡忡地低声讨论着当天的惨剧。有些人担心他们在银行的存款，有些人则猜测这起银行抢劫案是由没死的约翰·迪林杰策划的。

警长正为这件事感到郁闷。“真可恶，医生，那个联邦调查局的家伙几乎就是在说我没有本事。他说现在小镇银行抢劫案多，就是因为小镇的执法者无能。我能受他这气吗？”

“冷静，警长。等你破了这个案子，他就不会觉得你无能了。”

“那要怎么做？”

“我想到那辆黑色跑车可能藏在哪里了。这能解释它一直没有离开小镇的原因。”

“你在说什么，医生？”

“跟我来。不过，我想在旅馆停一下，接上那个护士玛丽·贝斯特。她迎面看到了那辆车，也许她能帮忙辨认。”

警长朝我咧嘴一笑。“你确定那不是去见她的借口吗，医生？我觉得你对她有点意思。”

“得了吧，你这个老流氓。”我说，“小心我就把你扔给联邦调查局的探员，让你受其摆布。”

玛丽上车后，我对她说：“这可能是案件侦查的高潮阶段了。我想你会想看一看，也许你还能帮我辨认一下那辆跑车。”

“你是说你已经找到那辆车了？”

“还不算是，但我想我知道它在哪里。”

“告诉我！”她那清澈的淡褐色眼睛转向我们，恳求道。

“过几分钟你就知道了。”我们三人挤进宽敞的前座，我把车开到镇广场附近。“在切斯特顿[①]的一个故事中，布朗神父问过这样一个问题：‘聪明人会把鹅卵石藏在哪里？’答案是在海滩上。布朗神父又问道：‘聪明人会把树叶藏在哪里？’这次的答案是在森林里。”

我们来到汽车经销商的停车场，只见汉克·福克斯出来迎接我们。“嘿，来了！有什么可以让我效劳的，萨姆医生、伦斯警长？”

“汉克，你把黑色跑车藏哪儿了？在二手车停放区？”

---

① 英国作家吉尔伯特·基思·切斯特顿。他热爱并致力于推理小说及其写作，布朗神父是他创造的最著名的角色。其小说以犯罪心理学的方式推理案情，而非跟福尔摩斯那般注重物证推理。——译者注

“嗯？”他目不转睛地看着我，一脸茫然。

“汉克，那辆逃跑的车是你开过去的，只不过你戴上了金色假发。你从这个停车场出发，抢劫完又把车开回这里，让你的同伙下车，然后车和其他车停在一起。也许你甚至在它的前挡风玻璃上写上了售价。”

“这也太离奇了吧，萨姆。你觉得我会置布鲁[1]于险境吗？”

“那车在这里吗，医生？”警长问。

我扫视了一圈停车场。我之前经过的时候看到过一辆，现在又看到它了，挤在后排车辆中间。那是一辆黑色敞篷车，跟银行劫匪用的是同款。“它在那儿。”我指了指。

“我去拿钥匙，向你证明它不可能是那辆劫匪用过的车。”福克斯坚持道。他跑进展示厅，不一会儿就回来了，手里拿着一串贴有标签的钥匙。他试图发动汽车，但引擎就是发动不起来。“看到了吗？没有汽油，我们让油箱空着，晚上有人想偷走它就难了。”

“你有足够的时间把汽油抽出来。”我反驳道。

玛丽转身绕到车前看了看车头。“你最好看看这个。”她对我说。

“看什么？”

“散热器格栅上贴着美国汽车协会的徽章。差点撞到我的那车的格栅上什么也没有。”

“你看到了吧？”福克斯得意地说。

坦白说，我当场就不再想破这个案子了。我独自回到自己的公寓，埋头阅读最新的医学杂志，设法忘记这一切。第二天早晨，我正在做早餐，门铃响了。我去开门，发现玛丽·贝斯特站在那里。

“我现在要走了，”她说，“顺便来跟你告别。我很高兴昨天见到你，要不是碰上这种事情就好了。”

“请进。我刚要喝咖啡。”

---

① 布鲁（Brew）是布鲁斯特（Brewster）的昵称。——译者注

我给她倒了一杯咖啡，她在我的书桌对面坐下。“我来还有一个原因。我觉得你昨天可能忽略了一些东西。我不能不告诉你就走。”

“那是什么？”

“嗯，你知道的……”

她谈了一会儿，言之有理。

“要证明这一点应该很容易。”我说，“车应该还在那里。”

“它还在那里。我看过了。”

“你看过了？”

“当然，我必须确定我是对的。”

“那赶紧走！”

我们顺路接上了伦斯警长，到达银行时，克林特·沃林及其同事正准备进去。格林利夫看到我们似乎很惊讶。“我们刚开始营业。”

“你们又得关门了。”我说，同时盯着那三个柜员。

“为什么？钱够用的。”

“但没有职员。探员沃林即将以银行抢劫和谋杀罪逮捕你们四个。”

克林特·沃林的嘴巴张得老大，柜员笼子里的琼斯想去拿枪，随后改变了主意。因为沃林的搭档已经拔出了枪，伦斯警长也掏出了武器。

“最好有人解释一下这到底是怎么回事。”沃林建议道。

“你想要这份荣誉吗？”我问玛丽。

“不，还是你说吧。”她说，“你理清了所有的细节。”

“昨天，玛丽注意到一个很简单的细节，但我完全忽视了。”我开始说，“当我检查布鲁斯特·卡特赖特的尸体时，我注意到子弹是从胸部靠近心脏的位置进入，然后从背后射出的。然而，当格林利夫和其他人重演枪杀那一幕时，他们让‘劫匪’从卡特赖特的背后开枪。他们在抢劫的描述上撒了谎。玛丽向我指出这一点后，我就开始想起其他的事情。当劫匪们跑出大楼时，我的第一印象是他们穿得像银行职员。那是因为他们就是银行职员。其中一人早些时候离开去取车，并戴上金色假发迷惑目击者。他把车停下，另外两个人也跳上了车。他们携带的并非真钱，钱早就从银行取出，并藏了起来。”

“但你在库房发现他们时他们是铐在一起的。”沃林提醒我，“他们是怎么到那儿去的？”

“玛丽向我指出，那伙人的车逆行停在银行对面的马路上，在第一个十字路口左转，然后又左转，就消失了。而那里是枫树街，正好在银行后面。通向枫树街的库房的门是闩着的。此时，第四名银行雇员就派上用场了，有可能就是眼前的这位格林利夫，他留在银行，临走前，他们把他锁在了库房里。如果此时有目击者马上跑进了银行，格林利夫可以隔着锁着的门跟他们说话，拖延营救时间，以便等待另外三人从后门返回，然后再闩上门，自己把自己和同伙铐在一起。当然，他在那里的目的就是打开门，放他们进来。”

“那辆车是怎么处理的？”沃林想知道。

“玛丽觉得车在转弯进入枫树街时突然转向，好像是朝她那一侧的街道开过去的。除了这些建筑的后墙，枫树街还有什么？塞思·辛普金斯的房子和车库，银行取消赎回权之前他住在那里，这意味着银行有那栋空房子的钥匙。那辆失踪的跑车进了那个车库，自从抢劫案发生后就一直停在那儿。”

“你确定？”探员问道。

“我晚上去看过。”玛丽告诉他，“透过窗户看的。”

这位联邦调查局的探员摇了摇头。“他们怎么能在光天化日之下耍这种把戏而不被人发现呢？”

“街对面只有空地，大部分是建筑物的背面。当然，玛丽的车停在街上，幸运的是，她当时一直待在拐角处。若是看到还有其他人，我想他们会绕几个街区再回来，或者让两个柜员下车，第三个柜员把车开到足够远的地方弃车而去。在这种情况下，格林利夫就可以声称失踪的柜员在抢劫时出去吃午饭了。”

“你们有谁想要谈一谈？”沃林问道。

最后是格林利夫打破了沉默。“我们有几笔账短了钱。”他平静地说，“卡特赖特限我们昨天把钱还回去，否则就给警长打电话。没有办法，我们杀了他，假装有人抢了银行。”

“你杀了他。”赖德说，“都是你的主意。”

我陪玛丽走向她的车，向她表示祝贺。“我们在这里既可以医治病人，又可以破解谜案，会成为一个出色的团队。我希望你能考虑一下。”

“这是我唯一一次尝试破解谜案。”她坐到车的方向盘后面，若有所思地看了我一眼，“好啦，我要去斯普林菲尔德了。”

“祝你好运，玛丽。”

她开车走了，我目送她离开。但还没等我离开，那辆房车掉头向我开了过来。

她从窗口探出头问道：“你说的这份工作薪水是多少？”

“就是这样，玛丽·贝斯特成了我的护士。”萨姆·霍桑医生最后说道，“随着她的到来，我的生活彻底不一样了。下次我给你讲讲清教徒纪念医院发生的离奇事件，那时你就知道怎么个不一样法了。”

02 胎记生死劫

萨姆医生手里端着玻璃酒杯，正等着他的客人到来。“你今天来得有点晚了。来，坐下，我给你倒点酒。我想给你讲讲清教徒纪念医院发生的那件事，当时玛丽·贝斯特当上我的新护士还不到一个月。那是一九三五年五月，诺斯蒙特的春天已经过去一半了……”

这是我第一次有机会带玛丽详细地参观清教徒纪念医院。我的诊所就在医院的翼楼，是从医院那里租下来的。最初，医院有八十张床位，但在发现不论是从规模还是从发展潜力来看对本镇都过大，医院董事会终于同意改造医院的翼楼，用于出租。这反倒让我十分方便，因为我可以在办公室等待出诊电话的间隙看一看来我诊所看诊的病人。我的大部分业务仍然是上门诊治，而且接下去十年仍将如此，这意味着我几乎每天都要开着我的红色奔驰去周围的农场主的家里。今天是周二，没有安排上门服务，在下一次诊所预约之前，我们有一小时的时间。现在似乎是最适合带玛丽参观清教徒纪念医院的时机。

护士阿普丽尔与我共事很长时间，但她结婚了，上个月搬到了缅因州。后来我找了一个替代者，但工作不顺利，短暂相处后我们就分开了。在那之后，我聘用了玛丽。她二十八九岁，一头短发，脸上挂着灿烂的笑容。在开车经过诺斯蒙特去斯普林菲尔德应聘护士时，她发现自己卷入了一起银行抢劫案。在她帮我破解这起特别棘手的谜案后，我请她留下来做我的护士。起初她是拒绝的，但在重新考虑后又改变了主意。到目前为止，我们都没有心生后悔之意。

“对一家小医院来说，这里设备够齐全的。”玛丽跟着我走进一间手术室时说，医院有两间这样的手术室。

“这个地方可以容纳八十张床位，当时他们认为需要两个手术室以及所有这些设备，但诺斯蒙特的发展速度没有他们预期的那么快。”

“这里谁负责？”

“有一个常务理事会，但主任医师是恩德怀斯医生。他最近才来纪念医院，到这儿才一年。一会儿我给你介绍。”

我们在恩德怀斯的办公室找到了他。他又矮又瘦，总是皱着眉头，在我看来，他似乎入错了行。我并不怎么喜欢他，当我把他介绍给玛丽时，我尽量不让自己的这种感情流露出来。“我正带她参观医院。”我解释说。

恩德怀斯敷衍地跟她打了个招呼，然后把注意力转向了我。“萨姆，如果你有几分钟时间，我想让你看看一位病人的症状，他是昨晚住进来的。我们需要第二诊疗意见。你的咨询费，该怎么收就怎么收。”

“很乐意帮忙。”我说，“一起去吧，玛丽。你会直观地看到纪念医院是如何运作的。”

恩德怀斯医生领着我们穿过走廊，同时向我们详细介绍这个病例。“病人名叫休·斯特里特。他从纽约赶来，为的是调研修复附近一些废弃农庄的可能性。”除干旱问题外，中西部一些地区受大萧条的影响十分严重，不过诺斯蒙特镇所受影响比较小，只是有一些农场主把他们的土地交给银行，全家跑到城里过新生活去了。

“诊断结果呢？”我问道。

“主要症状是胸骨以下挤压疼，据此可以判断是典型的心绞痛，我认为这个人患的是冠心病，很可能是动脉硬化。但情况有些特殊。他比较年轻，看起来身体状况很好。更重要的是，有些疼痛的位置似乎更低，在胃部。”

“给他拍过X光片吗？”

“当然，不过没看出什么来。如果你想看可以看看。”恩德怀斯转身走进一间病房，只见一个三十多岁的黑发男子正躺在床上休息。听到我们进来，他睁开眼睛，想要坐起来。“你休息你的。”恩德怀斯告诉他，“这是霍桑医生和他的护士贝斯特小姐。我想让他给你看一看。”

斯特里特小心翼翼地伸出手，仿佛害怕再次引起疼痛。他几乎算得上英俊了，但一双深陷的小眼睛让他的脸显得有些古怪，看这表情总让人觉得他是在算计别人。“很高兴见到你，医生。你知道我是什么毛病？”

“这正是我们来这里的目的。”我告诉他。

我迅速而彻底地给他做了检查。恩德怀斯把他们之前做的心电图递给我。心跳有点不规则，但并不异常。“胸还痛吗？”

“这会儿不痛了。”

“斯特里特先生，昨天晚上发病前你吃了什么？”

“木兰花餐馆的海鲜。我来自纽约，想找个合意的地方吃饭。”

木兰花餐馆有点名不副实，据我所知，那里的饭菜质量好的和质量差的差不多一样多，而且海鲜出问题的可能性最大。我做完检查，拍了拍他，让他安心。“在我看来，你的状态很好。”我用他右手边的水罐给他倒了一杯水，“今晚好好休息。”

来到外面的大厅后，恩德怀斯医生问道：“怎么样？”

“我看像是胃部不适，可能是食物中毒。我认为他的心脏完全没有受到影响。”

“这正是我怀疑的。我建议他再留院观察一晚，然后出院。”

“他是谁的病人？”

“他自己来的。吉姆·海耶特医生看到他，就让他住院了。你不能不做彻底的检查就把胸痛的人打发回家。”

我知道恩德怀斯和年轻的海耶特之间彼此厌恶，但我不希望卷入可能发生的任何纠纷。在我检查的时候，玛丽一直沉默不语，等恩德怀斯医生一离开，她就立即开口说起话来。“他看起来更像是商人，而不是医生。”她评论道。

“他既是医生，也是商人。”我同意道，“遗憾的是，我可能激化了他最近与海耶特医生的矛盾。”

“我见过海耶特医生吗？”

我朝她笑了笑。“如果见过，你会记得的。护士们都为他疯狂。”

“哦？”

“如果他昨晚上班，现在应该下班了。你以后肯定能遇见他。”我将玛丽带到护士站，把她介绍给安娜·菲茨杰拉德和凯瑟琳·罗杰斯，这两位护士接的是四点的班。安娜人到中年，有点愤世嫉俗。凯瑟琳才二十出头，刚从护校毕业，浑身散发着理想主义的气息。

“她们看起来都很好。”玛丽后来说，“凯瑟琳好年轻啊。”

我点了点头。“当有护士不记得世界大战的时候，我就知道我已经老了。”

“嗯，我几乎不记得了。”

“你也是？”我假装绝望地呻吟着，但我的心思还在休·斯特里特身上。“喂，你今晚愿意和我共进晚餐吗？”

她用她那双漂亮的蓝眼睛端详着我。“我认为你不是那种把公事和娱乐混为一谈的人。”

“这次可能全是公事，跟娱乐无关。”我告诉她，“我想查一下食物中毒来源有可能是什么。”

木兰花餐馆紧挨着诺斯蒙特镇，在通往希恩镇的路边。它就是那种路边餐饮店，禁酒令废止后，乡村公路两旁如雨后春笋般冒出了几家这样的店，木兰花餐馆就是其中之一。虽然它提供了少量娱乐，但其档次还没有高到可以称它为夜总会。七点刚过，我们就到了那里，停车场的一半已经停满了车。我认出了伦斯警长的车，想到他经常在周二晚上带妻子薇拉出去吃饭。

在去我们餐桌的路上，我们停下来和他们打招呼。“喜欢这份工作吗，玛丽？”警长笑着问，“还是你已经受够这家伙了？”

“我还蛮喜欢的，”她肯定地答道，“我认为诺斯蒙特今后会比斯普林菲尔德更令人兴奋。”

薇拉本来在吃沙拉，此时停下来说道：“我记得你没有带阿普丽尔出去吃过饭，萨姆。”

“这次是公事。”我向她保证，然后决定不再就此话题继续说下去，否则会搅黄他们的晚餐。

“真是个‘友好’的女人。”等我们在餐桌旁坐下后，玛丽说道。

“薇拉很好，”我说，“她以前是诺斯蒙特的邮政局局长，但现在退休了。”

饭吃到一半时，晚间的娱乐表演开始了。一个还算过得去的男歌手唱完后，一个活泼的年轻喜剧演员接着登台。他从一个手提箱里掏出一个腹语表演用的大头假人，介绍称他们是拉里·劳和露西，假人确实是女性，他替露西说话用的假声既有趣又逼真。但是，关于这个假人，有一件事让我感到不安。我们的桌子离又小又高的舞台很近，我可以看到假人的右耳下有一抹红色。它很像红漆或口红，但不管是什么，它让假人看起来像我认识的人。我想是医院里的某个人。

这种观察有点傻，我也懒得跟玛丽说起此事，我把注意力集中在我们光顾的原因上，我想知道木兰花餐馆所有食物中毒的可能性。玛丽点了鱼，我就选了牛排。这两道菜口感一般，但似乎也看不出受到污染的迹象。如果斯特里特因为吃了什么海鲜而中了招，那很可能是一个偶然的事件。

“那个喜剧演员过来了。”玛丽边吃甜点边说，指了指吧台旁边的拉里·劳。玛丽是那种性格外向的人，就像阿普丽尔一样。当拉里·劳走过我们的餐桌时，她说："我们喜欢你的表演，劳先生。"

"谢谢你。"他大约三十岁，在这一行干的时间可能不长，他需要这样的鼓励，听到别人的称赞他自然要驻足聊天。"你们经常来这里吗？"

"我是第一次来这里，"玛丽承认道，"我刚到诺斯蒙特。"

"看起来这是个不错的小镇。"他对我们微笑。他有一头黑色的鬈发，特意戴着一个与他的小脸形成反差的大领结。"我来这里快一个月了。我很快就会离开，除非他们延长我的表演时间。我在纽约的经纪人正跟一个电台节目商讨，想让我上那节目。你能想象一个腹语师在广播里表演腹语吗？这有意义吗？但他说一个叫埃德加·伯根的家伙已经上过几次节目，而且越来越受欢迎。"

"你用的假人很有趣，"我说，"你自己做的吗？"

"我设计的，一个朋友雕刻的。我一直很擅长模仿女声，所以我决定试一试。"

"你还住镇上吗？"

"那个歌手跟我住一屋。乡下唯一的麻烦和城市是一样的，我讨厌老鼠。这附近有很多老鼠吗？"

"据我所知没有。"我说，"露西脖子上的那一小块红漆有什么用？"

劳轻声地笑了。"一块胎记。说来话长。请原谅我，好吗？我得为十点的第二场演出做准备。"

吃完饭后，警长和薇拉向我们挥手告别。我正在等我们的账单，这时经理出现在麦克风前，宣布拉里·劳和露西将不会在第二场演出中出演。

"你觉得麻烦出在哪里？"玛丽问道。

我站了起来。"我最好去了解一下。"我按照账单留下了钱，并跟玛丽说好，过一会儿到车那里和她会合。

我不得不穿过厨房，才能到达那间兼作艺人化妆间的小储藏室。拉里·劳坐在一个打开的行李箱旁边，行李箱里放着他的棕发假人露西。“发生什么事了？”我问，“你为什么不能继续表演？”

“我回来时发现它就像这样放在行李箱里。我要报警了。谁会对一个假人做这种事？”

旁边的地板上躺着一把锤子，有人用它敲碎了露西木头脑袋的一侧。

第二天早晨，当我到诊所时，玛丽已经坐在她的办公桌前了。“恩德怀斯医生想尽快见你。”她告诉我。

“他开始把我当他的员工了。”我叹了口气说。

“你对昨晚发生的事有什么新想法吗？”

“我不知道。我想可能是观众中有人对其中的一个笑话感到不快，尽管在我看来这些笑话没什么恶意。你永远不知道什么话会激怒别人。”

玛丽看了一眼我的预约时间表。“你告诉过弗雷德里克斯太太说你今天上午要去看她的儿子。”

我点了点头，说：“那症状听上去像是普通的水痘，恩德怀斯那里的事一结束，我就开车过去。”

主任在他的办公室里，一副心烦意乱的样子。“你听说昨晚发生的事了吗，萨姆？”

“我没听说。”

“我们不想声张。十点钟左右，有人潜入休·斯特里特的房间，想要杀了他。”

“什么？”

恩德怀斯医生点点头。“我也不敢相信。事情发生时他正在睡觉。有人把枕头捂在他的脸上，想把他闷死。”

我瘫倒在椅子上。“你最好把事情的来龙去脉告诉我。”

“斯特里特晚上无法入眠。经海耶特医生的允许，当时正在值班的凯瑟琳·罗杰斯给这位病人服用了一种温和的安眠药。看着斯特里特吃了药马上就睡着了，凯瑟琳返回护士站。这一切发生在九点左右。凯瑟琳说，在接下来的一小时里，她都在忙着照顾其他病人，哄他们睡觉，发药和监督吃药，等等。”

“安娜·菲茨杰拉德不是也在值班吗？我今天早些时候看到她们俩了，当时刚换班。”

“安娜进进出出。其中一个病人需要拍X光片，但没有其他人带他去放射科。”

“继续说。”我催促道。

“大约十点钟的时候，凯萨琳回到护士站，听到斯特里特的房间哐啷一声巨响。水罐被打翻了，掉在地上。她跑进去，发现一个枕头压在斯特里特的脸上，上面还有手压下去的痕迹，但房间里没有其他人。”

“也许他睡觉时翻了个身，把脑袋钻到枕头底下了。”

恩德怀斯医生摇了摇头，说：“病床上原本有两个枕头，斯特里特让凯瑟琳拿走一个，这是他让凯瑟琳拿走的那个枕头。凯瑟琳把它放在房间对面的椅子上。正如我说的，他的脸上有被压过的痕迹。”

“斯特里特记得什么吗？”

“只有喘不上气来的感觉。尽管安眠药效还在起作用，窒息感还是把他唤醒了，他记得自己胡乱挥动手臂，撞倒了水罐。水罐破碎的声音救了他的命。”

“但是这个想要杀人的人怎么能在不被凯瑟琳看到的情况下离开房间呢？”

“我们还没有弄清楚。”他犹豫了一会儿，又说：“萨姆，我知道你在这方面很有经验。”

“你通知伦斯警长了吗？”

“我们不想那样做。斯特里特今天早上似乎没什么事，他倾向于认为那只是他做的一个噩梦。”

“我想和两位护士谈谈。”

“当然。她们今天还上四点到半夜的班，但我让凯瑟琳早点来帮忙调查。她应该午饭后就到。”

“但我不保证会发现你们尚不知情的线索。”我告诉他。

下午一点，我发现凯瑟琳·罗杰斯在医院的自助餐厅吃完了午饭。我给自己点了一杯咖啡，坐到她的对面。“今天好吗，萨姆医生？”她跟我打招呼。

“挺好，凯萨琳。恩德怀斯医生让我调查你的一个病人昨晚发生的事。”

“休·斯特里特？”

“是的。你说有人想杀他。”

“我很确定。”

“怎么可能有人在你不知道的情况下进入他的房间？”

她端庄健美，身材高大，虽然年轻，却拥有一个好护士所必需的那种敬业精神。她说话的精确方式令人难以置信。“你知道那里的布局，医生。病人的房间在护士站的走廊尽头。从我的办公桌看不见门。访客必须从我身边经过，但我经常离开或忙于其他事情，看不到他们去哪里。走廊尽头还有一个消防出口，始终不能上锁。任何人都可能从那里进出。”

“可是听到玻璃碎了，你立刻就向走廊尽头走去了？”

“是的。斯特里特先生独自一人。浴室的门开着。我没看见有人离开房间。正如我所说的，任何人都可能从消防出口进出，但我没有看到人。”

“这你怎么解释？”

她耸耸肩，说：“我解释不了。我只知道枕头上有指痕，它曾压在斯特里特先生的脸上。”

“安娜·菲茨杰拉德呢？她看见什么了吗？”

“没有，我……”她犹豫了一下，第一次显得很不自在，“事情发生后我就没见过她。”

“根本没见过她？”

“萨姆医生，她是我的上司。我不想给她找麻烦。”

“你最好把知道的都告诉我。”我温和地对她说。

“嗯，过去几周里，她有几晚没到下班的点就提前走了。如果病房没什么事，她会在十点半或十一点左右离开，我替她打掩护。我想她可能是去见什么人了。”

“她昨天晚上也是这样？”

“十点钟以后，在斯特里特先生有了麻烦以后，我就没见过她。”

“她有没有告诉你她要提前离开？”

“没有，很奇怪。”

“我得把这件事告诉恩德怀斯医生。”

她看上去不高兴，但并没有争辩。

“还有一件事，凯瑟琳。跟我说说枕头。我知道它不在床上。”

“九点左右，我给斯特里特先生送去安眠药，他让我拿走的。他说只有一个枕头睡得更好，我就把它放到窗边的椅子上了。”

“安娜在斯特里特遇袭后失踪，似乎很可疑。你能想到她为什么要把他闷死吗？”

“不可能！她是个护士，萨姆医生。”

我知道我让她不高兴了，于是喝完咖啡我就告辞了。

我朝着我在翼楼的诊所走去，看到吉姆·海耶特站在二号手术室锁着的门旁，紧张地透过椭圆形的窗口往里看。“萨姆！”他叫我，“里面会不会是一具尸体？”

我透过另一扇门的窗口往里看。虽然房间里没有真正的窗户，但远处墙壁上有一部分是玻璃砖，阳光透过它照射进来，足以让人看清里面的情况。只见手术台旁边有个轮床，轮床上像是躺着一个人，但因为盖着床单看不清。我看到对开的两扇门已被弹簧锁锁上了。“我去拿钥匙。”我告诉他。

清教徒纪念医院的两间手术室大多数时候都没有人用，第二间手术室一直锁着。恩德怀斯随身带着的一个钥匙圈上有手术室的钥匙。我在恩德怀斯的办公室找到了他，把我们看到的一切告诉了他。

“不可能，”他说，“那个房间将近一个月没有用过了。”但他很快站了起来，跟着我走出了办公室。当我们走到手术室门口时，他皱着眉头透过窗户往里看，然后用钥匙打开锁。海耶特和我从他的两侧拉开两扇门，进入房间。

恩德怀斯掀开床单，露出了失踪护士安娜·菲茨杰拉德的尸体。

海耶特在我身边倒抽了一口气，但不知为何，我一点也不惊讶。从他指给我看轮床和它上面摆放的奇怪物体那一刻起，我差不多就已经猜到了。

安娜昨天晚上就死了，我不认为她会不告诉凯瑟琳一声就提前两小时下班。“看看她喉咙上的淤伤，”恩德怀斯说，声音微弱得像是耳语，“她是被掐死的。”

我看的则是别的东西。她的棕色长发已经从脖子上掉了下来，我可以看到她右耳下的小胎记，跟拉里·劳的假人耳朵下的那抹油漆的位置相同。我记得以前什么时候注意过它，昨天晚上在木兰花餐馆时我也想起过。

“我们最好给伦斯警长打电话。”吉姆·海耶特说。我环顾四周，除了墙上嵌着的几块玻璃砖和一个小储物柜，都是白色的墙壁，我迅速检查了这两个地方。我们刚刚从该房间的唯一入口进来，而钥匙就在恩德怀斯的钥匙圈上。要么是恩德怀斯掐死了她，这似乎不太可能；要么是凶手离开这里的方式和他离开休·斯特里特病房的方式一样，没有被凯瑟琳看到。

晚些时候，伦斯警长来到我的诊所。他检查过尸体了，跟其他人也谈过了。现在轮到找我谈了。

“你对菲茨杰拉德被杀一事知道些什么情况吗，医生？”

“有些背景资料，对你可能帮助不大。”我告诉他，并把前一天晚上在清教徒纪念医院发生的事一五一十地讲了一遍。

警长想了一会儿，说：“听起来像是安娜·菲茨杰拉德吓到了想要闷死休·斯特里特的人，因此招来杀身之祸。”然后他又说：“有意思。你知道我们昨晚在木兰花餐馆见到的那个腹语表演者吗？”

“拉里·劳和露西？”

“就是那个人。他打电话来告状，说有人在演出间隙闯进他的化妆间，用锤子敲碎了假人的头。对此你怎么看？”

“事情发生的时候，玛丽和我还在那里。”我向他补充了一点我所知道的情况。

警长走后，我来到外面，把最新的进展告诉了玛丽。“你知道的，拉里·劳从来没有解释为什么假人脖子上有一小块油漆。”她说，“今天下午不忙。我为什么不开车到木兰花餐馆去问问他呢？”

“这么早他会在那里吗？”

“我会找到他的。”她很有把握地对我说。

我自己也在考虑劳的事，但真正想问的是休·斯特里特。“去吧，”我告诉她，“但要小心。如果他稍微表现出反常的举动，就赶快离开那里。”

“你认为他是嫌疑人吗？我们和他在化妆间里的时候，已经快十点了。这不正是斯特里特被袭击，还有安娜·菲茨杰拉德失踪的时间吗？”

“我知道。所以，我才觉得郁闷。每个人似乎都有不在场证明。恩德怀斯医生有手术室唯一的钥匙，伦斯警长刚刚告诉我他确认恩德怀斯整晚都在家陪家人。如果你能从拉里·劳那里了解到任何有用的信息，我会非常感激的。”

我关了诊所，去医院的入院服务台告知我的去向，然后穿过大厅来到休·斯特里特的房间。他正坐在床上，看上去气色很好。“你今天感觉还好吗？”我问。

“我想还行。昨天我见过你，对吧？”

“是的。恩德怀斯医生请我来，就你的病情征求一下我的意见。”

“我以为是海耶特医生在照顾我。”

“我们都在照顾你。”我安慰他道，“我来是为昨晚发生的事。我知道你脸上有个枕头的事。”

“我不知道是怎么回事。护士给了我安眠药，我就睡着了。等我有意识时我感觉脸被压着，喘不过气来。我剧烈地扭动身体，把桌上的一个大水罐打翻了。幸运的是，引来了护士。”他举起左手腕，“我被玻璃划伤了。”

只是划伤，不用包扎。“你认为是有人想杀你吗？”

“起初我以为整个事情是一个梦，但现在我就不知道了。罗杰斯护士刚刚进来，告诉我有人杀了另一个夜班护士。”他避开我的目光，但我看得出来这消息已经让他感到不安了。我决定进一步了解情况，尽管希望不大，但值得试一试。

“斯特里特先生，另一个夜班护士安娜·菲茨杰拉德是否跟你有某种关系？”

“跟我有什么关系？在入院前我从没见过她。”

“尽管如此，我还是能看出你们俩有相似之处，尤其是嘴巴这一块。这让我怀疑……”

斯特里特润了润嘴唇，说：“我不确定。她可能是我同母异父的姐姐。”

我在他的床边坐下。“你最好具体讲一讲这事。”

“我母亲以前结过婚。有一次她告诉我，她在第一段婚姻中生了一个女儿，比我大几岁，但我从没见过。”

“你想过她可能在诺斯蒙特吗？”

他叹了口气，说：“我最好从头说起。我母亲去年去世了。去世前，她跟我讲过遗嘱的事，她会把近一千英亩[①]的地产留给我和我同母异父的姐姐安娜。地产就在诺斯蒙特，还是婴儿的时候，安娜就住在那里。上周我来这里查看那块地的情况，鬼使神差，我住到了她当护士的医院。直到我注意到她脖子上的胎记，我才确定是她。我妈妈告诉过我。”

“你告诉她你是谁了吗？”

“我还没有机会告诉她。自从我注意到那块胎记之后，我就再也没见过她。”

我站起来。“再问一个问题。拉里·劳是谁？”

“我想我不认识这个人。”他一脸困惑地说。

“拉里·劳和露西？”

他摇了摇头：“对不起。我帮不了你。”

“谢谢你，斯特里特先生。”我开始想要离开。

“我今天能出院吗，医生？海耶特医生说他查不出我有什么问题。”

“可以肯定的是你不是心脏病发作。我们怀疑是某种食物中毒，但我认为这种可能性也可以排除。”

“只要我能离开这里，”斯特里特笑着说，“我不在乎是什么原因……”

我差不多是刚打开诊所的门，伦斯警长就把头探了进来。“你那位可爱的护士呢，医生？”

“她去木兰花餐馆找拉里·劳了解情况去了。”

① 英美制面积单位，1英亩合4046.86平方米。——编者注

“她现在也开始扮演侦探了，是吗？”

“她可能会发现我们遗漏的线索。”我驳了他一句。

警长坐了下来。“我已经想到了我们未能抓住的东西，萨姆。我知道事情和拉里·劳有什么联系了。”

“不明白你什么意思？”

“胎记。他在假人脖子上抹了一块红漆，这样它看起来就像安娜·菲茨杰拉德。你一定注意到安娜和假人的头发颜色都是一样的。”

“这样它看起来就像安娜·菲茨杰拉德。”我慢慢地重复着这句话，试图弄明白它的含义。“他为什么要这样做？”很快，我恍然大悟，“当然！安娜提前下班，为的就是能赶在劳结束木兰花餐馆的第二场演出后见到他，他就是那个神秘的男友！”

“你说对了，萨姆。木兰花餐馆的老板证实说，在劳即将开始在此地的演出时，安娜遇到了他，自那以后的几周时间安娜常去那里。”

“但如果拉里·劳当时在餐馆，他就不可能杀她。”

“表面上看似乎不可能。”伦斯警长表示同意，“我拿到的初步尸检报告显示安娜是在昨晚十点左右被人掐死的，前后误差不到一小时。指痕显示凶手是和她面对面下的手，直视她的眼睛。”

“这让劳洗脱了嫌疑。”

“不一定。让我按你的方式推理一下，萨姆。拉里·劳敲碎了自己的假人，这样他就有借口取消第二场演出，然后开车来这里掐死安娜，原因不外乎情侣吵架，或者他厌倦了她，而她不肯放手。然后他又想闷死斯特里特，从而迷惑我们。”

“但他是怎么进到手术室的？”我说，“他又是怎么如此轻易地从斯特里特的房间里消失的？”

“我必须承认我就卡在这里了。恩德怀斯医生拿着唯一的钥匙，而他昨晚和家人在一起。至于对斯特里特的袭击，我能想到的也只有罗杰斯护士或许没有说实话。”

但这并没有让我满意。“请思考一下，警长。为什么拉里·劳在本可以像大多数晚上那样等安娜来找他的情况下，要大费周章地取消他的第二场演出，以便来到这里，在医院里掐死安娜？想要谋杀的话，木兰花餐馆附近的偏僻之处岂不要隐秘得多？”

还没等伦斯警长回答，玛丽·贝斯特走了进来。“你解开这个谜团了吗？”

“还没有。”我告诉玛丽，“你呢？”

“了解了一部分。”玛丽说，“拉里·劳在整件事上都在撒谎。他敲碎了假人的头。这不算什么太大的损失，他出门演出时，总会带着一个一模一样的露西备用。”

伦斯警长得意得喜形于色。“我是怎么跟你说的，萨姆？”

我当时想必是惊得合不拢嘴了。“你是说他敲碎假人是为取消第二场演出找借口？”

“当然不是，”玛丽回答说，她不明白我为什么提出这样的问题，“他之所以这么做，是因为两天前有个陌生人在他演出结束后来到他的化妆间，给了他一千美元现金让他这么做。”

“什么？”

“正是如此。他受雇敲碎自己的假人。为了那笔钱，他没问任何问题，就照做了，然后按指示报警，声称有人损坏了他的财物。”

我迅速做出了决定。“玛丽，你能把他带到这儿来吗？”

她笑了。“他就在外面，在我的车里等着呢。”

我抓起电话打给恩德怀斯医生的办公室。他的秘书告诉我他去了斯特里特的病房，因为在让斯特里特出院之前，他和海耶特医生要对其进行最后一次检查。

我挂断电话。“来吧！”我告诉警长，“一分一秒也不能耽搁了！玛丽，把拉里·劳带进来，到斯特里特的病房跟我会合！”

我终于明白了一切，上锁的手术室，破碎的玻璃，被掐死的护士。

我们赶到斯特里特的病房时，发现他正在穿衣服，恩德怀斯和海耶特正在和他聊天。当我们和拉里·劳一起进去时，三个人都抬起头来。

腹语师没有犹豫，伸出手说："很高兴再次见到你。我照你说的敲碎了假人。我挣了一千美元。"

休·斯特里特试图逃跑，但他的裤子只穿了一半，他被绊倒在了门口。

后来，玛丽、警长和恩德怀斯一起回到了我的诊所。"你必须从斯特里特的角度来看待这次犯罪。"我跟他们说，"他继承了一片潜在价值不菲的土地，但不得不与一个从未谋面的同母异父的姐姐分享。于是，他决定杀了她，独占这一切。他母亲告诉他的肯定比他承认的要多，他知道安娜·菲茨杰拉德是这家医院的护士，还知道她有一块胎记。但如果径直来这里杀她，他就会因为遗产问题成为头号嫌疑人。那么他应该怎么做呢？"

"最好跟你说的这样。"伦斯警长嘀咕道，"这个案子还有很多无法解释的地方呢。"

我没理会他的插话，接着说："他计划假装心脏病发作，让自己住进这里。巧的是，两天前的晚上，他一个人在木兰花餐馆吃饭时，发现了涂了一点油漆看起来像有胎记一样的假人。不知通过什么方式，可能是从一个女服务员那里听说的，他得知这块红漆是为了让假人看起来像腹语表演者现在的恋人——当地的一个护士。所以，他给劳一千美元，让劳在第二天晚上演出间隙用锤子敲碎这个假人的头。对劳来说，这不是什么大不了的事，因为他有一个备用的假人，但他没有想到的是，自己已经被人下套，成了谋杀案的嫌疑人。"

"我对假装心脏病发作并不感到惊讶，"恩德怀斯说，"我从一开始就对此持怀疑态度。但是，他怎么能杀死安娜呢？他从来没有离开过自己的房间。"

"这是他整个计划的关键所在。他知道自己要留院观察。昨天晚上，凯萨琳给他拿安眠药时，他先让她把额外的枕头放到椅子上，分散她的注意力，然后直接把杯子里的安眠药倒进了水罐里。后来，安娜进来查看他的情况时，他突然掐住她的脖子，没等她发出声音就把她掐死了。”

“可是尸体……”玛丽质疑道。

“他把尸体藏在浴缸里，拉上浴帘，并让门开着，赌凯瑟琳会以为浴室是空的，不再去检查。然后，他回到床上，用先前凯瑟琳拿开的那个枕头盖住自己的脸，又打翻了水罐，叫人来帮忙，还顺便巧妙地处理了没有吃的安眠药。”

“好吧。”恩德怀斯说，“那他怎么把安娜的尸体从浴缸里弄到大楼另一侧没锁住的手术室的？”

“一直等到午夜过后，他抱着安娜的尸体穿过走廊，来到没有上锁的消防出口，然后绕着大楼走了一圈，又从靠近手术室的一个出口进到走廊。你是知道的，第二手术室从来没有真正锁住过。手术室的门是对开的，锁是弹簧锁。一扇门必须用插销固定在地板和门框顶部，才是真锁住了。否则，如果两扇门同时向内推，弹簧锁就会松开，门就开了。如果你们认为我说的不对，可以自己去试试。把尸体放在里面的轮床上后，他小心地把两扇平开门合在一起，直到两扇门的弹簧锁再次啮合。当我想到这一点时，我知道事情就是这样的。门可以很轻易地被人推开，但我们谁也没有试过，不过，恩德怀斯医生，在你打开门锁之后，海耶特和我各自推开了一扇对开门，证明两扇门都没被插销固定在地板上。”

伦斯警长哼了一声：“你是说斯特里特是个幸运儿，没人在浴室里发现安娜的尸体，没人看到他抱着尸体走消防通道，而且他还知道手术室没上锁。真是够幸运的！”

“所有的杀人犯都是要冒险的，警长。也许之前在去病房的路上，他就注意到了那些对开门。也许他心里还有别的藏尸之处。但他也没那么幸运，不到二十四小时我们就抓住了他，对吧？”

“你是怎么察觉到的？”玛丽问道。

“斯特里特给我看过他左手腕上的一道划痕，说这是他打翻水罐时弄伤的。但昨天我给他检查的时候，他是仰卧着的，我记得水罐在他的右手边，而不是左手边。我觉得在他掐安娜的脖子时，安娜抓伤了他，他才想用那个谎言来掩饰。水罐在落地前没有碎裂，即使手腕撞到它，也不会被划伤。”

“然后就是拉里·劳的事了。斯特里特试图借假人之事迷惑我们，让警长注意到拉里是嫌疑人，他是机关算尽太聪明。当我提到拉里时，他否认听说过这个名字。但他告诉我们前天晚上他去木兰花餐馆吃过饭，而就在那天晚上，有个陌生人出钱让拉里敲碎他的假人。”

警长和恩德怀斯医生离开后，轮到我问玛丽·贝斯特一个问题。“你怎么这么快就从拉里·劳嘴里套出了真相？”我很想知道。

她对我咧嘴一笑。“还记得他怕老鼠吗？我告诉他县监狱里到处是老鼠。”

“这是我遇到的最复杂的案子之一，”萨姆医生最后说道，“破案的速度超出了我的预期。但我遇到的下一个案子就不是这样了，它牵涉到我个人，威胁到了我行医的权利。只是那事要等下次再讲了。”

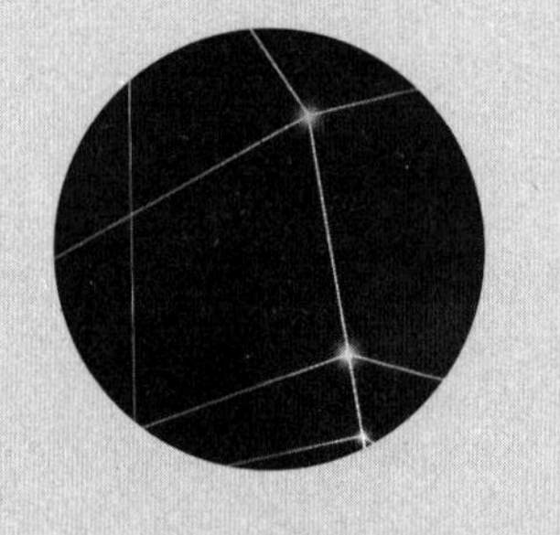

03 垂暮老人猝死奇案

“请进，请坐。”萨姆·霍桑医生说着，伸手去拿白兰地。“这次我要给你讲一个回想起来让我很难受的故事，它差点让我丢了行医执照……”

到了一九三五年夏天，我出诊的次数开始减少。我的诊所开在清教徒纪念医院的翼楼，尽管正值经济大萧条之时，但镇上的大多数家庭已经有车或有能力买车，我的诊所还是吸引了越来越多的病人前来就诊。一般来说，只有非常年幼或非常年老的人还需要我出诊，住在诺斯蒙特郊区的那些人尤其需要上门服务。

其中就有威利斯太太，她已经八十多岁了，多种疾病缠身。我一直在治疗她的心脏病和糖尿病，但是去年她的髋骨摔折了，现在卧床不起。每次我去看她，都能看到她的体力在下降。她已经完全失去了活下去的意志。

她的丈夫几年前去世了，两人膝下无子。现在，她已人到中年的侄女和侄女婿在照顾她，她答应将来要把农场的老房子及其周围四十英亩未耕种的地交给这对夫妻。“这是我能给他们的全部东西了。”在他们搬去跟她同住后，她曾对我说，“若是他们能受得了我，那就是他们应得的。”

我必须承认，在贝蒂·威利斯生命行将结束这段时间里，她并不是一个讨人喜欢的人。她很霸道，难以取悦。她的侄女弗蕾达·安·帕克是一个普通妇女，四十岁左右，她努力坦然面对这一切。她的丈夫纳特就没有她那么随和。我曾多次听到他在老太太听不到的地方发牢骚，有一次，他还当着我的面跟弗蕾达·安激烈争吵过。

我差不多每周会去威利斯家一次，如果赶上她家附近有人打电话要我出诊，我也会顺便去她家看看她，而且经常不打招呼就去。那天是周一，弗蕾达·安一大早就给诊所打电话，请我务必去一趟。“她昨晚的情况很不好，医生。我觉得她快要咽气了。”

“我大约还得一小时才能到。”我答应说。诊治完当下的病人后，我告诉护士玛丽我要开车去威利斯家。

时值六月，那天早晨天气很好，令人愉快，我总觉得这样的夏日应该无限延续下去才好。我看见几个男孩在土路边奔跑，想必是终于摆脱了教室的束缚吧，我不禁想起了自己小时候的夏日时光。我是在城市长大的，但那种自由自在的感觉跟他们并无二致。爬上坡顶时，我看到了远处威利斯家的农舍，它的周围有一个小果园，近些年来，威利斯家的农场没人经营，果园算是最接近农耕的地方了。我的祖父在宾夕法尼亚州，他在那里也有一片农场，此情此景让我想起了小时候去祖父农场的场景，时间很久了，那时第一次世界大战还没有爆发。

昨晚起了风暴，纳特·帕克正在果园检查树木的损毁情况。他一脸倦容，头发稀疏，下巴周围留着一圈胡子茬，看上去比他妻子大了十来岁，也许确实如此。“有什么损失？”下车时我大声冲他喊道。

“损失不大，医生。看狂风刮的那个劲，我还担心半个果园会被吹走呢。”

“你妻子说贝蒂今天早上不太好。”

“嗯，不怎么好。”

我离开他，从前门进到威利斯家。门开着，我知道弗蕾达·安会听到我来了，她从厨房出来迎接我。“很高兴你能来，”她说，“贝蒂姑姑的情况很不妙，医生。”

我跟着她，踩着咯吱作响的楼梯来到二楼。贝蒂·威利斯还在前面的那间卧室，这儿面积较大，她大半生的时间里都与丈夫在此居住。现在，她躺在装饰华丽的双人床上，抬头凝视着我，仿佛看到了来召唤她的天使。

“我要死了。”她告诉我。

“瞎说，怎么可能。”我量了她的脉搏，用听诊器听了她的心跳。她确实很虚弱，生命体征比我上次来的时候又弱了，但也没有立马就要辞世的征兆。在床头柜上，唯一放着的东西是泡着她假牙的水杯，我把水杯挪了挪，腾出地方放我的包。“你会康复的，贝蒂。你需要的只是一些疗效好的药。”

就在我完成检查时，弗蕾达·安走进房间，站在门边。“她怎么样了，霍桑医生？”

“哦，我想吃点强心剂应该能让她振作起来。”我伸手到包里打开了放洋地黄[①]的隔层。“你能给我们倒杯水吗？”

她回到楼下，去厨房的水槽取水。这栋房子用的仍是户外厕所，而且二楼没有自来水。“我需要吃药吗，医生？”老迈的威利斯太太用颤抖的声音问道。吞咽对她来说应该有困难。

“只是一点洋地黄，贝蒂。它会让你的心脏再次向全身泵血。”虽然我很确定她没有发烧，但我还是量了她的体温。

就在我取出体温计时，弗蕾达·安拿着水回来了。“体温和平常差不多，”我告诉她们，“确切地说，有点低。”

贝蒂自己把药片放入嘴中，喝了一口水把它咽了下去。“我已经感觉好多了。”她努力微笑说。

① 洋地黄是一种比较常见的临床药物，用于治疗各种原因引起的慢性心功能不全、阵发性室上性心动过速和心房颤动、心房扑动等。洋地黄排泄缓慢，易于蓄积中毒，用药前应详询服药史。——译者注

我刚从床边转过身，就听到了她的喘息声，回头一看，她那布满皱纹的脸已经因为痛苦和惊讶而扭曲。接着，她整个身体软下去，瘫回到枕头上。“贝蒂！”我伸手去摸她的脉搏。

“怎么了？”弗蕾达·安问道，“你对她做了什么？”

我不敢相信弗蕾达会指责我做了什么事情。“应该是突发某种心脏病。”威利斯太太没有了脉搏，也没了心跳。我从包里拿出一面小镜子，放到她的鼻孔前，镜面没有起雾。

“她已经死了，是吗？”

“是的。”我告诉弗蕾达。

“是因为你给她吃的药吗？”

“不可能。只是洋地黄而已。”

她用迟疑的眼神盯着我。“这太突然了。刚才她还好好的……”

“你自己不是也说过以为她快死了。”我答道，这话听起来比我想要表达的更有防御性。

弗蕾达·安咬着下唇，试图决定该怎么办。就在这时，她丈夫上楼来了。“贝蒂姑姑死了，”她告诉他，“她就这样走了。”

他盯着尸体，表情严肃。“这样再好不过了。”

在我弯腰想合上贝蒂的眼睛时，一股苦杏仁味扑鼻而来，这一点我是不会弄错的。我以前有过这样的经历，那还是一九三三年禁酒令结束的那天晚上。我直起身子说：“有点不对劲。你们最好打电话通知伦斯警长。”

自从十三年前我第一次来到诺斯蒙特，并在这里开诊所以来，伦斯警长一直是我的朋友。从很多方面看，他就是一位典型的乡村警长，我很乐意在他需要的时候伸出援手。现在，似乎我才是那个需要帮助的人。

伦斯警长耐心地听我讲述贝蒂·威利斯的死因，然后问道：“医生，有没有可能你给她吃错了药？”

“绝不可能！我的包里根本不会带氰化物。”

伦斯警长扫视了一下威利斯的卧室，看到了有水渍的褪色墙纸和家人画像，以及窗台上努力生长的一枝常春藤。然后，他的眼睛盯着床头柜上那只半空的水杯。“这是她用来吃药的水吗？”

我点了点头。“应该检验一下，不过我不认为它有毒。”

“怎么说？”

“没有异味。发生意外后，我立马就检查了它。”我一边说着，一边从包里拿出一个小瓶子，是用来装尿样的那种瓶子，把水倒进去。根据直觉，她泡假牙的水我也取了样。

“我们不得不进行尸检。”警长几乎带着歉意说。

“那是自然。”

我们下楼来到客厅，弗蕾达·安和纳特正等在那里。“你们有什么发现？”她问。

“没什么发现。”我回答说，“你认为我们应该发现什么呢？”

纳特·帕克似乎在盯着天花板，也许在研究某个角落里飘动的蜘蛛网。最后他说：“老太太算是长寿。她的时限到了。”

他的妻子突然转向他，几乎要哭了。“我确实认为你很高兴她走了，纳特！你就是受不了她在这房子里待着。”

“现在，弗蕾达……”

“这是真事，你很清楚！”

他站了起来。“也许我应该出去看看果园。”

伦斯警长清了清嗓子。“我们要把你姑姑带到清教徒纪念医院去做尸检，帕克太太。如果你愿意，可以提前和殡仪员商量，看如何安排，他明天上午可以去医院拉走她。”

“谢谢你，警长。”

警长陪我走到我的车前。在我上车时，他问：“医生，这事你怎么看？”

"可能是他们中的一个杀了她，也可能是两个人合谋。"我告诉他，"但我无论如何也想不出是怎么杀的。"

第二天上午，当地医学会的沃尔夫医生来到我的诊所。玛丽认识他，直接把他领了进来。"沃尔夫医生要见你。"

我放下正在看的医学杂志，站起来迎接沃尔夫。"有什么可以效劳的，医生？"

马丁·沃尔夫六十多岁，大高个，一头卷曲的白发。除非你比他年龄大，经验比他丰富，否则，最好不要直呼他的名字。"我听说贝蒂·威利斯不幸去世，想来了解一下情况。"他说。

"我一直在等尸检结果。"我告诉他。

"我手里有一份。"他说着，把那张正式的表格递给我，"死亡原因是她摄入氰化氢导致心脏、呼吸系统和大脑突然瘫痪。这是典型的中毒病例。"

"跟我担心的一样。"我说，"但我看不出怎么会发生这种事。我一刻也没离开过她。我给她的洋地黄制剂是从我自己包里取的，那杯水也没有异味。"

"水很纯净。"他证实道，"已经做了测试。告诉我，霍桑医生，你用的是哪种洋地黄制剂？"

"地高辛。去年才上市。"

沃尔夫噘起了嘴。"我很熟悉这药。你肯定知道，它的治疗范围很小。正确的剂量是毒性剂量的百分之六十。对她那个年龄的人来说，选择这种药物是危险的。"

他刺激到我了，但我尽量不表现出来。我说："我得提醒你一下，沃尔夫医生，威利斯太太死于氰化物中毒，而不是服用了过量的洋地黄。"

"说到点子上了，"他承认，"但如果你说的是真的，我只想到两种可能的解释。要么你在给威利斯太太服药时存在严重过失，要么……”

“要么什么？”

“要么你可怜这个女人，决定帮她从痛苦中解脱。”

“安乐死。”

“确实是这个词。”沃尔夫医生表示同意。

“我可以向你保证，这两种情况都不对。我在给她治病时不会愚蠢到犯错，更不可能犯罪。”

“还有第三种解释吗，霍桑医生？”

“我打算找到一个。”

“很好。”他站了起来，身体高出办公桌一大截，“从今天起一周后，医学会将召开月度例会。这件事肯定会被提上议事日程，我相信届时你会做出解释。”

他离开诊所后，我越想越气，以至于坐在办公桌前根本动不了身。玛丽进来时，发现我手里正抓着两截铅笔，那是我刚掰折的。

“这是怎么回事？”她问。

“我认为你应该接受斯普林菲尔德的那份工作。”我告诉她，“再过一周，我可能就没法在诺斯蒙特行医了。”

“什么？”

“显然医学会下周要调查贝蒂·威利斯的死因。沃尔夫认为这要么是个重大过失，要么是我对她实施了安乐死。”

“疯了吧他，萨姆！”我太难过了，直到后来才意识到她说的是我的名字。“他是不是出于某种原因为难你？”

“我不知道。我们从来没有特别友好过，但我不知道有什么地方得罪过他。”

“威利斯太太会不会是被她侄女和侄女婿毒死的？”

“我不清楚那是如何做到的。”我尝试去想，“肯定是他们干的，但我不明白他们是怎么做到的。”

玛丽走到文件柜前，取出一个文件夹，翻阅了一遍。“威利斯太太的档案记录似乎只有一年前的。在那之前的呢？”

“之前……”我突然想起来了。我怎么把这事忘了。“在那之前，她是马丁·沃尔夫的病人。”

玛丽扬起了眉毛。

“我对她的病情不太了解。但在弗蕾达·安和纳特来到这里不久之后，他们认为沃尔夫医生并没有给她最好的治疗。部分原因在于他是医学会的主席，需要参加很多关乎镇民的活动，导致他几乎没有时间出诊。在威利斯太太髋骨骨折卧床不起后，他们打电话给我，我同意接受她为我的病人。但是，我从没听说沃尔夫医生对这事有任何不快。”

“尽管如此，这还是可以解释他现在的态度。”玛丽说，“他可能对自己抛弃她有一种挥之不去的愧疚。”

那天一整天，我都在想我和那个死去的女人的关系，以及昨天上午在农场的那间房子里发生的所有事情。我曾经破解过很多稀奇古怪的谜案，但对于这起一个女人在我眼皮子底下被人下毒的简单案件，我心里没底。在我照看其他病人和查房时，它一直困扰着我。

贝蒂·威利斯的尸体被放在中心大街的弗里金殡仪馆，地点就在镇广场边上。周三，也就是守灵的第二天晚上，我去那里待了一会儿，然后在周四上午参加了葬礼。把传统的停灵三天改为两天已经引起人们的议论了，他们指责帕克夫妇急着把威利斯太太埋进土里。

那天早上，在牧师吟诵着为死者祈祷的传统祷文时，我隔着坟墓端详着弗蕾达·安和她的丈夫，很难想象他们中至少有一人是杀人犯，我想不出他们觉得有必要杀人的原因。贝蒂姑姑是垂死之人，那天早上，她的情况已经恶化了。除非贝蒂姑姑的遗嘱中有某些模糊的规定，比如时间限制，否则，他们还有什么必要杀了她呢？

想到这里，我发现塞思·罗杰斯正站在送葬者圈子的边缘。塞思是当地有名的律师，在诺斯蒙特的老居民中很受欢迎，他之所以会参加葬礼，很可能是因为他是死者的律师。当人群开始散去时，我追上他，寒暄了几句之后，我便直截了当地问他是不是贝蒂的律师。

“是的，我为她处理法律事务。”他告诉我。他戴着一副金属框眼镜，镜片厚厚的，这让后面的眼睛显得很大，像鱼眼一样。“倒不是说她有多少活让我干。只是不时地对她的遗嘱稍加修改，仅此而已。”

“她最近一次改遗嘱是什么时候？”

“哦，应该是一年前的事了，在她摔断髋骨之前。她到我办公室来签的名，我记得很清楚。”

“在那以后你就没再见过她？”

他对我笑了笑。“你像个律师在盘问，萨姆。事实上，上周五我去看过她，也就是她去世前三天。”

“我能问一下你前去拜访的原因吗？你不用说得很具体，只是……”

“她想出售部分财产，需要一些建议。但接下来她什么也没有做。我认为出售部分财产仅仅是她在未来某个时间可能会做出的选择。”

我们从小丘上漫步往下走，来到塞思的车旁，那是一辆闪闪发亮的绿色凯迪拉克辉腾，十六个缸的敞篷车，白色篷顶。虽然在很多方面我更喜欢自己的红色奔驰，但我不得不承认，看到这款标价五千美元的“大宝贝”，我忍不住暗自心动。“你见到她的时候，她看起来好吗？”等他坐到驾驶座上后，我问道。

“跟最近一样。好到我在那里的时候，她嘴里不停地吮着水果硬糖。”

我想起来了。“这是她唯一的嗜好。她总会在床头柜上放一包糖块。不过，我也无话可说。她是个听话的病人，我让她做什么她就做什么。”

塞思皱起了眉头，从车窗探出身子看着我。“这里就我们俩，萨姆，她是被谋杀的吗？”

“我希望我知道，塞思。”我告诉他，“我真的很想知道。”

那天，当我那辆熟悉的车驶过镇中心时，街上的人都盯着我看，窃窃私语。消息已经传开了，说我正因为贝蒂·威利斯最后治病时的行为接受调查，而调查方即使不是警察，也是医学会。回到诊所后，玛丽证实了情况正变得有多糟糕。“你今天下午和明天的三个病人打电话取消了预约。”

“他们有说理由吗？”我问她。

“嗯，梅森太太觉得不舒服……”

“我想我们都知道真正的原因，是吧，玛丽？贝蒂·威利斯被毒死的消息传开了。”

她的表情很沮丧。“医院里的人都知道尸检的结果，这个消息肯定会传开。你打算怎么办？”

“请考虑一下。”我告诉她，“我知道我是无辜的，这是我的有利之处。导致她死亡的肯定另有原因。”

她在我对面坐下。“让我们从头一步一步地梳理一遍，萨姆。有没有可能有人用氰化物代替了你包里的洋地黄药片？”

“一点机会也没有。你知道它们什么样。每一片上都有制造商的标记，这可不是哪个药剂师在其密室里能仿造出来的东西。一满瓶有一百片，即使其中一片被人下毒，那我也得从瓶中正好把它抖搂出来才行。我检查了其他的药片，都很完整，也就是说，没人知道谁会赶上毒药片，也不知道何时赶上。”

“那帕克两口子呢？除了你和威利斯太太，他们也在房间里吗？”

“纳特在她死后才上楼。在我检查时，弗蕾达·安站在门边。只有在给我递那杯水时，她才走近过床边，而且那是唯一一次。”

“你确定威利斯太太真的死了？”

“她真的死了，玛丽。没有脉搏，没有呼吸，没有心跳。她怎么可能会装死呢？在伦斯警长到来之前，我一直没有离开过房间。”

“那么一定是水的问题。那杯水。这是毒死她的唯一方法了。”

“你以为我没有想过这一点吗？首先，大多数氰化物溶于水时会发出一种独特的气味。其次，在她喝完水后，那只半空的杯子从未离开过我的视线。最后，我从杯子里取了一点水样做测试，完全没问题。她泡假牙的水也是如此。”

就在这时，一个没有取消预约的病人到了，我们的复盘就此结束。

那天晚上我睡得很不好，感觉一场风暴即将来临，目前为止发生的事情只不过是它的前奏。

周五一早，玛丽告诉我又有两个病人取消了预约。因为接下来会有几个小时的空闲，我决定开车去威利斯家，这是我自周一的悲剧发生后第一次去那里。那是一个晴朗的早晨，阳光明媚，温暖宜人，玛丽已经和其他几位护士在计划国庆日的野餐了。国庆日是下周四，到那时，医学会的会议已经开过两天了，我不知道那时我还有没有什么值得庆祝的。

在威利斯农场，我在抽水机房里找到了纳特·帕克，他正在修理一条向生活区输送井水的管道。“很高兴见到你，医生。”他说，擦了擦手上的油渍，“谢谢你昨天来参加葬礼。”

“这是我能做的最起码的事。弗蕾达·安还好吗？”

“哦，这对她来说有点难，但我想我们都知道这是最好的安排。那个老太太躺在楼上的床上日渐衰弱，对任何人都没有好处。不管你做了什么，我都感谢你。”

“不管我做了……听着，纳特，我可没做什么加速她死亡的事情。如果你是这个意思的话，我告诉你啊，我绝对没有给她下毒！”

“不，不，当然不是这个意思。我是说不管发生了什么意外。我们对镇上的流言不以为然。你是贝蒂姑姑的好医生。她对你的评价一向很高。她曾经告诉我们你为她做的事比老沃尔夫医生多多了。”

“我接受她做我的病人后，沃尔夫医生有没有来看过她？”

“见鬼，没有。至少我从未在这里见过他。”

我进到屋子里，发现弗蕾达·安正在厨房洗东西。“有很多事情要做。”她说着，把前额上的黑发向后掠了一掠。“我一直在清理她的卧室和衣柜，洗窗帘和铺盖。”

“伦斯警长来找过你吗？”

“他昨晚又来了，问了一大堆问题。他仍然认为我姑姑是被毒死的。”

“她是被毒死的，弗蕾达·安。这一点毋庸置疑。”

“我不知道，你就坐在她床边，怎么会发生这种事？”

“我相信这正是警长想要搞清楚的事情。跟我说一说，只有你一个人照顾你姑姑，还是你丈夫有时也会照顾她？”

“你在开玩笑吗？纳特恨不得离她越远越好。他想送她去养老院，但我琢磨她是想把这个地方留给我们，当作我们照顾她的回报，我们必须有所付出，证明我们是值得托付的人。”

“她死后你和律师谈过吗？”

“罗杰斯先生吗？是的，他打来电话，安排我们去他的办公室见面。纳特和我准备周一早上去。”

“有什么问题吗？”

“没有，我们只需要在一些文件上签名。财产归我们所有，包括姑姑银行账户里的少许存款，以及她拥有的一些股票。”

“不知是否可以再看看她的卧室？我只是想弄清楚到底发生了什么。”

“当然。”弗蕾达·安带路上了二楼，“我想让你知道，纳特和我都认为医学会下周举行听证会这件事很荒唐。我们完全信任你。”

“非常感谢。”

我在门口站了一会儿，仔细端详着光秃秃的床和稀少的家具。没有窗帘，清晨的阳光照进窗户，一切都沐浴在金色的光辉中。我坐在上周一坐过的那把藤椅上，想着自那以后发生的一切。“塞思·罗杰斯上周来过吗？”我问弗雷达·安。

她点了点头，说：“周五来过。他待了大约半小时。”

“他们谈话的时候你在房间里吗？”

“天哪，没有。法律和财务上的事她都是亲自办理。”

我走到窗前，用手遮住阳光向外看。我看见纳特在院子里，拿着他在水泵房里用的工具。然后我转过身，看着空无一物的床头柜。“她的假牙跟她一起下葬了吗？”

“当然。”弗蕾达·安奇怪地看着我，“你这问题问得真奇怪。”

周末过得很慢。周六上午我有两个病人，给他们看完病后，我待在办公室里查看贝蒂·威利斯的病历。在此期间，玛丽探头进来，问我是否参加七月四日的野餐。“到目前为止，参加野餐的大约有二十人了。”她告诉我。

“我不知道，玛丽。现在我觉得没心情参加。”

她明白了。“我以后再问你。”她说。

办公室的门再次被打开，不过这次进来的是伦斯警长。“我正希望在这儿找到你呢，医生。”

“怎么了，警长？”

他走进来坐下。“我还在忙威利斯的案子。人们希望看到警察有所行动，但我不知道该怎么做。我应该逮捕她的侄女帕克太太吗？”

“你还可以选择逮捕我，警长。”

“别说傻话了，医生！”

“马丁·沃尔夫可不认为这有多傻。”

“不用在乎他。他是乱说一气。”

“如果医学会相信他的话，他们就可以取消我的行医资格。”

“他们认为你没有谋杀她，医生。他们只是认为你可能存在某种过失。”

“对医生来说，这没什么两样。如果我犯了错，就是杀了她。”

伦斯警长掏出一包嚼烟，边说边打开。“我一直在琢磨这个案子，做了各种疯狂的推测，就是你能想到的那种推测。”

“比如？”

“也许帕克太太或她的丈夫在老太太的假牙上下了毒。”

听到这句话，我不禁哑然失笑。但倘若有一天我发现了真相，会不会没有这么离奇？“氰化物会让人瞬间死去的，警长，就几秒钟。我在那里时，她的假牙没有一直含在嘴里。如果她在我去之前就被下了毒，早就死了。”

“你在那儿的时候，什么东西进过她的嘴里？”

“洋地黄药片和一点水。”我还想起了别的东西，“我的体温计。我给她量了体温。”

“会不会有人拿到体温计，在它上面下了毒？”

“不可能。我甚至没把它放在包里。它就在我外套口袋里的一个小盒子里，跟我的钢笔和铅笔放在一起。”

“嗯……”

“相信我，警长，各种可能性我都已经想过了。贝蒂·威利斯没有机会被毒死，但她确实是被毒死的。”

“那你打算怎么办，医生？”伦斯警长问道。

“我当然会参加周二的听证会。不管他们得出什么结论，我都接受。”

“如果他们说你不能在这里行医……”

“除了诺斯蒙特，不是还有其他地方吗？”我勉强笑了笑，“也许我会去当兽医。他们可能会让我给动物治病。”

“医生！”

“继续说，警长。我只是开玩笑。”

“我必须出席周二的听证会。我一直在追查本地购买氰化物的情况，但难度不小。很多照相用的化学品都以氰化物为主要成分，比如还原剂或调色剂。家里有小暗房的人用它来冲洗照片，他们可以去商店购买这些材料。”

“即使没有暗房，他们也能买到这些东西。”我指出，“氰化物很容易提取。”

他看起来仍然闷闷不乐。“医生，周二我该怎么跟他们说？”

“实话实说。”为了消除他的疑虑，我说道，“你只能这样做。”

周一，只有一个病人来我的诊所看诊，我注意到街上的人看到我时不再窃窃私语了。他们不需要再这么做了，因为大家都知道我是威利斯太太之死的嫌疑人。

周二早上，当我准备离开诊所去参加听证会时，玛丽说道：“我要和你一起去。”

“不用了，再说诊所总得有人关照。”

她清澈的蓝眼睛闪闪发亮。“我已经安排一个女孩接电话。我跟你一起去，萨姆。”

那一刻，我心事重重，不想和她争论。我只是无奈地摇了摇头，向门口走去。她跟在我后面，坐进奔驰车我旁边的座位。

听证会定在十点半召开，我们提前到了那里。医学会的辖区为三个县，但其办公室却是租用的诺斯蒙特新银行大楼的房间。听证会用的那间会议室已经布置妥当，当我进去时，看到长桌的一端坐着沃尔夫医生和另外两位我不认识的医生。

沃尔夫装作友好地对我微微一笑。“随便坐，霍桑医生。我相信你认识布莱克医生和托比亚斯医生。他们是我们小组里其他县的代表。”

我和他们握手，并把玛丽介绍给他们。“这是我的护士贝斯特小姐。”

沃尔夫清了清嗓子。“很高兴再次见到你，贝斯特小姐，但这不是公开听证会，我不得不请你在外面等着。”

玛丽有些不情愿地退了回去，我独自面对他们三人。我问："各位先生有什么问题要问？"

"这是一次非正式的听证会，不是审理案子。"沃尔夫告诉我，"首先，我想说的是，你在诺斯蒙特行医多年，拥有很高的奉献精神和知名度，我们对此都很钦佩，医生。我敢肯定没人相信毒害威利斯太太是蓄意而为。我们只是想确定她的死亡是不是由于你自己或其他人的某种可预防的过失造成的。"

"没有过失。"我坚持道，"我给了她洋地黄，我打算给她的就是这种药。尸检时也在她的胃里发现了它。"

"我们打算另外再喊两个人来谈谈这场悲剧的情况，弗蕾达·安·帕克和伦斯警长。对此你有异议吗？"

"喊谁都没意见。"我说。

我们听弗蕾达·安讲了她的故事，从看到姑姑的情况很严重时给我的诊所打电话，到我赶到后的治疗，再到为我取了一杯水。他们几乎没有提问。然后，轮到我了。当弗蕾达·安靠墙坐下后，我开始给他们讲我在一周前的周一早上了解到的贝蒂·威利斯的病情，我决定用洋地黄治疗，以及她的突然死亡。

"你一看就知道她中毒了？"沃尔夫医生问道。

"是的。很明显是苦杏仁的气味，不会错。几年前，我目睹过一起类似的中毒事件。"

"是你让帕克太太给伦斯警长打电话的？"

"没错。"

沃尔夫和另外两位医生低声交谈了一会儿，决定喊警长进来陈述。警长似乎很不情愿地走进房间，在桌子旁就座时瞥了我一眼。对他的问话很简短，他说接到电话后就赶到了威利斯家，发现我还待在卧室里，守着那个死去的女人。

他讲完后，沃尔夫医生说："暂时就这样吧，警长。霍桑医生，我们能和你一起审视一遍证据吗？”

“当然。”

伦斯警长在弗蕾达·安·帕克旁边靠墙的位置坐了下来，沃尔夫转向我，再次试图微笑。“请允许我快速回顾一下本案的事实经过，霍桑医生。如果我说得不对，请纠正。当你到她家后，发现威利斯太太和去年一样卧病在床。你的诊断是她需要服用强心剂，但没有生命危险。在检查的过程中，你和病人是单独相处的，除了帕克太太到过门口，站在那里。她端来一杯水，为的是让病人服下你开的药片。然而，贝蒂·威利斯服完药几乎立刻就死了，她身上有一股苦杏仁味，表明存在氰化物。伦斯警长被喊来，在他赶到之前，你一直守着尸体。那杯未喝完的水没有离开过你的视线，后来经过检验，发现它不含任何毒性。这是不是对该事件的公正总结？”

“是的。”我承认。

其他医生再次询问，然后，沃尔夫说：“我想事情的来龙去脉我们已经了解清楚了。休会十分钟。”

我们三人起身依次离开，三位代表仍坐在桌旁。

玛丽正在走廊里等候。“什么情况？”

“他们正在考虑怎么下结论。”我告诉她。

“你觉得会是什么结果？”

我拍了拍她的胳膊。“看来情况不太妙。”

伦斯警长走了过来，紧张地打开他那包嚼烟。“我看不出他们能对你怎么样，医生。他们没有证据。他们无非是说，他们不知道她是怎么死的，所以，你必须对此负责。”

当时，我看到谁都感到恼火，包括警长。“你从什么时候突然养成了嚼烟的习惯？”

他把嚼烟收起来，一脸失望。“嗯，萨姆，我只是想放松一下。”沃尔夫医生出现在门口，示意我进去，其他人仍要留在走廊里。

等我在桌旁坐下，他便开始说话。“霍桑医生，正如我一开始讲的那样，这不是审理，而是调查。然而，我们找到了足够的间接证据，表明贝蒂·威利斯的死只可能是用药错误造成的……”

嚼烟。

我想起了伦斯警长和他的嚼烟。在某种程度上，它就像是嚼烟。味道比什么都重要。

“请原谅，我要打断你一下，沃尔夫医生。”我说，“我刚刚想到了一件事。”

“除非这事与威利斯太太的死有关……”

“有关。”

“那么，请讲。”

我的身体前倾到桌子上。“贝蒂·威利斯有一个不好的小习惯。她总是在床边放一袋水果硬糖。就在她死前的那个周五，她的律师塞思·罗杰斯拜访她时，袋子还在那里，但我周一去看她时，它就不在那里了，床头柜上只有一杯泡着假牙的水。”

“她若摘掉了假牙，那还怎么吃东西啊。”沃尔夫指出。

“她可能嘴里已经含着一块水果糖了。她只需吮吸，让它在嘴里溶化即可。她就是这样被毒死的。氰化物被人注射到水果糖的中心。就在我检查她的身体时，糖块一直在她嘴里溶化，我却毫不知情。当它溶解到足以释放氰化物时，她就死定了。”

“如此推测，你有证据吗？”

“一贯放在旁边的水果糖袋不见了，这就足以证明我所言不虚。威利斯太太含到嘴里一块后，弗蕾达·安·帕克不得不把糖袋拿走，因为她可能对糖袋里的所有糖都下了毒，只要我检查就会露馅，她可不敢冒这个险。”

“为什么是弗蕾达·安，而不是她丈夫？”

“她是照顾贝蒂的人。拿糖果的是她，也只有她才能把糖袋拿走。

纳特很少去那个房间，他的出现会引起怀疑。打电话催我出诊的是弗蕾达·安，因为她知道那个女人快死了。她想让贝蒂死在我面前，这样她就不会受到任何指责。她没有意识到我马上就闻到了毒药的气味。”

“威利斯太太反正时日不多了，她为什么还要这么做呢？”

“可毕竟她没死，这就是问题所在。她的身体状况一直很稳定，周五那天，塞思·罗杰斯发现她和往常一样好。他的拜访本就是稀松平常的事，却引发了致命事件。弗蕾达·安一定是担心她姑姑改变遗嘱。她知道还没有改，因为还没有见证人签署任何文件，但她决定告诉我贝蒂·威利斯快死了，然后让谎言成真。也许贝蒂让律师来是故意吓唬她的，根本没有料到这会招来杀身之祸。”

沃尔夫医生显得不知所措。“我们怎么才能证明你说的这些呢？”

“我建议先把伦斯警长叫来参加我们的会议。”我说，“是他和他的嚼烟让我想起了贝蒂·威利斯和她的水果糖。”

“剩下的事比我想象的容易得多。”萨姆·霍桑医生最后说道，“弗蕾达·安把那袋水果糖给了丈夫纳特，让他和垃圾一起烧掉，但他起了疑心，把糖藏了起来。等到纳特把袋子交给伦斯警长后，我们在其中发现了四块有毒的糖。弗蕾达·安被判监禁，刑期很长，至于纳特，我不记得他后来怎么样了。”

“在那个可怕的一周里，有些人怀疑我，但诺斯蒙特还是好人多，他们对我的信任足以宽慰我心。七月四日，我去参加了玛丽·贝斯特的野餐，之前的阴霾一扫而空，那天过得别提多愉快了。事实上，直到那年夏末……不过，还是先打住，留着下次再讲吧。”

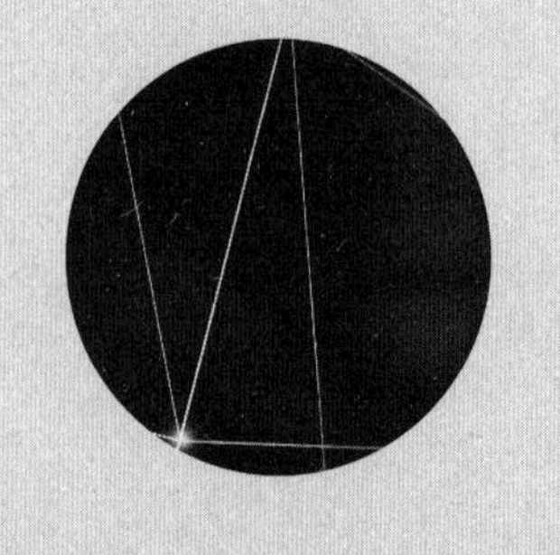

04 堡垒农舍谋杀案

“一九三五年夏末，诺斯蒙特发生了一起不寻常的谋杀案。”按照惯例，萨姆·霍桑医生会倒一点酒，但这一次，还没等倒完，他便饶有兴致地开口讲了起来。“我知道这些年我跟你讲过很多不寻常的谋杀案，但这一次的案件让我觉得特别奇怪。它发生在一个完全无法接近的农舍，那是一个真正的堡垒。事实证明，谋杀的方法并不离奇，离奇的是其背后的动机。”

当时，诺斯蒙特周边的农村还有不多的几位病人需要我上门服务，每周我都要去探望他们。这一次我特意在克劳利家稍事停留。每年这个时候，比尔·克劳利就会犯花粉热，而且一犯就很严重，但除了给他开一种新上市的抗组胺药，我也没有更好的办法。明年夏天，他要去柏林参加一九三六年的奥运会，我十分关注他的训练进展。他是第一个有机会加入奥运代表队的诺斯蒙特居民，我们为他加油。

小伙子比尔身材纤瘦，肌肉发达，十九岁的他刚在波士顿大学完成第一学年的学习。再过一周，他就要回去读大二了，我对他的职业规划特别感兴趣，我想可能是因为他说过他对某些医学预科课程感兴趣。不管他做什么，他都很勤奋，赶上夏天不训练的时候，他会去卡斯珀养狗场打工，给狗打扫卫生。作为父母，查尔斯和艾米为比尔感到骄傲，也为他的姐姐感到骄傲。比尔的姐姐读的是斯基德莫尔学院，开学后她就会开始她大学的最后一年。

“进展如何？”我在车里朝房子旁边的一块场地喊道，比尔在那里自建了一条沙地跑道，此时他正在跑道上练习跳高。

“很顺利，医生。”比尔答道，边走过来边掸掉身上的沙尘，“刚好达标。”

我下了车，走过去和他握手。“还要多久他们才会选拔田径队队员？”

“要到春天了，我被选上的可能性很大。”他笑了，“我父母把钱全都攒起来了。”

“柏林离这里很远，比尔。有人说希特勒可能要发动战争。”

“在奥运会之前不会，他不会的。我一直在阅读相关的报道。他想让德国人赢得所有的比赛，以证明优等种族的优越性。”

“那是不可能的。”

“我不知道，医生。这里有些人认为希特勒现在做的对德国人来说是好事，比如法兰克福老头。我听他说希特勒要把他们战败后失去的自豪感还给他们。”

“胡说八道。”我告诉他。我对鲁道夫·法兰克福没有好感，他个子很矮，性格偏执，由于认为美国的反纳粹分子想要他的命，他用通电围栏围住住宅，平时大门紧锁，并由一条狗看守。但是，我没有理由继续谈这种不愉快的话题，转而问道：“你父母好吗？”

“很好。爸爸想要买些木头，去镇上了。”

查尔斯·克劳利是木匠，在大萧条期间的诺斯蒙特，若是谁家房子需要修缮，通常都会找他，因此他很忙。虽然他的活计为他带来了相当稳定的收入，但能攒够送儿子参加奥运会的钱仍然是一个奇迹。“代我向他们问好，好吗？”当我回到车里时，我又问：“花粉热对你的影响很大吗？”

“今天没发作。时犯时不犯。”

“很好，也许你在逐渐摆脱它。我有过这样的病人。”开车离开时，我看到他走回沙地跑道，继续训练。

在回镇的路上，我正好经过法兰克福的堡垒农舍，伦斯警长喜欢这样称呼它。它是马勒的老宅，周围的地十来年没人耕种，但人们仍然把它当农场看待，并对法兰克福任其闲置的决定感到不满。这个小个子男人似乎没有可以赚钱的工作，导致他的想法疯狂至极。有人说他是间谍或德裔美国人联盟[1]的成员，希特勒亲自把他安插在这里，为的是等美国和德国再次开战的那一天。

我对这些传闻并不很放在心上。鲁迪[2]不是我的朋友，但偶尔找我看病，而且他一直很有礼貌。我认为围栏、狗和紧锁的门让他更像是一个受害者，而不是敌人，他肯定没有人们说的那么可怕。

那天开车经过时，我在他上锁的大门前放慢了速度，注意到有辆车停在马路对面的灌木丛后面。车里有人，我感觉很奇怪，但也没有多想。法兰克福信箱上的旗子已经被放倒，说明今天没有要寄的邮件，除非已经被邮递员取走了，而从等候在树丛的车那里基本看不到信箱。我希望能在院子里看到法兰克福，以确认他是否健康。尽管对一个五十一岁的人来说，他平时的身体状况还算不错，但就怕他出了意外需要医生出诊，却没有电话喊我。我在信箱旁停下，往回走了走，下车看看门是不是真的锁上了。他住的房子离我有几百英尺[3]远，我瞥了一眼他的房子，窗户都拉着窗帘，然后，我走回我的车，进到车里。

我身后传来汽车的喇叭声，保罗·诺兰开着斯皮金斯杂货店的送货卡车经过此地。我们挥手致意后，他继续往前开，干燥的路面上扬起一

① 一个亲纳粹组织，于一九三六年由德裔美国人创建，一九四一年被取缔。——译者注
② 鲁迪（Rudy）是鲁道夫（Rudolph）的昵称。——译者注
③ 英美制长度单位，1英尺合0.3048米。——编者注

溜尘土。我笑着摇了摇头，想起伦斯警长曾抱怨年轻的保罗在小路上开得太快了。看到保罗，我不禁想起我也得去一趟杂货店。我答应过护士玛丽·贝斯特帮她捎一些橘子和鸡蛋，省得她在回家的路上拐弯。诺斯蒙特的街面上已经看不到那些什么都卖的老杂货店了，取而代之的是分门别类的水果店、五金店和饲料店，大个子迈克·斯皮金斯在正确的时间把店建在了正确的地方。大萧条对他没有丝毫影响，毕竟人总是要吃饭的。

我把车停在杂货店旁边的停车场，发现保罗的送货卡车早已停在那里了。他的卡车上落了一层灰尘，我用手指在它的一侧画了一道线，随后走进杂货店，拿起一个柳条篮子，这些篮子是迈克为顾客准备的，平时放在门口。我为玛丽选了橘子和鸡蛋，又为自己挑了面包和牛奶，然后拎着篮子去了收银台。

迈克·斯皮金斯正在读一张字条，见我过来便抬起头来。“医生，你怎么看这事？是鲁迪·法兰克福寄来的。他想让我给他送些生活用品，甚至连前门的钥匙也送来了。”

我说：“我刚才经过他家，没有看到他的影子。”我接过字条，那是一张米色纸，顶部印着法兰克福的名字和地址，再看购物清单，他手写了十几种商品。清单下面是打字机打出来的一行字：“汽车在修。请送货。钥匙用来开前门。小心狗。”

“他以前来镇上购物时，也给我留过这样的清单。”斯皮金斯不无担心地说，“但从来没有把钥匙和清单一起寄给我过。也许他病了。不然他为什么不亲自开门呢？”

“这个问题问得好。”我说，想起了那辆停在堡垒农舍对面的奇怪的车。

保罗·诺兰搬着一个纸板箱从储藏室出来。保罗是一个笨手笨脚的年轻人，跟比尔·克劳利是高中同学，但他的父母没钱供他上大学，他只好到杂货店打工。“你想把鸡汤放在哪里，斯皮金斯先生？”他喊道。

“放在角落里。我一会儿上架。我们收到了鲁迪·法兰克福的订单。是寄来的。今天晚些时候你有空跑一趟吗？”

“你什么时候去？”我问，“也许我应该跟你一块去，保罗，看看法兰克福有没有事。”

他想了一会儿，然后耸了耸肩。“四点左右？”

“到时候我来这里和你碰头。”我告诉他。

在我看来，整件事情都很奇怪，我比以往任何时候都担心那个监视法兰克福住宅的人。我想知道法兰克福是真的车出了问题，还是单纯就是害怕出来。至于那封订购信，想必是他走到门口，把它放进信箱，让邮递员取走的。

格雷森修车店是镇上唯一像样的修车店，路过它时，我决定进去一趟。“法兰克福的车出毛病了吗？”在汽修员从正在修理的别克车下面钻出来时，我问他。他叫泰勒，胳膊上的汗毛又浓又黑。

“有这事，已经修好了。不过他还没来取。”

“车有什么问题？”

“换挡出了故障。”

“他什么时候送来的？”

“两天前。周三下午四点左右。”

法兰克福的车修好了，我很奇怪他为什么不来取车，然后自己去买生活用品。当然，他没有电话，所以可能不知道车已经修好了。我边开车回诊所，边想着这些问题，沐浴着新英格兰地区夏末午后带着一丝凉意的阳光。

看到我把车停进了停车位，玛丽出来迎我。她看上去一如既往地迷人和干练，但今天她脸颊上微微泛起了红晕，让我想到一定哪里不对劲了。“可把你盼回来了，萨姆。有个病人等着见你。”

“谁啊？”

“格蕾琴·普拉特，跟比尔·克劳利交往的那个女孩。”

镇上青年之间的恋情最新进展如何，这些事我不太了解，但我确实认识普拉特。她和比尔·克劳利一起高中毕业，在他积极训练，力争参加奥运会时，她经常去他的父母家。显然，即使在他离家上大学的那一年，他们仍然保持着友好关系。“她怎么啦？”我问。

“她认为自己可能怀孕了，很是心烦意乱。”

玛丽并没有夸张。看到那个女孩泪痕斑斑的脸时，我知道她是真的很痛苦。“你好，格蕾琴。”我拍了拍她的肩膀，“给我说说怎么回事。”

她一边落泪，一边讲述，最终我听明白了整个故事。她深爱着比尔，但这个月没来月经，而这有可能对比尔参加奥运会的机会产生可怕的影响。

“比尔知道这事吗？”我问她。

“还不知道。我不知道该怎么告诉他。”

“好吧，让我们先做一些测试，以确定你是不是真的怀孕了。有可能没事，只是你自寻烦恼而已。”

她是个漂亮的金发女孩，高中时曾是啦啦队的队长。跟班里的很多同学一样，她没有去读大学，而是找了份工作。她在当地一家保险公司工作，那里的薪水不高。在诺斯蒙特这样的小镇，她唯一能指望的就是嫁给当地的某个男孩。在现在这种情况下，大多数女孩都会抓住机会诱骗比尔·克劳利走上红毯，但她太正派了，不会那样做。她只想到了比尔，想到了这种新生活对他的未来可能会产生的影响。在我给她做检查时，她甚至嘟囔着要堕胎，但我装作没有听到。

“我们明天就知道结果了。”我最后说道，并给试管贴上标签。

“要到那时才能知道？”

“这需要时间。我们得把你的尿样注射到一只兔子体内。如果兔子的卵巢显示怀孕的迹象，测试就是阳性的。幸运的是，这栋楼里的医院实验室养着A–Z验孕法用的兔子。否则，我们就得把你的样本送到别处了。”

“为什么叫这么个名字？因为它代表起点和终点吗？”

“不是什么终点，格蕾琴。”我告诉她，“这项测试是以发明它的两位德国医生阿施海姆和宗德克的名字命名的。①”

她站了起来。“一有结果就给我打电话，好吗？”

“会给你打的，不是玛丽就是我。”

她离开诊所，情绪低落，看着让人心碎。我想帮她走出困境，变得无忧无虑，但那不是我能做到的。

“这事该怎么办？”玛丽问我。

“你觉得呢？你没看到她脸上的表情？把这个拿去医院实验室做A–Z测试。我得开车去鲁迪·法兰克福那里。”

“他出什么事了？”听到她的语气，我忍不住笑了。

“没什么，希望如此。”我说。

我把车停在斯皮金斯杂货店的后面，保罗·诺兰正朝一只在他卡车周围嗅来嗅去的流浪狗扔石头。他把法兰克福要的所有东西都装到一个纸箱里，放进敞开着的卡车车厢里，旁边则是一卷帆布和一套高尔夫球杆。“你还要去乡村俱乐部打几洞？”我问他。

“镇上的球场比较适合我，”他说，“我怕那狗会叼走其中一根球杆。它总在这儿等人给它吃的。斯皮金斯先生给卡斯珀养狗场打过电话，他们还没来抓。”卡斯珀养狗场提供训练有素的警犬，比如鲁迪·法兰克福的那种德国牧羊犬，除此之外，它还负责为镇上

① 一九二八年，两位犹太妇科医生塞尔马·阿施海姆和伯恩哈德·宗德克研发出一种新的验孕方法，即把可能怀孕女性的尿液注射进雌性幼鼠体内，再解剖查看幼鼠卵巢的变化或近期有无排卵的迹象。但为躲避纳粹，他们的进一步研究被迫中断。后来，美国医生莫里斯·弗里德曼对这种验孕方法加以改进，并选择用雌兔代替雌鼠。A是英语二十六个字母的第一个，Z是最后一个，所以，格蕾琴才误以为是“起点和终点”。——译者注

捕狗。

“你现在要去送这些东西？”

“是的。一块去吧？”

“我开车跟着你。”

“有朝一日我也想开一辆这样的车。”他对着我的红色奔驰点了点头说。

“去读医学院吧。”我建议道。这辆车是我单身生活中为数不多的奢侈品之一。

在去法兰克福家的路上，我一直远远跟在保罗·诺兰后面，主要是为了避开他的车扬起的灰尘。他在大门口停下，拿着钥匙下了车，推了一下金属的围栏门，确认是锁上的后用钥匙打开。就在他开门时，我碰巧瞥了一眼马路对面的灌木丛。那里还是停着一辆车，只不过是另外一辆。监视者的蓝色道奇换成了褐色雪佛兰。

我熄火下车，故意大步朝雪佛兰走去。我第一次看清了里面的那个人，他向后靠在座位上，额头扣着一顶软呢帽，好像睡着了。我猛地拉开了副驾驶一侧没有上锁的车门。“也许我能帮你找到你要找的东西。”我告诉他。

他从软呢帽下面瞪着我，猛地翻开一个皮夹，让我看一枚金色小徽章和一张身份证。我只来得及看到“联邦调查局”这几个字就听到他说：“离开这里，伙计。继续开你的车。”

“我是医生。”我告诉他，“我要进去。”

“他怎么了？”

“据我所知，没什么。我只是看看他怎么样了。”

保罗·诺兰关上了围栏门，但没有上锁，开着他的送货卡车向前方的房子驶去。法兰克福家的那条德国牧羊犬几乎立刻就追上保罗的车，一边撕咬着送货卡车的轮胎，一边吠叫不止。联邦特工笑了起来。“你最好去救救那个孩子。”

我觉得也是，急忙走到大门口，把门推开，以便我的车能开进去。就在我穿过大门时，那狗似乎对于多个目标的出现感到困惑，它把注意力转移到我身上，沿路追着拦截我，送货卡车得以脱身，拐过车库，停在了我看不见的地方。

我停了一会儿，这样狗便会一直跟我的车纠缠，保罗则可以卸东西，但几分钟后，保罗出现在车库附近，向我打手势。“按铃他不应，医生。”

“也许他不在家。”我说。当我下车时，德国牧羊犬开始向我扑来。为保护自己，我脱下外套，裹到胳膊上，这时保罗捧着一捧狗粮跑了过来。

“它可能只是饿了。”他说着，把狗粮撒到地上，“法兰克福订了两大袋狗粮。”

看来他说的是对的。那狗停止了攻击，转而扑向食物。我长出一口气，跟着保罗回到房子的侧门。

“门是锁着的，他没有应答。”他告诉我。

我从窗户往里看，顿时我的脊背不禁发凉，这种感觉太熟悉了。“往后站，我要把玻璃打碎了。”

“什么？”

“里面有具尸体，在地板上。”

在随后几个小时里，我们确定鲁迪·法兰克福是被尸体附近发现的斧头反复击打头部致死的，死亡时间距现在有三十六到四十八小时，也就是周三晚上或周四早上。当伦斯警长检查完房子，告诉我所有的门窗都紧锁时，我并不感到惊讶。

“那围栏呢？”我问他。

“也一样，医生。电流在那条沿着围栏顶部的电线中全力运转，没人能翻过来。”

“锁着的大门，七英尺高的通电围栏，还有一只看门狗，房子的所有门窗也都锁着。又是一起不可能犯罪。”

伦斯警长动了动肚皮上的皮带，说：“医生，以前你也遇到过棘手的事。你想让我做什么？”

我想了想说：“周三下午，法兰克福把车开到修车店时，他还活着。他要么是自己走回来的，要么是搭了个便车。看看你能从汽修员那里发现什么。”后来，我又补充了一句：“还有给他送信的邮递员。”

“咦？”

“他给迈克·斯皮金斯写过一个订单，还把他的大门钥匙也寄了过去，这样他想要的生活用品就可以送到了。也许邮递员还记得自己从大门口的信箱里取过那封信。”

“你打算怎么做？”

我突然想起还有一个证人，也许是最好的证人。“跟我来，警长，就一会儿。”

结果，我们无须走到大门口就碰上了那位联邦特工。我打开门，他正站在外面，戴着软呢帽，一身联邦特工的打扮。

“这里怎么了？”他问道，再次出示了他的证件。

伦斯警长低头看了看名字。“特工史蒂文·贝茨。我能为你做什么，先生？”

“你是这里的警长？”

“是的。”

“过去两天，我们一直在监视这栋房子。这事关国家安全。”

“我认为你得说得更具体一点。”

这位特工越来越恼火地盯着警长。“这里发生了什么事？”他问道。

“一个叫鲁迪·法兰克福的人被杀了，就在这几天的某个时候。”

我问了一个问题，打断了他们：“你们是两个人在监视这房子吗？

不久前我看到过另一辆车。”

贝茨转向我，问道：“你是谁？”

“萨姆·霍桑医生。我发现的尸体。”

他点了点头。“你之前来过我的车这里。”

“我注意到灌木丛里停着两辆不同的车。看起来可疑。”

“我们怀疑鲁道夫·法兰克福可能与德裔美国人联盟这个组织有某种联系。他们这周末要在新英格兰的某个乡村见面，我和我的搭档受派监视这个地方。其他地方还有另外的团队。”他解释给伦斯警长听，没有理会我。

“我们这里从没碰到如此的麻烦事。”警长挠了挠头说，“法兰克福的事时有耳闻，但都与犯罪没什么关系。”

“一支猎枪，没有别的。在车库里，我们找到了很多食物，甚至还有三袋狗粮，但没有枪，没有电话，也没有任何机械设备。”

“我想我和我的搭档最好接手这个案子。我可以打电话，让他十五分钟内赶到。”

“没有电话。”伦斯警长告诉他。

“什么？”

“法兰克福家没有电话。他有点像个隐士。他只有在不得不去镇上时才去，住在这个通电围栏里，还养着一条看门狗。”

我想尝试了解一些情况，再次插话道：“如果你和你的搭档已经在这里待了两天，你一定看到了凶手。”

他又转向我。“我们是周三下午五点到这里的。从那以后这里没人进出。”

伦斯警长叹了口气。“那我们该怎么办，医生？”

“我不太确定。”我说，“你为什么不跟那个邮递员核实一下情况呢？我再找汽修员谈谈。”

最后，警方把鲁迪·法兰克福的尸体抬出房子，我们不得不让开。

周六早上，我一到办公室，就给格蕾琴·普拉特打电话，告诉她化验结果："A-Z测试呈阳性，格蕾琴。"

电话那头的人猛地吸了口气，但她开口说话的声音控制得还算不错。"对此我并不怀疑。"她说。

"那比尔呢？"

"我昨晚告诉他的。我很确定结果是什么。"

"他有什么反应？"

"我不知道。他很安静，若有所思。"

"你们俩今天下午能来见我吗？在告诉你们的父母之前，好好谈谈这事可能会有帮助。"

"如果比尔不去呢？"

"我们是很好的朋友。我会请他中断训练，抽出一个小时的。"

"好吧，医生。"

我挂断电话时，玛丽正站在门口。"周六你还来这么早？"

"我拿到了化验结果就想给格蕾琴·普拉特打电话。"

"阳性？"

我点了点头。"知道消息后，她情绪还不错。我让她今天下午和克劳利那家伙一起过来。"我摇了摇头，"他们做父母还太年轻，玛丽。"

"十九岁。我姐姐就是十九岁结婚的。他们过得就很好啊。"

"克劳利下周就要开始读大二了，而且正在为明年夏天的奥运会做赛前训练。"

她在病人坐的椅子上坐下来。"我想听和谋杀有关的情况。鲁迪·法兰克福是被人用斧头砸死的？"

"好像是这样。我还没有看到尸检结果。"

"那个地方就像一座堡垒，凶手是怎么进去的？"

我抽出我的黄色便笺本，开始做笔记，既是为了理清自己的想法，也是为了回答她的问题。“除了杀死鲁迪的凶手，最后一个见他活着的人是汽修员，那个叫泰勒的家伙。他说法兰克福四点左右开着车过去，然后离开，一个人走回家。走这段路大约需要三十分钟。法兰克福需要生活用品，包括狗粮，但显然他不想带着这些东西走路。回到家后，他写了一张清单，把大门钥匙装进信封，放到门口的信箱里，打算寄给斯皮金斯杂货店。从那天下午五点开始，两名联邦调查局的特工来到他家大门前，开始监视，没有看到有人进出。”

“所以他是在五点前被杀的？”

“我不知道。这有两种可能。第一种，他回到家，在他的房子里抓住了凶手，那人意图抢劫。但这不太可能，否则凶手是如何翻过围栏，又躲过狗，进入房子的？”

“是什么狗？”

“一条训练有素的德国牧羊犬，两个月前从卡斯珀养狗场买的，伦斯警长找到了购买单据。此外，如果法兰克福在回家时就被杀了，他怎么能写出购物清单呢？离开家前他应该没有写，否则他会亲自送到杂货店的。”

“第二种可能是什么？”玛丽问道。

“凶手在外面等着，法兰克福回到家时让他进去了。狗没有攻击他，因为法兰克福和他在一起。问题在于，我们面临同样的问题，鲁迪是什么时候写购物清单的？”

“你确定是鲁迪的笔迹吗？”

“是的。伦斯警长认出来了，送货员保罗也认得。如果把写清单、走到门口、回屋被杀所花的时间考虑进去，那么，在联邦调查局的特工五点开始监视之前，凶手几乎没有时间逃离。”

“但这一切还是发生了。”

“除非验尸结果显示鲁迪死于周三下午晚些时候。”我伸展了一下紧张的肌肉。“沃尔夫医生现在应该有结果了，我想下楼去见见他。”

沃尔夫医生有一头浓密的白发，容易记仇，特别是事情涉及我的时候。那年夏天早些时候，医学会威胁要吊销我的行医执照，我和他起了冲突，我们的关系至今有点僵。他是清教徒纪念医院的工作人员，而我的诊所在医院的翼楼，很自然的，我们经常碰面。

“噢，霍桑医生，什么风把你吹来了？”他从办公桌前抬起头来问道。

“我想知道你是否已经做完了法兰克福的尸检。”我告诉他。

“又在扮演侦探？”

“那个死者是我的病人。我自然对他的死感兴趣。”我生硬地回答。

他叹了口气，拿起面前的纸。“你想知道什么？”

“死亡时间，死亡原因。”

“死因是头部反复受到打击，造成大脑大量出血。他可能立刻失去了知觉，很快死亡。我估计时间是周三午夜，前后误差为四小时。”

“这么晚？他有没有可能是在周三下午五点以前被杀的？”

“不会，先生。你知道判断死亡时间的标准。胃里的食物，尸僵的程度。我相信你在医学院学过，人死后尸体的僵硬程度是由几个因素决定的，包括周围环境的温度。过一段时间后，尸僵又会自行消退。法兰克福死于周三午夜前后。”

“好吧。”我说，只好接受。

“顺便问一下，尸体被发现后，你或伦斯警长有没有把它翻过来？”

“当然没有。警长可能稍微抬了一下，看看下面有什么东西，但又放回了原位。为什么这么问？”

“可能无关紧要。”他不屑地说道，“你发现他是仰面躺在地上的，但他的身前有一些淤斑，似乎是死后血液沉淀形成的。我就想他可能被人翻过身。”

“那我就不知道了。”

“也许是凶手再次返回时做的。”

如果是那样，我想，凶手就不止一次进入过那座堡垒，而是至少两次。

我回到诊所，给伦斯警长打电话。在跟他说了一遍我从汽修员和沃尔夫医生的尸检报告那里获得的信息后，我向他了解邮递员的情况。“他记得从法兰克福的邮箱里拿过一封信吗？”

“他很确定周四有一封，还记得感觉信封里有什么沉甸甸的东西，但不知道是什么。”

“有可能是他用那把钥匙进入院子，杀了法兰克福吗？”

警长哼了一声。“谁，珀蒂？那人怕狗，医生。因为他被咬了很多次了。他送邮件时会从车里探出身子往路边的信箱里塞邮件。有德国牧羊犬在，他是绝不会进院子的！再说，他大半夜里也不会送信。”

“是啊，我想也是。谢谢，警长。”

下午，我还有其他事情需要考虑。比尔·克劳利和格蕾琴大约两点钟到的，两人都神情严肃，忸怩不安。

“你们打算怎么办？”我问他们。

“我们想结婚。”比尔立刻说。

“那就结吧。”

“我们的父母……”格蕾琴开始说。

“你们没有多少时间考虑跟家人开口的最佳方式了。如果需要，我可以和他们谈谈。也许你们更喜欢你们的牧师。”在接下来的半小时里，我们讨论了各种可能性，但在那个年代，在诺斯蒙特这样的小镇，显然没有太多的选择。要么结婚，要么格蕾琴去别的地方生下孩子，然后送给别人收养。

他们都不赞成后一个选择。“如果我有了孩子，我想自己养大他。”格蕾琴坚定地说，“唯一的问题是比尔。他下周又要开学了。”

“波士顿不远。我可以每个周末都回家，还可以找一份工作……”

“在大萧条期间？”她表示质疑，“那奥运会呢？”

“柏林对我来说没什么意义。事实上，如果那些德国人都像鲁迪·法兰克福一样，我宁愿离他们远远的。”

“你知道吗？他被杀了。”我告诉他。

“我听说了。有一天，他在杂货店跟我谈德国人是优等种族。我差点揍他一顿。如果他年轻十岁，我就会动手的。”

我用手揉了揉我疲惫的眼睛。“周三午夜前后你在哪里，比尔？”

“如果是午夜，我肯定躺在家里的床上。”

“你还在卡斯珀养狗场打工吗？”

“昨天就结束了。周一我要动身去上学。”

我站起来，在办公室里走来走去，望着外面的天空。我曾经多次希望自己不是生活在诺斯蒙特就好了，现在也是。“比尔，你现在的跳高纪录是多少？我敢说你能跳过七英尺。”

“嗯，当然……”

“要知道，在这个镇上这么多人当中，我敢说你是唯一可能谋杀鲁迪·法兰克福的人。”

格蕾琴惊得倒抽一口气，比尔则立刻站了起来。“你在说什么？我从没杀过人！”

我强迫自己再次坐下来。“考虑一下实际情况吧，比尔。法兰克福生活的地方实际上是一个堡垒。他的房子周围有一圈七英尺高的围栏，上面有带电的电线。院子里有一条德国牧羊犬巡逻，它会毫不犹豫地攻击陌生人。此外，房子是锁着的。大门的钥匙用邮件寄出去了，但两名联邦调查局特工在此期间轮流看守着大门。没有人进入。凶手必须以某种方式越过围栏，而且还要从狗的身边过去但不引其狂吠。”

“你有条件做到，比尔。你可以跳过七英尺高的围栏而不触及电线。你可以骗过那条狗，因为它认识你。两个月前，法兰克福从卡斯珀养狗场刚买下它，当时你还在那里打工。”

比尔转向格蕾琴。“你相信是我杀了法兰克福？”

“当然不相信！你连一只苍蝇都不会伤害！萨姆医生，他甚至都不去打猎！”

“可是你刚刚承认你想揍他，比尔。你可以越过围栏，从狗身边走过，友好地拍拍它的头。一旦你走到屋门口，法兰克福就会认出你，并打开门，只是为了看看你来干什么。门会在你离开的时候自动锁上，你又用同样的方式逃走，越过狗，翻过围栏。”

“不是他干的。”格蕾琴坚定地说。

“除非你愿意相信这是不可能的力量所为，否则，没有其他解释。”我告诉她。

“你打算把这件事告诉伦斯警长吗？”比尔问道，他第一次显得很害怕。

“如果我确信是这么回事的话，我必须告诉他。”我告诉他。

送走他们后，我独自坐在办公室里陷入沉思，但没过多久，玛丽就来找我了。“没有你这样推理的，这两个孩子的麻烦还不够多吗？”她说。

“这不仅仅是一个推理。”我坚持道。

“哦，是吗？”她质疑道，“我随口就可以说出另一个。法兰克福在回家的路上被车撞了。司机没有停车，法兰克福踉踉跄跄地进了家，没有马上死，活到足够他写完购物清单。”

“别逗了，玛丽，他是被斧头砸死的，不是被车撞死的。”不过，我想起了沃尔夫医生提到过人死后血液会流向身体最低点的事。想必有些东西我没有看到，而且应该是显而易见的东西。

“你不能把一半的证据寄托在那条狗的身上。”玛丽说，“两个月后，它还会记得比尔·克劳利吗？”

“狗通常会记得……”我开始说，然后停了下来，“那条狗！我没想到过那条狗！”

“它怎么了，萨姆？你说过它长得很凶。”

“不是那条狗，玛丽，而是另一条狗！”

在保罗·诺兰正要开始周六的最后一次送货时，我坐进了他的卡车的乘客席。

“要我送你去什么地方吗，萨姆医生？”他惊讶地问。

“我只是想兜一会儿风，保罗。”

他换挡起步，驶出斯皮金斯杂货店的停车场，沿着中心大街朝镇广场走去。“你对法兰克福谋杀案有什么看法吗？”他问，“这就是你要破的那种不可能犯罪案，是吧？”

“我曾帮助伦斯警长破过一些案子。”我回答说，“但有时面对这样的犯罪案件，若是切入的角度不对，不管怎么努力都是白费。”

“你是说他进农舍的方式？”

“我知道他是怎么进去的，保罗。我想知道的是动机。你为何要杀死鲁迪·法兰克福？”

他手里的方向盘突然一抖，我们几乎要冲到人行道上了。他及时扭转方向，把车开正，并紧紧握住方向盘。“你在说什么，医生？”

“你用斧头杀了鲁迪，保罗。你怎么做的所有细节我都知道了。”

“疯了吧你。”

“那么，让我讲给你听吧。周三下午四点左右，鲁迪·法兰克福把他的车开到修车店修变速器。他从那里步行回家，大约要走半小时，这时碰巧你开着卡车经过，说要载他一程。他答应了，在路上的某个地方你停下车，让他下来，然后用斧头把他打晕了。你当时以为他死了，其实他几个小时后才真的死了。你把他包在一块帆布里，放在卡车后面，然后打算把他的尸体运回他家，用他的钥匙打开门，如果狗这一关你通不过，你可能就会把尸体扔在那里。”

“你和我……我们一起在房子里发现的尸体！”他提醒我。

“那是因为你回来时发现有人把车停在灌木丛里看着大门。也许你晚上回来了好几次，希望能进去。你不知道监视者是谁，但发现他们没有马上离开的意思，于是，你想出了一个进院子的办法。你在杂货店找到一份法兰克福的旧购物清单，并在底部打上了那些说明。然后从死者口袋里的钥匙圈上取下了大门钥匙，把它和购物清单一起装进信封里。你趁着夜黑，走到信箱旁，没有被车里的人看到，因为信箱所在的地方不在他的视野范围内。”

“我怎么知道哪把是鲁迪的大门钥匙？”

“这个不重要。你知道你是送货的，如果猜错了，你可以从他的口袋里拿其他钥匙试一试。你没想到的是，我决定和你一起去。这既是一种优势，也是一种劣势。我可以证明你是无辜的，但我也可能看到一些你不想让我看到的东西。幸运的是，在你费劲地找钥匙开门时，我正在盘问那个监视者。在我忙着跟狗缠斗时，你离开了我的视线一两分钟，足够你用法兰克福的钥匙打开门，把他搬进去，再关上门，门随后自动锁住。你没时间归还钥匙，不过没关系。那人是在自己家里，没必要一直把钥匙放在口袋里。”

“这段时间我把尸体放在哪里？”

“从周三开始藏在某个地方，直到周五下午，你把它包在帆布里，放回到你的卡车里。我最终想起来，在你把那箱生活用品装进去之前，有一只狗在你的卡车后面嗅来嗅去。它能闻到死人味，是吧？”

保罗把车停在路边，有那么一会儿，我在想他会不会攻击我。“你这所有的推理都是基于一条狗，医生？”

“是两条狗，真的。法兰克福的狗袭击我时，你拿着狗粮跑了出来。你说它饿了，你说得对。你怎么知道的？你怎么知道法兰克福没在家喂它？法兰克福的车库里已经有很多狗粮，为什么还要订购更多的狗粮？若是我们查看一下，就可能会发现旧购物清单上的大部分东西他都不需要。我想我们还会发现购物清单底部的字是用杂货店里的打字机打的。法兰克福家有很多狗粮，但肯定没有打字机。”

“我为什么要杀他？”

“这需要你来告诉我。不只是杀他这个行为。你冒着相当大的风险，就为了让法兰克福的尸体在他用围栏围起来的农舍里被发现。你本可以直接把尸体埋在树林里，这么做差不多就像是……”

就在那时，我把一切都想通了。“你和比尔·克劳利、格蕾琴·普拉特一起高中毕业，是吧？整件事都是你计划好的，只为一个原因：诬陷比尔犯了他没有犯的罪行。你听到他和法兰克福在杂货店里争吵，而且知道比尔是镇上唯一能越过七英尺高围栏的人。那条购自卡斯珀养狗场的狗是个意外收获，正好符合你的计划。”

他已经接近崩溃的边缘，快要哭出来了。“我说就是比尔干的！”他喊道，“不管你怎么说，我还是会说是他干的！”

他想让我找到指向比尔·克劳利的证据，之前我的推理也确实如他所愿，他想把谋杀的罪名嫁祸给比尔。“你想要得到格蕾琴。”我轻声地说。

“上帝啊，从小学开始我就想要得到她。一开始我想杀了比尔，但我知道那样格蕾琴会怀疑到我的头上。我觉得没人在乎那个德国佬。即使比尔没有被定罪，人们也会怀疑是他干的。这会葬送他参加奥运会的机会。”

“太晚了，保罗。他们将在本月结婚。”

他喊叫着，开始用拳头打我。我担心自己性命不保，从卡车上跳了下去。但他没有追过来，而是独自驾车离开了，沿着乡间小路疾驰而去，前方则是只有他自己能看到的某种悲剧的宿命。

“第二天，邻州的警察就把保罗带走了。”萨姆医生最后说道，

“考虑到他的年龄，允许他以过失杀人罪服刑，被判二十年监禁。”联邦调查局特工返回华盛顿。比尔·克劳利回到大学，他和格蕾琴于十月结婚。到第二年夏天去参加柏林奥运会时，他已经是一个自豪的父亲了。他没有拿到奖牌，只在一个单项上得了第四名，对他来说，这个成绩已经足够好了。

“下次我会给你讲一个比较平和的故事，一个似乎跟犯罪完全不相干的难题。”

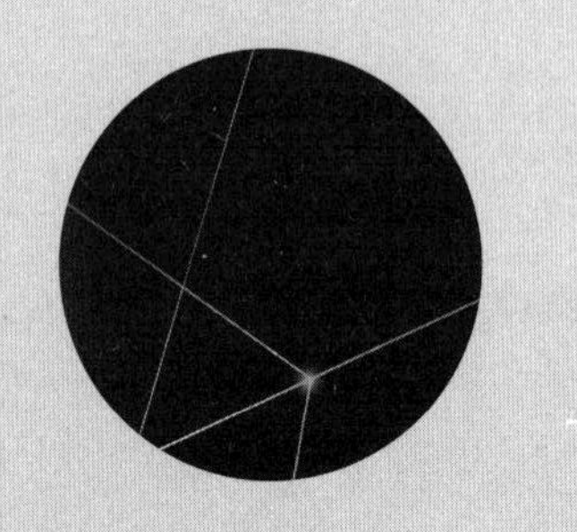

05 闹鬼的帐篷

一九三五年九月，一个晴朗而凉爽的下午，萨姆·霍桑医生和他的护士玛丽·贝斯特去买办公家具，主要是添置一个矮柜，放在玛丽的办公桌旁，以便放置各种用品。对他们来说，那年夏天过得都还不错，尽管受大萧条的影响，未付账单越积越多，但萨姆并不担心。

“我想最糟糕的日子已经过去了。”那天早上，他告诉玛丽，“这些人都是好人，一旦有能力，他们就会付钱的。”

过了一会儿，她注意到有位白发老人在医院停车场里徘徊，那里是萨姆和其他医生停车的地方。“那边的那个人是谁？”

“不认识。可能他的妻子要做手术了，他感到很紧张。”诊所所在的翼楼属于清教徒纪念医院，他们经常在大厅里遇到等待亲人最新诊断报告的病人家属。

“我不知道。”玛丽喃喃地说，“但看起来不像。他一直往这边看。”

在中心大街商店，他们最终选定了一个尚未完工的木制书柜。当他们走出商店时，玛丽又看见了那个老头。“我可以自己刷漆。”她低声说着，在车旁停下脚步，“又是那个老头。他在你身后，朝你走过来了。”

近看之下，这位白发男子并没有从远处看起来那么老，但从他的皮肤看，绝对是一个饱经风霜的人。“你是萨姆·霍桑医生吗？”他在路边停下，问道。

“是我。”萨姆笑着说，“有什么事需要我帮忙吗？”

“你能否抽出点时间给我一些建议？当然，我愿意付费。”

“有关什么的建议？是你自己的健康问题吗？”如果这个人需要求医问药，单从外表看，他没有什么明显的病症。

“准确地说，不是我的。”

“你妻子的？”

“不，她身体很好。是别人的……”

“噢，最好让那人来做检查。”

老人笑了笑。“那可不容易，医生。他已经死了四十五年了。”

从诊疗安排上看，直到下午晚些时候萨姆才有病人预约，所以，他们开车带老人回到了诊所。老人说他的名字是本·斯诺，来东部之前，他是一个牛仔，不过时间要退回到十九世纪八十至九十年代。玛丽对旧时的西部心怀敬畏，她立即兴趣大增。“你杀过人吗？”她问他。

“很多。我年轻的时候，有人认为我是比利小子[1]。”

“真的是你？”

“不，但我们是同一年出生的，一八五九年。你觉得呢，霍桑医生？我今年七十六岁，身体还不错，对吧？”

“你看起来确实很健康。”萨姆承认，“你现在住在诺斯蒙特吗？”

“不，我在弗吉尼亚的里士满。世纪之交，旧西部开始衰落，在那之后，我就向东漂泊，多是去的密西西比河沿岸的城市。一九〇一年，我到了布法罗；一九〇三年，去了基蒂霍克，莱特兄弟在那一年飞上了天。不久后我就结婚了，定居在里士满，到现在已经在那里生活三十

① 比利小子本名亨利·麦卡蒂，一八五九年出生，曾化名威廉·邦尼，美国旧西部的逃犯和枪手，在二十一岁被枪杀之前他杀死了八个人。——译者注

年了。”

萨姆感觉这个老人可以滔滔不绝地讲上一小时，讲述很久以前的冒险经历，这些历险可能在回忆时被夸大了，也可能没有。“是什么事让你跑到这里来的？”他问。

“我在里士满听说过你。我听说你在破获不可能犯罪案件方面名气很大。所以上周我对我妻子说：‘我要搭火车到新英格兰去看看那个萨姆·霍桑医生。我要告诉他那次遇到苏族人发生的事，看看他怎么想。’所以我就来了。”

“嗯，伦斯警长是我的朋友，我倒确实是帮他破获了一些当地的案件。”萨姆承认，“但对于四十五年前发生在西部的事情，我不知道我有多大把握。”

“你至少听我说一说，好不好？你能听我说完吗？我可以支付预约费用，跟病人看病一样。”

萨姆笑了。“那就不必了，斯诺先生。来吧，给我讲讲你的故事。”

本·斯诺身体向后靠在椅子上，他似乎不介意有听众，玛丽也就拉了一把椅子凑过来听。

“那是一八九〇年的夏天，”他开始讲道，“这事涉及一个印第安人的圆锥形帐篷，它闹鬼了，似乎杀死了睡在里面的人。当然，印第安人并不都用圆锥形帐篷，主要是生活在平原上的部落，比如苏族人。事实上，英语中的圆锥形帐篷这个词来自达科他语。苏族人喜欢称自己为达科他人。总之，那年夏天，我一直骑马北上……”

那年夏天，本·斯诺一直北行，向着加拿大边境进发。进入南达科他州后不久，他就来到了苏族人的营地，对此他并不感到惊讶，因为那里是狩猎野牛的好地方，没有人比苏族人更擅长此道了。十四年前，在卡斯特死于小大角羊战役[1]后，较大的苏族部落为了避免美国骑兵的报复而分散开来。现在他们主要以大家庭为单位生活和旅行。很少有人能同时看到两百多个苏族男人、女人和孩子在一起。

本还没看到就知道附近有个营地，因为印第安马奥茨慢跑起来，似乎还在嗅着空气，奥茨每次都能闻到印第安营地的味道。

当他们登上下一座山头时，本看到了营地，七个圆锥形帐篷大致围成一个圆圈，有一侧是放马的地方。他平静地骑马下山，但手始终放在枪上。大多数苏族人对白人又恨又怕，他必须向他们表明自己是单枪匹马，没有任何打仗的意图。

一位苏族勇士几乎立刻现身，盘问他是干什么的。这位年轻人一手拿着卡宾枪，但小心翼翼地把枪口对着地面。“我只是路过！”本向他喊道，希望他能听懂英语。

随着他们之间的距离越来越近，这位勇敢的小伙子开口说道：“我是流云[2]。我们在这里捕猎野牛。我们不想跟白人起冲突。”

本看出流云的卡宾枪是新的，这引起了他的兴趣。“我喜欢你的步枪。你在哪儿买的？”

“从武器贩子那儿。他驾着马车经过此地，向达科他人出售好使的猎枪。今天早上。”

“他叫什么名字？”

“兰兹曼。他去拜访我父亲奔鹿了。”

“在这附近？”

“得翻过下座山。”流云指了指，“离这儿一英里[3]。”

在本看来，这位年轻勇士的父亲离得这么近，却又与猎人大部队分

---

① 一八七六年，美国原住民苏族人在小大角羊战役中全歼进攻的美军卡斯特部。——译者注

② 印第安人没有姓，只有名字，本书中印第安人名字不采用音译，而根据字面意思直译，以体现其蕴含的独特的印第安人文化。——译者注

③ 英美制长度单位，1英里合1.6093千米。——编者注

开，这很奇怪，但他主要关心的是武器贩子兰兹曼以及那一车武器弹药。本的弹药快用完了，他还需要一个新的军毯卷。“谢谢你。”他说，“你能跟我一起去吗？这样他们就知道我是为和平而来的。”

流云犹豫了一下，然后点点头，朝本的马走去。几个妇女和孩子从圆锥形帐篷里钻了出来，注视着本，但本没有看到其他成年人。也许他们去猎捕野牛了。

这位印第安人轻松地骑上没有马鞍的马背，领着本穿过小营地，登上下一座小山。从山顶上，本可以看到远处有一个孤零零的帐篷，烟从它的上面飘散出来。附近有一辆马车，车上漆着一个名字。从那个距离上看，本看不太清楚是什么字。“就在下面。”这位印第安人又指了指，表示他不打算再往前走了。

本以为山下的人已经发现他们了，所以，他觉得自己不用向导也可以安全地骑行过去。但让本觉得奇怪的是，流云为什么会极力躲避他的父亲？本猜测奔鹿可能患有某种传染病。

等本骑到近处，他看清了马车侧面漆的字是：

阿伦·兰兹曼，美军物资供应商

一看到那个武器贩子，本就认出了他。阿伦·兰兹曼已是中年，下巴上有一圈灰白的胡须。他主要游走在该地区的骑兵基地，但也经常与苏族人做生意。卡宾枪限于猎杀水牛，虽然军队禁止将卡宾枪出售给印第安人，但众人皆知，像兰兹曼这种人，如果在这一地区旅行而不跟印第安人做买卖，他是活不长的。事实上，本很想知道兰兹曼是如何坚持到现在，并坚持这么长时间的。

本下马时，兰兹曼走过来和他握手。“斯诺，是吧？我们去年在拉腊米堡见过面吧？”

“我想是的。”本承认道，上前与他握手，“你一直在卖步枪？”

“卖了几支，只用于猎杀水牛。你不可能指望印第安人用长矛猎杀水牛，是吧？”

“这就不关我的事了。”本说。此时，帐篷的门帘掀起，一个年轻的印第安女人走了出来。她弯着腰，脸朝下，本只能看到她的身体，以及带流苏的鹿皮裙下修长的双腿。然后，她直起身来。他看到了她脸上有一道吓人的伤疤，从左眼一直延伸到脸颊和嘴巴，看起来像是不久前被刀划伤的。

“拉克维拉。”兰兹曼说，“这是本·斯诺，我的一个老熟人。”

“很高兴见到你。”本告诉这位容貌受损的年轻女子。

她用达科他语说了一个词，然后马上说：“我代表奔鹿向你问好。”她又弯下腰去掀开帐篷的门帘，一个白发苍苍的印第安人出现了，他饱经风霜的脸上刻满岁月的痕迹。他的举止像是一个部落的长者，也许是一位酋长，甚至是一位巫医。拉克维拉扶他坐下后，本向他致以传统的敬意。

“你们今天生火了。”本说，他指的是帐篷里还在袅袅升起的烟。

“他感觉浑身冰凉，”拉克维拉解释说，“他身体不好。”

“我在另一个营地与流云交谈过，是他指引我到这里来的。”

“你要找什么？”她问。

“跟你们一样，只是想从阿伦手里买些东西。”

“没有问题，先生。”阿伦·兰兹曼说，立即心领神会，“你今天想看点什么？我有一些上等的麻绳……”

“给我一个军毯卷就行，也许再给我来点步枪弹药更好。”

奔鹿振作起精神问道：“你会去印第安人的土地上捕猎野牛吗？”

“永远不会。”本向奔鹿保证，“我尊重‘红种人’[1]的传统权利。”话音刚落，他便想到有些印第安人觉得这个词很是无礼。还好，

① 北美印第安人曾被蔑称为红种人，因为他们的皮肤经常因涂红颜料呈棕红色。——译者注

奔鹿的表情并未改变。

本朝马车走去，武器贩子紧随其后。“你的步枪是哪种？雷明顿？”本点点头。兰兹曼放低了一点声音说：“我以为你停下来是因为听说了奔鹿帐篷的事。”

“帐篷有什么事？”

“据说印第安人的鬼魂在里面出没。有些人在里面睡着睡着就死了。”

本·斯诺重新看了一眼帐篷。印第安人的传统帐篷由长杆搭成圆锥形的框架，再将晒干的兽皮缝制好，覆盖在上面。帘子门开着，烟从顶上的通风口往外飘。这些兽皮上绘有各种印第安人的符号。可以看出，其中一个符号是太阳，一个符号可能是鹰。本估计帐篷内大约十英尺高，十五英尺宽。透过敞开的门缝，他看到里面的地面也铺着动物的毛皮，为的是防寒。

“得用不少兽皮。”本对兰兹曼评论道，以前他从未花时间近距离地研究过印第安人的帐篷。

“大约四十张，主要是水牛皮。木杆是我亲自给奔鹿送来的，是从加州运来的一批军队不用的木材里挑出来的，结实的陈年夹竹桃木。夹竹桃其实是一种灌木，但在那里它们能长成树那么高。”

“这些鬼魂是什么人？”

“谁知道呢？亲人，战死的敌人。他们有时会听到一些声音，但我告诉他们那是风。”

“奔鹿怎么了？”

“主要是上了年纪了。毫无疑问，他有病。”

“拉克维拉是他的女儿吗？”

阿伦的声音压低成了耳语。“不是，她是奔鹿的儿媳，流云的妻子。她关心这个老头是好事。奔鹿的妻子，也就是流云的母亲，第一个死于恶灵。”

"拉克维拉脸上有一道可怕的伤疤。"

兰兹曼点了点头。"是她丈夫干的。"

"我的上帝！流云？"

"没错。"

"但是为什么呀？"

这位胡子男耸了耸肩，说："在苏族人中，毁容是标准的惩罚婚姻不忠的做法。"

拉克维拉此时从马车旁边走过来。"你们留下来和我们一起吃饭好吗？"她问，"这是奔鹿要求的，我知道这会让他很高兴。"

本和武器贩子交换了一下眼神。"我们很乐意。"兰兹曼替自己和本答道，"我不急着去下一个要塞。"

他们吃的是烤水牛肉。本觉得这肉比平时更加美味，他称赞拉克维拉做饭好吃。拉克维拉高兴地笑了，火焰的热量让她的伤疤变成了鲜红色，但她似乎没有意识到这一点。

"跟我讲讲你帐篷里的鬼吧。"等他们吃完最后一块肉，本开口说道。

老奔鹿叹了口气。"这就是我要跟山那边的人分开，单独住在这里的原因，他们害怕我帐篷里的这个空间。"

"我可以看看吗？"本问。他们是在外面围着篝火吃的饭。虽然已经接近傍晚，但天仍然很暖和。因为篝火的缘故，夏天的苍蝇都离得远远的，本发现这是他北上途中一段愉快的插曲。不过，这时他看到这位印第安老人挥了挥手，表示允许他进入帐篷。他知道自己卷入了一件与他毫不相关的事情，但想要对闹鬼帐篷一探究竟的想法让他无法抗拒。

这个圆锥帐篷比他想象的要宽敞。他走到中心位置，身体直立完全没有问题。床上用品和食物、生活用品都放在边上。拉克维拉陪他进了屋，她指了指帐篷顶上用来通风的敞开着的挑帘。"里面生火时，我们就要用到它们。烟会从那里飘出去。"

“你经常睡在这里吗？”

“大多数夜晚，是的。”她摸了摸自己的脸，“在过去的六个月吧。”

“你嫁给了流云？”

“是的。”

“他也睡在这里吗？”

“没有。除非我要求，否则，他是不会来的，而我还没有这样做。”

“关于你的脸，我很同情。”本说，“那个武器贩子告诉我发生了什么事。”

“他不应该拿我的问题让别人不安。”她凝视着他们头顶上可见的天空，“只有在刮风的时候才会有声音。我知道是因为这些木杆，也许它们身上有虫蛀的洞，才会发出这种声音。”

“也许虫子借着月光钻出来，杀死了睡在这里的人。”

她皱起了眉头。“你也太糊涂了。死亡可不是拿来开玩笑的。”

“这里死过几个人？”

拉克维拉伸出三根手指。“第一个是奔鹿的妻子，在他开始使用新帐篷后不久，差不多一年前。接着是他的儿子黑鹿。在那之后，我的孩子也死了。”

“非常抱歉。如果我知道的话，就不会问了。”

“巫医蓝狐说这是鬼魂作祟之地，他无能为力。他说这个帐篷被一位去世酋长的灵魂附体了，这个帐篷第一次搭起来的地方正是那位酋长的埋葬处。其他人信以为真，都躲得远远的。他们让我们在远离他们的地方搭帐篷，这样就不会有孩子偶然走进我们的帐篷了。”

“你相信吗？”

“我要是相信的话，还会留在这里吗？”

本在回答时忍不住盯着她那张刀疤脸。“你可能对生死已经不再在乎了。”

突然，拉克维拉警觉地望向外面的篝火，发现有什么事情发生了。她走出去站到公公身旁，本也跟了出去。只见六个印第安勇士出现在山边，正骑马返回营地。一个人骑马拉着一个木杆绑成的托架，上面放着一头死去的水牛。当他们经过时，奔鹿站起来表示敬意，并用达科他语表达问候。其中一个比其他人年龄大一点的英俊勇敢的骑手从队伍中出来，来到帐篷前。他向所有人打招呼。“这就是蓝狐，”拉克维拉说，“他是我们的巫医。”

“本·斯诺。”本做了一个打招呼的手势，“我是一个旅行者，正往北走。”

蓝狐点了点头，然后他转向奔鹿问道：“你今天好吗，老头子？”

“即使天气暖和了，但我还是觉得浑身发冷。不过，我还能活到明年冬天。”

“你整个夏天都在这里打猎吗？”本问蓝狐。

“只要水牛还在跑。然后，我们将前往翁迪德尼，那里是过冬的营地，其他人会跟我们在那里会合。”

正当他要骑马离开时，拉克维拉对他说：“告诉流云，我有话对他说。”

“我会告诉他的。”

老人一言不发地盯着她，甚至连那个武器贩子也显得很惊讶。没有人说话，几分钟后，被唤来的那位勇士出现在山顶上，他的妻子去迎接他。

“之前聊天时听拉克维拉说，自从流云划伤了她的脸之后，她已经六个月没跟他说过话了。”本低声对兰兹曼说。他瞥了一眼旁边的老人。“那孩子是她情人的吗？”

兰兹曼摇了摇头。“我见过那个孩子，他是流云的儿子。”

拉克维拉正从山上走下来，流云跟在她后面。“他今晚要住在这里。”她告诉奔鹿，“你的儿子回家了。我去给他拿吃的喝的。”

老人点点头，兰兹曼显得很惊讶。“事情不简单。”他低声对本说。

“你认为是什么原因让她改变了主意？”

“不知道，但我想我要在这里过夜，看看会发生什么。”

本抬头看了看天空。夕阳已经消失在西边的山头上了，他知道即使自己现在上路，走不了多远也会被迫扎营过夜，而此地似乎就是扎营的好地方。兰兹曼慷慨地在他的马车上腾出了一个地方。

“我习惯了在星空下睡觉。”本告诉他，“但我愿意和你分享篝火。”

当晚，流云和拉克维拉跟奔鹿一起住在帐篷里。病恹恹的老人似乎很欢迎他儿子的归来，但按照印第安人的传统，他没有流露什么情感。其他人去睡觉后，本和阿伦·兰兹曼继续坐在篝火旁，直至天空升起一轮满月。然后，武器贩子走向他的马车，本则打开了他的毯子。

快要睡着时，本不知不觉睁开了眼睛。在明亮的月光下，他觉得自己看到一个印第安勇士站在山顶上，但也许只是一场梦。

天刚亮，本就被帐篷那边传来的可怕的哀号声惊醒了。“他死了！他死了！”

这是拉克维拉充满恐惧的声音，本抓起手枪朝声音传来的地方跑去。惊叫声把兰兹曼也吵醒了，这个武器贩子睡眼惺忪地从马车上往外探望。

“发生什么事了？”本喊道，拉开帐篷的门帘。

拉克维拉抬头看着他，她正把流云的头抱在膝上。“他死了，跟其他人一样！鬼魂又出现了！必须把这个帐篷烧毁，永远毁掉！”

奔鹿现在也醒了，当意识到发生了什么时，他开始为死者哀号。本弯腰检查尸体，等兰兹曼来到他身边后，他建议他们把流云搬到外面，放到清晨的空气中。

来到外面，旭日沐浴着流云的脸，他确实死了。本仔细检查了他的身体，并且翻过身来查看他的背部。跟大多数年轻的勇士一样，他是赤身裸体睡觉的，身上没有发现任何非自然死亡的痕迹。“晚上有什么事发生吗？”本问拉克维拉。

“没发生什么。我们睡着了。我醒了一次，看到流云稍微动了一下，然后就继续睡觉了。黎明时分，当我再次醒来时，他没有动，即使我摇晃他，他也没有反应，这就像他的弟弟，也像我的孩子！”她绝望地看着死者的父亲，“我不应该让他回来！他的死都是我的错！”

主营地的其他人听到了她的哭声，一些人在巫医蓝狐的带领下出现在山上。

蓝狐也检查了尸体，很快，本就看到有人开始着手准备葬礼的事了。他们运走了遗体，准备举行传统的苏族埋葬仪式。

有些女人坐在奔鹿旁边安慰他，拉克维拉则独自离开了。本待在帐篷旁，试图从覆盖帐篷的兽皮上画的符号中看出某种答案。就在这时，他注意到靠近入口的一根支撑杆上有四个凹痕，是新刻的，而且很深。它们就像是枪托上的凹痕，只是雕刻时掉下来的小木片似乎已经被拿走了。他很奇怪，难道鬼魂也有记录杀人次数的习惯。

拉克维拉独自坐在草地上，阿伦·兰兹曼走过去。本跟在后面，听到兰兹曼问：“你昨晚和他做爱了吗？”

她被他的声音吓了一跳，转过身来，使劲摇了摇头。“我邀请他回来只是作为一个开始。我还没准备好。”

武器贩子点了点头，没再对她说什么。

过了一会儿，本问道：“拉克维拉，你相信帐篷闹鬼吗？”

“他们都死了。四个人。”

“但是你还活着。奔鹿还活着。”

她只是摇了摇头，眼睛盯着地面。

“奔鹿的妻子年纪大了，你的孩子还小。跟我说说流云的弟弟。他是什么样的人？”

“黑鹿人很好。他还是个孩子，比我丈夫小。”

“他也是这样死的吗？”

“是的。”

本走回兰兹曼的马车，问道：“你会留下来参加葬礼吗？”

“不，这事只有他们的家人、亲友参加。他们不希望我们参加葬礼。”

“如果你马上走，我就骑马陪你走一程。”

兰兹曼点点头。“我正好缺个伴。”

临别之际，兰兹曼答应等他们从翁迪德尼出发进行冬季迁移时再跟他们见面。然后，兰兹曼爬上马车，策马前进；本骑上奥茨，在旁边跟随。

走了一段时间后，本说：“我觉得我还没有搞清楚闹鬼这事到底是怎么回事。”

“这些人很迷信，所有那些闹鬼的事你都不能相信。”

“那我该怎么想，兰兹曼，是你杀了流云？”

“啊？”兰兹曼勒住马，转过身来，“斯诺，你到底在说什么？”

“你是拉克维拉的情人，兰兹曼。就是因为你，她脸上才有了划痕……”

阿伦·兰兹曼沉默了一会儿，好像在斟酌他应该怎么回应。

“你以为我会去糊弄一个有夫之妇吗？”最后他问道。

“你刚才走到她跟前，问她是不是和她丈夫做爱了。这可不是一个生意人会向别人的妻子提出的普通问题。”

“对那些人来说，我不仅仅是个商人。”

“但我怀疑你到这里来不是向他们卖步枪的，兰兹曼。私卖步枪是非法的，即使是用于打猎。如果你在做这事，也就不会如此爽快地向我承认了。你来这里主要是为了见拉克维拉，是不是？”

“是的，我对这个年轻女人很感兴趣。我把她当女儿看待。”

“不只是女儿吧。当我问你那孩子是不是她情人的时，你说你见过那个孩子，那是流云的儿子。但这个苏族婴儿才几个月大，怎么可能认定他就是流云的，而将其他部落成员排除在外呢？这肯定也不是你这样的外人能够辨别的。当你这么说的时候，唯一想要表达的意思就是这个孩子是纯正的印第安人，没有半点混血儿的生理特征。你怎么会知道拉克维拉的情人是个白人？除非你就是那个情人，不然你怎么会知道呢？”

“好吧，拉克维拉来过我的马车几次。”兰兹曼承认道，“但那孩子是流云的。流云发现她有个情人，只不过从不知道那人是我。她受到惩罚，我为她感到难过。”

“所以你就杀了他。”

“不！我从没碰过他。杀死他的东西也杀死了其他人，但不是我。”

这家伙似乎很真诚，信誓旦旦，本几乎要相信他了。“如果不是你杀了他，那你认为是谁或是什么杀了他？”

“我不知道，”兰兹曼说，“这几乎足以让你相信有鬼存在，不是吗？”

他们默默地前行了一段时间，不久，来到了怀特河。“它的水位已经低到可以在此涉水过去。”武器贩子决定道，“我想我要在这里过河。”

“那么，我和你在此分手吧。”本说。

兰兹曼点了点头。“我认为我们还会相遇的。”

“你最好离拉克维拉远点。”

“我知道。”

本看着他渡过浅水区，直到马车安全到达对岸。然后，他转而向西，策马奔驰。他要赶时间，但并不是急着赶往目的地，因为他也没有什么目的地。

白发老人讲完了他的故事，身体靠到椅子背上。玛丽·贝斯特瞥了萨姆医生一眼，说："这个故事很吸引人。确有其事吗，斯诺先生？"

"确实如此。"本告诉她，"但我从来没有想明白过。我一直不知道是什么杀了奔鹿帐篷里的那些人。是真的像巫医说的那样闹鬼，还是有别的原因导致了那四个人的死亡？直到今天，我有时还是认为阿伦·兰兹曼与此事脱不了干系，但据我所知，前三位死者死亡时他都不在场。"

"你后来又见过他吗？"萨姆问。

"没有。我们走的路再也没有交集。"

"奔鹿和拉克维拉怎么样了？"

"那个叫蓝狐的巫医呢？"玛丽问道。

"我再也没见过他们。那年十二月二十九日，第七骑兵团骑马穿过翁迪德尼的雪地把他们全杀了，总共两百多个男人、女人和孩子。那个团是卡斯特的旧部，有人说这是对十四年前小大角羊事件迟来的报复。"

"所以这是一个没有结局的故事。"萨姆说。

"除非你能提供一个。这就是我坐火车来这里的原因。等你到了我这个年纪，这种事会让你困扰不已。没有结局，你懂吗？"

过了一会儿，玛丽说话了。这不是她第一次帮萨姆医生破解谜团了。"斯诺先生，那个帐篷里根本没有鬼。如果你想知道，我可以告诉你是什么杀死了他们。"

"我真的想知道！"

玛丽朝萨姆瞥了一眼，没等他同意就开始讲了起来。"阿伦·兰兹曼和流云的死无关，跟其他人的死也无关。他们是被帐篷撑杆上的有毒汁液杀死的。没有鬼，也没有凶手。死亡是意外。"

"什么？"

"是的，斯诺先生。你说过兰兹曼去年送给他们一批木杆，是从一批军队不用的夹竹桃木材中选的。军队不用是因为夹竹桃的汁液有毒。等他们将夹竹桃木杆用到帐篷上，在帐篷里生火时，火的热量会将其中的汁液烤出来，这些有毒的夹竹桃汁液杀死了奔鹿的妻子、孙子和两个儿子。虽然奔鹿的体质比较强壮，但这种汁液无疑也让他患上了疾病。"

"拉克维拉是怎么回事？"本·斯诺问道，"她似乎不受影响。"

"我想只是运气好，而且她已经整整一年没在那里过夜了，直到流云划伤她的脸她才又去的。"

本点了点头。"但你确定兰兹曼把木杆卖给他们时不知道夹竹桃的汁液有毒的事吗？"

"他是无辜的，否则他绝不会告诉你那是夹竹桃。斯诺先生，那四个可怜的人死于意外。"

"我想，过了这么久，这已经不重要了，"本说，"就算他们没有死于意外，他们也只能活到翁迪德尼大屠杀。"

接着，萨姆·霍桑说话了："玛丽讲的前三个人的死亡推理毫无疑问是正确的，但关于流云的死亡，我必须纠正一下。他是被拉克维拉谋杀的。"

玛丽盯着他。"你怎么能知道，萨姆，都过了四十五年了？"

"因为你忘记了斯诺先生的观察，他看到了帐篷杆上的新刻痕。我们已经否决了鬼魂，但如果死因是意外，那你怎么解释那些刻痕？它们当然不是用来计算死亡人数的。有人从那根杆子上取下了几块新鲜的木片，这样就可以在烹饪的时候插进肉里，或者在炽热的火上烤出剩余的汁液。而如果那天晚上有人给流云下了毒，那只能是邀请他回来的拉克维拉。我相信她终于意识到是什么杀死了帐篷里的人，特别是在她自己的儿子也死了之后。也许她甚至看到自己的儿子摸过黏糊糊的杆子，然后像婴儿一般会做的那样把手指放进嘴里。她靠避开杆子活了下来，晚上睡觉时可能会用布蒙头。但她从来没有告诉过任何人，因为她永远忘不了脸上那道可怕的伤疤。她在等待合适的时机邀请丈夫回来，让他以为她已经不计前嫌了，他们可以重新开始了。有兰兹曼和斯诺在场作证，就是一个完美的时机。”

“是的。”本·斯诺表示同意，已经确信无疑了，“事情一定是这样的。”

“你说得对。”玛丽同意道，“我忘记那些刻痕了。”

“她想要快一点发生，趁你和兰兹曼还在现场的时候最好了。”

本第一次露出了笑容。“你让一个老头高兴了。等我回家，我妻子会很开心的。”

“你为什么不留下来吃晚饭呢？”玛丽建议道，“在你回去之前，我们可以去我家吃饭。我相信你一定有很多旧时西部的故事。”

本朝他们俩笑了笑。“我敢说你们的新英格兰故事肯定比任何人的都精彩。”

“也许吧。”萨姆医生笑着回答，“到时候再说。”

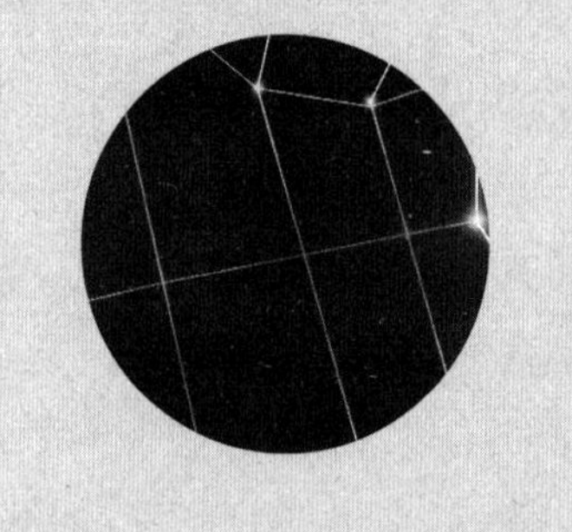

06 骑车少女失踪之谜

那是一九三六年的夏末，总统竞选活动逐渐白热化。早在六月，罗斯福和兰登[①]就在各自政党的党代会上获得了提名，但我当时正忙着搬家，没有太注意。我租了十四年的公寓，已经住够了，于是我在中心大街附近给自己买了一座小房子。虽然还没结婚，但我想要一个属于自己的地方，而这房子的大小正符合我现在的需要。在我入住后，我的护士玛丽·贝斯特帮我收拾房子，但直到大半个夏天过去了，我才开始有家的感觉。

晚上和周末，我在房前屋后干活的时候经常能看见住在街对面的一个女孩。在我搬来那一周，这里搞过一个毕业派对，所以我知道她刚刚高中毕业。她叫安杰拉·里纳尔迪，身材高挑，黑头发，很迷人，至少从街对面看是这样。她的朋友中有几个是跟她同龄的女孩，还有几个邻居的孩子，有些比她小几岁。我有时会在傍晚时分看到她，那时天还很亮，她会带着朋友们骑自行车往外走。她自己骑的是一辆蓝色自行车，经常穿一条深蓝色的胯部有扣子装饰的休闲裤。

科拉·里纳尔迪是安杰拉的母亲，一个周六的早晨，我们在院子里聊天，她说："有个医生住在街对面真好。如果我们现在生病了，就能知道去哪里找医生。"她四十岁出头，因为丈夫的工作，他们从纽约搬

① 艾尔弗雷德·兰登是一九三六年美国总统大选共和党候选人，最终在总统大选中输给了民主党候选人富兰克林·罗斯福。——译者注

到了诺斯蒙特。“他在电话公司上班，”她解释说，“他们在这一带安装了很多新电话线路。”

“住在乡村的人需要电话。”我表示同意，“我经常看到你女儿骑自行车。”

“她这些天一直在骑。”她叹了口气，同意道，“安杰拉还有一个月就要去上大学了。我想对她来说，这就象征着童年的结束。”

如今，高中毕业生更感兴趣的可能是男生，而不是自行车，但那时的情况不同，像安杰拉这样来到本镇没多久的女孩更是如此。她似乎有很多朋友，但很少是跟她同龄的男孩子。我喜欢在门廊上看她带领她的女玩伴们骑着自行车在水泥车道上飞驰，踏上极其愉快的冒险之旅。

我知道她要在劳动节[①]后的那个周三去上大学。在她出发前的那天，我累了一天，到了晚上便坐到门廊上休息，这时我看到她跨在自己的蓝色自行车上向大路滑行。还有六个孩子正准备跟上她，其中两个女孩跟她同龄，另外几个孩子年纪较小，但都是经常在一起玩的，其中就有安杰拉的妹妹。仿佛这将是她一生中的一次重要骑行，安杰拉率先从车道上飞驰而下。当天早些时候下过雨，其他六个女孩还待在水泥车道上时，安杰拉已经急转弯，骑过路边的一个大水洼。经过水面时，她两腿伸直抬起，以免弄脏衣服。

然后他们就骑着自行车走了，一个即将成为女人的女孩带领着一群参差不齐的邻居孩子进行（她上大学前的）最后一次骑行。我一直看着他们，直到他们消失在通往镇子郊外的路上。再过一小时天就黑了，但那时他们应该已经回来了。我几乎可以在脑海中勾画出他们的骑行路线：径直穿过米尔金家的农场，然后右转沿路继续骑到希恩镇，接着再右转骑回家。这是一条三角形的路线，骑完一圈用不了一小时。

稍后，电话响了，是玛丽·贝斯特打来的，询问我们一位病人账单

① 美国的全国性节日，为九月的第一个周一。——编者注

的情况。“你又加班了？”我问她。

“嗯，萨姆，本月一号已经过了，八月份的账单你还没有寄出去。如果你赚不到钱，拿什么给我发工资？”

外面已经黑了，我挂断电话，打开了灯。我很喜欢周二晚上的一个广播节目，就在我听节目时，一辆车突然停在了屋外。我听出是伦斯警长的汽车马达声，于是走到门廊上。

“怎么了，警长？”

他正要穿过马路向里纳尔迪家走去，听到我喊他，又回到我门廊的台阶下。“嘿，医生，你好吗？”

“我很好。你来这里是为了公事？”

他点了点头。“也许你跟我一起去最好不过了。里纳尔迪的女儿出事了。”

“安杰拉？出什么事了？”

“我们还不清楚。她消失了。”

里纳尔迪家楼下的房间全都亮着灯。来开门的是亨利·里纳尔迪，他面庞英俊，四十多岁，黑发刚开始变白。“有消息吗？”他问警长。

“目前还没有。我们已经派人和州警搜查了这片区域。如果到明天早上她还不出现，我们就要派五十个人去附近的田野里搜查了。”

科拉·里纳尔迪和一个女孩坐在沙发上，想必那是她的小女儿，我看到她的两眼都哭红了。房间里还有两个大一点的女孩，她们是安杰拉的骑行同伴。听到伦斯警长的表态，他们似乎放松了一些。或许当警长来到门口时，他们担心会听到更坏的消息。

伦斯警长转过身，看着那两个大女孩。“我需要知道发生了什么。能先告诉我你们的名字吗？我认识你，劳拉，但我不认识你的朋友。”

劳拉全名是劳拉·法恩，她的父亲是银行副总裁。我跟这家人不太熟，直到开口那一刻我才认出她来。另一个女孩说自己是朱迪·欧文。她们和安杰拉同时高中毕业，夏天经常在一起，骑自行车或坐别人的车四处兜风。

“告诉我和你们在一起的每个人的名字。”伦斯警长一边说，一边打开他的笔记本。

两个女孩同时开口说话，但随后劳拉·法恩让朱迪·欧文先说。“我们有七个人。安杰拉想在明天去上大学之前最后骑一次自行车，而且这次要穿过米尔金农场。”

伦斯警长插嘴问了一个问题：“里纳尔迪太太，安杰拉多大了？”

“十七岁。这个月底她就满十八岁了。如果有帮助的话，我可以给你一张她的毕业照。”

“谢谢，有帮助。继续说，朱迪。和你们一起的还有谁？”

“我和劳拉，还有安杰拉的妹妹露西。” 她指了指沙发上较小的女孩。露西大概十三岁，相貌跟安杰拉很像，不过她没有我在安杰拉身上观察到的那种自信。“还有霍默兄弟，他们总是跟在后面。还有露西的朋友特丽·布鲁克斯。”

“你们七个经常一起骑自行车吗？”

“有时只有我们三个大一点的女孩，但其他人都喜欢跟着我们。你知道的，安杰拉是个孩子王。”

“今晚发生了什么事？”

“尽管安杰拉像往常一样在前面带路，而且刚开始的时候我们基本都在一起，但慢慢地，她离我们越来越远，直到……”

“她领先多远？”

朱迪皱起眉头，思索着，直到劳拉说：“大约是一个足球场的长度。我在学校的时候是啦啦队队长，差不多和足球场同样的长度，一百码[1]。”

“你们到达米尔金农场了吗？”伦斯警长提示道。

---

① 英美制长度单位，1码合0.9144米。——编者注

接着，朱迪开始讲。她有一头漂亮的金发，在落地灯的映照下闪闪发亮，我想知道她是不是也当过啦啦队队长。“嗯，你知道路在米尔金农场边上向右拐了吧？那儿是一片玉米地，安杰拉转过弯后，我们就看不见她了。”

“多长时间？”

“几秒钟吧。”

“也许半分钟。”劳拉·法恩确认道，“不超过这个时间，可能更短。”

“然后呢？”

朱迪的下嘴唇开始颤抖，她试图继续说下去：“当我们拐过弯后，她就不见了！那辆……她的那辆自行车躺在前面大约一百码的路上，但她却消失了！我们以为她躲在沟里或什么地方，但没有。我们到处都找遍了。”

我清了清嗓子，问道：“当时有多黑？”

“天还亮着呢。”劳拉回答说，同时强忍着不让自己哭出来，“自行车那儿的路两边是干草地，刚割过，茬口离地面也就一两英寸①。那里没法藏人，医生。”

“水沟呢？”

“没有水沟。”

“有轿车或卡车经过吗？”

朱迪擤了擤鼻子。“没有，没有轿车、卡车或别的什么车。拐过弯后，路就直了，我们可以看到大约一英里外的米尔金家的房子。路上连一辆拖拉机都没有。一个人也没有，没有安杰拉，也没有其他人。”

“就好像，”劳拉认真地说，“她绕过那个弯，有什么东西从天而降把她永远带走了。”

---

① 英美制长度单位，1英寸合2.54厘米。——编者注

周三一大早我就醒了，心里非常惦记安杰拉·里纳尔迪的命运。我做的第一件事就是给玛丽打电话，告诉她这件事。“今天早上我有几个预约的病人？”我问她。

“只有一个。”

“看看能不能推迟。我想开车去米尔金农场，看看搜寻的进展如何。如果有紧急情况，尝试打电话到米尔金家或通过警长办公室联系我。”

我走到外面，看见亨利·里纳尔迪站在街对面的车库门口，抬头望着天空。“你好。”我边说，边穿过街道去找他，“有什么消息吗？”

他看着我，我不确定他是否记得我昨天晚上去过他家。“什么也没有。”他回答。

清晨的阳光让我眯起了眼睛，当我转身走向我的车时，我想起了前一天晚上我最后一次见到安杰拉，她正带队冲下车道，骑上大街。昨天的水洼消失了，但我还能看到她的自行车压过泥地时留下的菱形胎纹。当我想到可能永远也找不到她的时候，我浑身打了个寒战。

我开着车，沿着昨晚看到她们走的路，朝着米尔金农场驶去。过了一会儿，我看见道路转弯处长着一大片高高的玉米秆，挡住了前面的路。那个弯道上发生过不止一次事故。等转过弯，我看到警长和州警的几辆车停在路边。搜查的人散布在田野里，正向远处的树林移动。我看到伦斯警长在他的车旁，于是就把车停在了他的车前。

“早上好，医生。你还好吗？”

“跟你一样，还在想着失踪的那个女孩。有线索了吗？”

“毫无线索。你知道的，她的朋友们说得对，没有人能藏在这些地里还不被发现。我们在寻找某种在路上看不见的壕沟或犁沟，可是根本没有。”

“而且她根本没有时间一直走到树林里去。”

“怎么可能？那得走十分钟。”

“有人把她接走了，这是唯一的可能。”

“那会是谁呢？为什么孩子们没有看到轿车或卡车？沿着这条路走，视野很开阔。”

我一眼就能看到路的尽头，他说得没错。“你和弗雷德·米尔金谈过了吗？也许他看到了什么。”

“简短地谈过，昨天晚上女孩们找不到安杰拉，就去他那里打电话。他说他什么也没看见。”

“我们再去找他谈谈。”我环顾四周，问道，“那辆自行车哪儿去了？”

“我把它送还给她家人了。我们从自行车的金属架子上发现了几个指纹，但没有她的指纹做比对，也就没有多大用。”

我们开始沿着大路朝灰色的农舍走去。“你认为这是性犯罪吗，警长？”

“我尽量不这样想，医生。如果有人掳走了她，那肯定是有原因的，对不对？”

“如果他们掳走了她，在其他孩子转弯之前的几秒钟里，他们会把她带到哪里去呢？”

伦斯警长耸耸肩。“还有另一种可能，我更不希望它发生。”

“还有什么可能？”

“也许她出了什么事，某种可怕的事故。孩子们非常恐慌，她们把尸体藏了起来，并编造了一个她失踪的故事。”

“六个孩子，警长，其中一个还是她的亲妹妹！不，那更不可能了。就他们目前所知道的情况而言，他们告诉我们的故事一定是真的。”

我们来到农舍，弗雷德·米尔金走出门口迎接我们，他显然一直透过窗户在观察事情的进展。米尔金是个身材纤瘦的中年男人，没结过婚。父母去世后，他一个人留在农场，雇人种植和收割。“你好，弗雷德！”我跟他打招呼。几年前，他是我的一个病人，当时我治疗的是他的皮肤病。

“嘿，医生。你好，警长。外面来了很多你的人。”

“我们想找到她，弗雷德。我希望她还活着。”

“就像我昨晚告诉你的，我从没看到过她的影子。直到一群孩子来敲门，说是要用电话，我才知道出了什么事。”

“她们给谁打的电话？”我问。

“安杰拉的父母，然后我猜她爸爸通知了你，警长。”

伦斯警长点点头。“弗雷德，昨天有人在这附近干活吗？”

“没人。干草都割完了。”

“看到陌生人了吗？或许有流浪汉？”

“最近没有。”

我们离开后，米尔金站在院子里，观察搜查的进展。我开车回到镇上，去了诊所，但为病人看病是那天我最不想做的事情。我下午三点左右离开诊所，开车去了劳拉·法恩的家。她家的房子不错，也是本镇较新的房子之一，镇上的每个人都知道它的位置。在同龄人中，劳拉是少数几个有驾照的女孩之一。

我停车时，她正要上她家的车。“你好，劳拉。”我说。

“霍桑医生！有安杰拉的消息吗？”

“很遗憾，没有。警方还在搜查。”

“我不敢相信会发生这样的事。我的家人也不敢相信。爸爸说人不会就这样凭空消失的。”

“对于可能发生的事情，你和朱迪有什么新的想法吗？”

“我肯定没有。”

我听出了她声调的变化。“那朱迪呢？”

“不知去什么地方当侦探了，我一整天都在找她。”

我直截了当地问起我此番前来重点要问的问题：“劳拉，我想问问安杰拉男朋友的事。”

“她其实没有真正的男朋友。反正没什么特别的。”

“她去参加毕业舞会了吗？”

“参加了啊，和菲尔·吉尔伯特一起，但他们不是认真的。他邀请她，她想去，就答应了。她后来告诉我，他只是在互道晚安时吻了她一下，仅此而已。”

“菲尔住在哪里？”我问她，“我可以开车去和他谈谈。”

“他就在下一条街上，霍桑医生，但他不在家。我昨晚想给他打电话说安杰拉的事，他妈妈说他在银湖的家庭度假屋。夏季结束了，他正准备离开那里。”

“他什么时候回来？”

“明天，何时说不准。”

“安杰拉最近还和其他人约会过吗？或是有谁提出约会被她拒绝过吗？”

“据我所知没有，但有时她对男孩子的态度不明朗。”

我谢过她，回到车里坐下，心想我是不是想错了。过去，我帮伦斯警长破案时，都是想方设法先弄清楚发生了什么，以及凶手如何实施的犯罪。在安杰拉·里纳尔迪这事上，我已经跳到“谁做的”问题上了。陌生人，还是朋友？

我看了看仪表盘上的时间，决定去银湖，从这儿到银湖也就三十分钟的车程。

十字路口有家商店，商店店员给我指路，告诉我去湖边吉尔伯特家的度假屋怎么走。度假屋在靠近水边的一条陡峭的坡路上，当走近时，我看到一个肌肉发达的年轻人正在侧窗上安装木制护窗板。我把车停在他的绿色帕卡德旁边，下了车。

“你好！”我喊他，“你是菲尔·吉尔伯特吗？”

他用平头钉锤把护窗板固定好，然后笑着转过身来。“是我。有什么事可以为你效劳？”

“我是萨姆·霍桑医生。我从诺斯蒙特开车过来的。我们在找安杰拉·里纳尔迪。”

“安杰拉？她怎么了？”

“她失踪了。”

他笑容顿失，皱起眉头，擦着手，走近我。“这是什么时候的事？”

“昨天晚上，刚吃过晚饭，安杰拉和朋友们一起去兜风，然后她就在米尔金农场附近的路上失踪了。警察和州警正在寻找她的下落。”

“我的上帝，他们以为她已经……”

“没人知道该怎么认为。我来这里是因为我知道你今年春天带她去参加了毕业舞会。”

“是的。那是我和她唯一的一次约会。我们不是很合得来。”

“为什么？”我问。

他拂了拂额头上的沙褐色的头发。他在夏天晒黑了，胳膊几乎是棕色的。“我们似乎没有相同的兴趣。她对上大学感到很兴奋，而我考虑的是去哪里找工作。”

“那你找到了吗？”

“我在这里的船坞工作了一个夏天。现在正考虑往西部走。”

“那安杰拉呢？她和别人约会过吗？”

“我想她和约翰尼·布鲁克斯约过几次会，但并不是认真的。”

“布鲁克斯？”当时，我只记得这个名字听起来很熟悉，却想不起来是什么人，“他也是你们班的同学？”

“当然，我们都是六月毕业的，不过我整个夏天都在这里。我没得到安杰拉的消息。”

“你父母没打电话告诉你她失踪了吗？”

他摇了摇头，说：“劳动节后这里的电话就停了。秋天没人到这里来。”

“那你根本不知道她是怎么失踪的，以及为什么失踪？”

“一概不知。她的自行车也不见了吗？”

“没有，他们在路中间找到了她的自行车，但就是不见她的踪影。”

“奇怪。”

“如果你想到任何可能有帮助的事情，给伦斯警长或我打电话，好吗？”

“很乐意。”我给了他我们的电话号码。他接过去，放进衬衫口袋里，在我回到车上时，他又继续钉他的护窗板了。

直到开车回到诺斯蒙特，我才想起约翰尼·布鲁克斯这个名字。我不认识布鲁克斯一家，但我想他可能是特丽·布鲁克斯的哥哥，而特丽是安杰拉妹妹露西的同龄好友，是此次不幸的自行车之旅的第七个人。

就在我把车开进自家的车道时，我看到亨利·里纳尔迪站在他的车库旁，旁边是安杰拉的蓝色自行车。我走过街道去找他。“有消息了吗？”我问。

他摇了摇头。“他们今天把它送回来了。她就只剩下这个了。”

“我相信会找到她的，亨利。”

里纳尔迪深情地抚摸着自行车，抚摸着破旧的皮座、开裂的橡胶把手、磨平了的轮胎和油漆脱落的金属车架并注视着左边车把上的小铃铛。“这辆自行车出现任何问题，我都帮她修。我和安杰拉一样了解它。看，她甚至把自己名字的首字母刻在了座管上，这样她就知道那是她的车了。”

我弯下腰，看到管子上有一处小小的划痕，显示出AR的字样。“她和约翰尼·布鲁克斯约会过吗？”我直起身子，随口问道。

“布鲁克斯？你是说特丽的哥哥？我想有几次吧。你为什么要问这个？”

"她认识的某个人可能与她的失踪有关。我正设法和所有认识她的人谈谈。"

亨利的脸突然严肃起来。"跟我说实话，霍桑医生，警察是不是认为她已经死了？"

"他们不知道。没有人知道。"

在他热泪盈眶之前，我离开了。我不想看到他哭，但不知道怎样才能让他止住眼泪。

过了一会儿，我给伦斯警长打电话。他们找了一整天，但没找到任何线索。

"你打算放弃吗？"我问。

"州警想在结束搜查行动之前再找一天。他们明天要带警犬来。"

"他们在找什么？一个埋人的地方？"

"你觉得呢，医生？"

"我不知道。"我诚实地回答，"我发现她确实和几个男孩子约会过。今天下午我跟菲尔·吉尔伯特谈过了，今晚我会再去找约翰尼·布鲁克斯聊聊。"

"我可以告诉你到哪儿找他。他在星辰药店[①]卖汽水，多数时候上夜班。"

"谢谢，警长。"我说。

安杰拉的失踪对那些经常光顾星辰药店冷饮柜台的青少年来说是个大新闻。我看到劳拉·法恩正在一个隔间与两个男孩和另一个女孩热烈交谈，柜台旁嘁嘁喳喳的说话声不绝于耳。我坐在一张凳子上，等着柜台后面那个面带稚气的年轻人过来招待我。

"你要喝点什么？"终于，他问道。

"一杯樱桃可乐。你是约翰尼·布鲁克斯？"

---

① 英文为drugstore，指的是在美国兼售化妆品、家居用品、饮料、小吃等的药店、药房。——译者注

“是我。”他拿起一个可乐杯，往里面喷了一些糖浆。

“我知道你和安杰拉·里纳尔迪约会过几次。”

“两次。我妹妹告诉我昨晚发生的事了。我简直不敢相信。”

“夏天的时候你跟她见过面吗？”

“我们只去游了一次泳，仅此而已。我给她打电话，但她总是很忙。”

“一个受欢迎的女孩？有很多男朋友？”

“据我所知，没有。”

“那菲尔·吉尔伯特呢？他带她去参加高中毕业舞会了，是吗？”

“我想是的。”他把樱桃可乐搅了搅，放在我面前。我放下了一枚二十五美分的硬币，告诉他不用找了。这让他变得更健谈了，但也没好太多。“我认为可能是一卡车吉卜赛人把安杰拉带走，并绑架了她。”

“真的吗？我已经好几年没在附近见过吉卜赛人了。你的小妹妹昨晚有没有碰巧看到一辆这样的卡车？”

“没有，她什么也没看见。她才十三岁。”

在我从药店往外走的时候，劳拉拦住了我。“我看到了你和约翰尼·布鲁克斯说话。”

“他和安杰拉出去过几次。我和菲尔·吉尔伯特也谈过了。”

“你见过朱迪了吗？朱迪·欧文，我还在找她。”

“还没有。我应该和昨晚骑车的那伙人都谈谈。你们中一定有人看见了什么，可能你们自己没有意识到。”

“除了我们告诉你的，我什么也没看见。”

“安杰拉和她父亲的关系怎么样？他们相处得好吗？”

“哦，你知道做父亲的是什么样子。他想成为她的朋友，但她必须和自己的朋友在一起。”

“她之前是否急于离家去上大学？”

劳拉凝神盯着我看。“你说的是过去的她，好像她已经死了似的。”

“我们不得不考虑这种可能性。她已经失踪超过二十四小时了。”

“她会在什么地方出现的。”

“关于大学生活，她有什么打算吗？”

劳拉耸耸肩。“她没怎么说过，我想可能是觉得要离开朋友了，她感到难过，所以不愿意说。”

另一个女孩叫她，劳拉回到了隔间。我走到外面，开始闲逛，站了一会儿，抬头看着夜空。

早上，我来到清教徒纪念医院翼楼的我的诊所。玛丽·贝斯特看着我沉思的表情，问道：“还没有那个叫里纳尔迪的姑娘的消息吗？”

“毫无头绪。警长还在地里搜寻。我昨天和她父亲，还有她的几个朋友都谈过了，但没有了解到任何有用的信息。”

“你认为她父亲可能会参与其中吗？”

“我看不出来。那天晚上，安杰拉离开时，我一直坐在门廊上，直到你给我打电话。据我所知，她的父母都没有离开过房子。他们的车整晚都在车库里。”

“医院里有几个病人，你应该去看看。”

我点点头，“我会去看的。也许我应该开车再去一次米尔金农场。如果他们什么都找不到的话，这可能就是最后一天搜查了。”

快中午的时候，我到了那里。州警的警犬在远处的一片干草地里疯狂地吠叫着。我看见伦斯警长和弗雷德·米尔金站在路中央。一个州警跑过来，狂乱地说着什么。我把车停好，迅速下了车。警长和米尔金开始要跑过田野了。

“警长！”我叫了一声。

他朝我这边看了一眼，喊道：“你来得正是时候，医生，我想警犬已经找到她了！”

我的胃顿时感觉一阵恶心，但我还是开始穿过田野，斜着追赶他们。六七个州警和四只耷拉着耳朵的警犬聚集在树林边上的一个地方。

“它们闻到她的气味了？”我问。

一个用皮带牵着一只狂吠警犬的州警说：“我们在她的自行车倒地的道路附近没有任何发现，只好放开它们，让它们在田野里随意寻找，结果就嗅出了这个。”

警长蹲下去检查新翻的土壤。“这是最近翻动过的，跟坟墓差不多大。拿几把铲子来。”

她被埋得并不深。州警们往下挖了不到一英尺就碰到了尸体。他们用手拂掉她身上泥土，把她翻过来。

不是安杰拉·里纳尔迪，而是她的朋友朱迪·欧文。

到了下午，我们确定了死因是某种细长的钝物击打左太阳穴，伤及的深度足以立即致命。“见过类似的东西吗？”伦斯警长问我。

“不是很确定，应该没有。”

“城里的报纸现在已经知道了，医生。他们说我们放跑了一个杀人狂。州警已经让警犬在这片区域搜寻其他埋人的地方了。”

“为什么朱迪的父母没有报案说她失踪了？”

“他们报了，今天早上。我想可能是因为他们认为她昨晚在某个男孩那里过夜，所以不敢打电话报警。”

“她以前有过这样的行为吗？”

“我猜毕业舞会结束当晚她就没回过家。”

“她的约会对象是谁？”

“约翰尼·布鲁克斯。我这就去拜访他，你若想去的话，那就一起去。尸检结果显示死亡时间是什么时候？”

“初步结果表明，她被发现时已经死了大约二十四小时。这就意味着她是在昨天早上死的，显然那片草地不是第一现场，因为当时你正在那里搜查。”

伦斯警长点了点头。“凶手认为那里是埋葬她的安全地点，因为我们已经搜查过了，但他不知道我们会带警犬来。”

我陪警长去了约翰尼·布鲁克斯的家。这位在药店上班的年轻人坐在他家的前廊上，身边坐着正在哭泣的劳拉·法恩。“我在这个世界上最好的两个朋友！”她擦了擦眼睛，“我无法相信。”

伦斯警长试图安慰她。“我们还没有找到安杰拉。她可能还活着。”

听到我们来，约翰尼的妹妹特丽走出屋，默默地坐在她哥哥旁边。我趁机问了她一个问题：“你怎么样，特丽？你经常和大女孩们在一起，又是露西·里纳尔迪的朋友。她们有没有说过一起离家出走之类的事，我说的是安杰拉和朱迪？”

特丽摇了摇头。“安杰拉要去上大学了。”

“如果她们说过这样的话，我会听到的。”劳拉大声说。

“你昨天在找朱迪，但你没有找到。”

“朱迪总想当侦探。她可能一个人去了某个地方。”

“她有汽车吗？”

她点了点头。“她爸爸送了她一辆二手福特，当作毕业礼物。”

“那么，安杰拉就是你们三人中唯一不开车的。”

“她的父母管得很严。十八岁以前，他们什么也不让她做。”

我问警长：“有朱迪的车的踪迹吗？”

“还没有。”

当然我们是来询问约翰尼·布鲁克斯的。不一会儿，伦斯警长把女孩们请进屋里去了，这样我们就可以和约翰尼私下谈谈。警长问了他和死去女孩的约会情况。

“我带她去了高中毕业舞会。”他紧张地承认。

“整晚都在外面？”

布鲁克斯舔了舔干燥的嘴唇。“很多孩子都这么做。不会有人受伤害的。”

“那安杰拉毕业舞会那晚也和菲尔·吉尔伯特待了整晚吗？”我问。

他微微一笑。“安杰拉的父母会杀了她的。”他一定意识到这话听起来很奇怪，于是纠正道，“他们不喜欢这样。”

“你知道有谁可能想杀朱迪·欧文吗？”警长问他。

“不知道。肯定不会是我！”

“如果我告诉你尸检结果显示她怀孕了，你会怎么说？”

这是虚张声势，但没起作用。布鲁克斯看着警长的眼睛回答说：“我会说你在撒谎。”

“你非常了解她，是吗？”

“了解到足以知道她不跟小伙子上床。”

“你昨天到底见没见过她？”

“没有。我最近没有和她出去过。”

“但你和安杰拉·里纳尔迪约会了。”

这个小伙子沮丧地摇了摇头。“你在把这件事往她们的男朋友身上扯，过分了。你会发现她们可能是被林子里的流浪汉杀死的。”

“可是她们到树林里去干什么呢？”我问，“安杰拉是怎么从自行车上消失的？”

“我不知道，总之这件事跟我没有任何关系。”他说。

伦斯警长提出送我回我的诊所。回来的路上，有件事一直困扰着我。

“我们此行没什么收获。”警长说。

“恰恰相反。我们有重大发现。”

“那是什么？”

“劳拉和朱迪都开车。”

“这有什么关系，医生？安杰拉失踪时正在骑自行车，这两个人也是。”

“再帮个忙，警长。拉我去银湖，再去见见菲尔·吉尔伯特。”

“去干什么？”

“只是凭直觉的一种想法。”

“好吧。”他说，“你的直觉我可是了解得很。”

半小时后，在我们靠近通往吉尔伯特湖边小屋的陡峭坡路时，我叫他停车。“给我五分钟，然后你再进去。”

“你到底在搞什么鬼，医生？”

“会见分晓的。”

我沿坡而下，尽量不引起注意。菲尔·吉尔伯特已经用护窗板封好了小屋的窗户，准备过冬，但在朝向湖的那一侧，门是开着的。我打开纱门，走了进去。

安杰拉·里纳尔迪跳了起来。“你是谁？”她几乎失声尖叫起来。

那是我离她最近的一次。她不是在街对面的院子里，也不是在马路上骑自行车，她就在我面前，就在几英尺远的地方。“我是你街对面的邻居。”我告诉她，“我叫萨姆·霍桑。”

菲尔·吉尔伯特听到我们的声音，拿着啤酒瓶迅速走出厨房。安杰拉继续说道：“你在这里做什么？你是怎么找到我的？”

“我是来带你回你父母身边的。”

她走过去站在吉尔伯特身边。“我再也不回去了！菲尔和我明天要开车去加利福尼亚。无论你说什么都不会改变我的想法。”

“安杰拉，”我告诉她，“你的朋友朱迪·欧文死了。菲尔用钉锤杀了她。”

她听懂我的话后，大惊失色，开始尖叫。我从没听过如此凄厉的声音。

伦斯警长走进房间，从菲尔·吉尔伯特手中夺走啤酒瓶。我扶安杰拉坐下，试图安慰她。“你最好把他铐起来，”我对警长说，“他是你的人了。”

“这就是安杰拉·里纳尔迪？”他问道，“还活着？”

“活得好好的。我们带他们回镇子，我会解释这一切的。”

我们直接开车去了警长办公室。警长打电话给安杰拉的父母，告诉他们她还活着。在等待他们赶来的时候，我给警长讲了他想知道的来龙去脉。“从安杰拉的失踪开始讲，”他说，“先解释那事。”

“我早点意识到这一点就好了。我猜从毕业舞会那晚开始安杰拉和菲尔·吉尔伯特就恋爱了。她打算跟他远走高飞，而不是去上大学。我们都听说过她的父母对她管教严格，不可能同意这种事，所以，她决定在菲尔的帮助下让自己失踪。”

“怎么做？”

“她设想过，在意识到他们一起跑掉之前，这里的人会到处找她，而他们可能已经跑出去半个国家了。他们把自己的恋情瞒了整个夏天。”

“医生……”

我朝他笑了笑。“好吧，警长。她是怎么做到的？周二晚上，我看着她骑车出去，其他孩子跟在后面。我看到她骑过路边的一个水洼，昨天早上，她自行车的车辙还留在泥里。我能看到胎面的菱形花纹。但那天晚些时候，我和她父亲说话时，他给我看了你在路中央找到的她的蓝色自行车。我看到了她刻下姓名首字母的地方，还看到了自行车磨平了的轮胎。”

“什么？”

“你在路上发现的那辆蓝色自行车，毫无疑问是安杰拉的，但不是她那天晚上骑着离开家的那辆蓝色自行车。”

“这怎么可能，医生？”

“只有一种可能的解释。吉尔伯特为她提供了第二辆蓝色自行车，跟她自己的一模一样，只是新一点。他用自己的车把安杰拉的自行车拉到那里，在其他人走近之前一两分钟把它放到路上。跟往常一样，安杰拉总是领头骑，然后拐弯，趁其他人看不见的那一会儿，从大路骑进那片高高的玉米地里。其他女孩和更小的孩子径直从她藏起来的地方骑了过去，只看到前方一百码外的路上有一辆被遗弃的蓝色自行车。在她们去米尔金的农场给家里打电话后，安杰拉又骑车回到吉尔伯特和他的车等着她的地方。”

“你怎么知道是吉尔伯特？”

“她的父亲没有牵涉其中，因为事发时他在家。安杰拉本人肯定参与了这起失踪案，因为就算别人都不知道，她也会发现那辆自行车不是她的。她的男朋友参与的可能性最大。这就涉及两个人：菲尔·吉尔伯特和约翰尼·布鲁克斯。昨天我在湖边拜访吉尔伯特时，我只告诉他安杰拉和她的朋友们出去兜风时失踪了。虽然小屋的电话是断的，他声称对发生之事一无所知，但过了一会儿他问我她的自行车是不是也不见了。他怎么知道她是骑自行车而不是坐车？她的两个朋友都开车，他自己也开车。若是清白的人，一听说是兜风时失踪了，首先想到的应该是开车，而不是骑自行车。”

警长镜头点点头。“那朱迪·欧文呢？”

“我想她是到度假屋来找安杰拉的。她肯定掌握了线索，知道他们可能藏在那里。我到的时候，吉尔伯特正用锤子钉护窗板。当我看到朱迪·欧文太阳穴上的伤口时，我便想起了那个钝而细长的锤子头。我想应该是当她威胁说要把安杰拉的藏身之处告诉所有人时，他挥锤猛地打了她。然后他一直等到天黑，把她的尸体送回米尔金农场，正如你自己指出的那样，他认为警察不会再搜查了。”

“安杰拉不知道他杀了朱迪？”

我摇了摇头。“当我在车里让她安静下来后，她告诉我，在吉尔伯特装护窗板时，她一直在游泳。她还说他找了个借口把平头钉锤扔进了垃圾堆。你会想回去找凶器。你还有可能在偏僻的小路上找到朱迪的车，除非吉尔伯特在行凶后把车推进湖里了。”

伦斯警长冲我笑了笑。“你在度假屋时是蒙对的吧，医生？即使菲尔·吉尔伯特参与了失踪案，他也有可能不是杀害欧文的凶手。”

“这得碰运气，警长。朱迪是来找安杰拉的。难道我该认为她找到的罪犯另有其人，而且所用凶器还跟吉尔伯特的平头钉锤形状一样？”

“安杰拉可能是这起谋杀案的共犯。”

“不会，周二晚上她和那些女孩一起骑车出去了，因为她们是她最亲密的朋友。她不是去上大学，而是要去很远的地方，怕是再也见不到她们了。她不会杀朱迪，若是知道吉尔伯特已经杀了朱迪，她是不会继续跟他在一起的。她是个正派女孩，只是所遇非人，跟一个错的人混到了一起。”

一九三六年夏天就这样结束了。我再也没有见过安杰拉骑自行车。

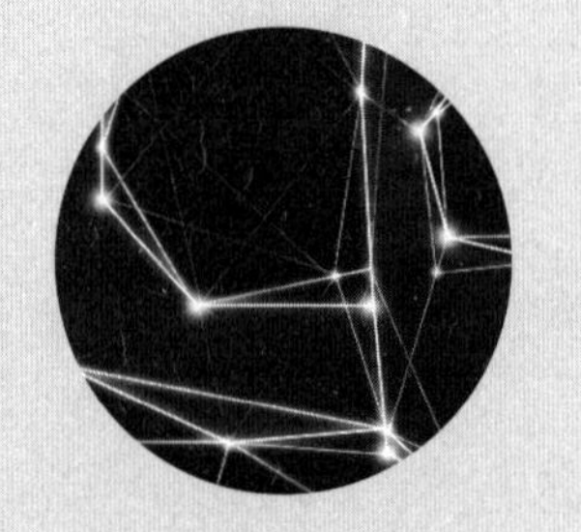

07 乡村教堂绑架案

“时间来到一九三六的十一月，罗斯福成功连任总统刚过去几天。”萨姆·霍桑医生边讲边跟平时一样为自己和来访者各倒了一小杯酒，“我之前的护士阿普丽尔已经结婚近两年了，婚后幸福美满，丈夫安德烈·穆霍恩是格林布什旅馆的老板，那是缅因州一家颇受欢迎的度假旅馆。最近，他们迎来了第一个孩子，并决定用我的名字给这个男孩取名，还提出要我做孩子的教父。我感到十分荣幸，无法拒绝。”

于是，在十一月的第二个周末，我开车去了缅因州南部，留玛丽·贝斯特在诊所处理事务，把病人转介给我的朋友波特医生，波特医生同意帮我处理紧急情况。每年这个时候，缅因州的树就光秃秃的了，我很惊讶地发现地上没有任何积雪。那年秋天天气温暖，但那周周五天气转寒，而且下起雨来。开车北上时，我有点担心雨会变成雪，可等来的却是雨过天晴，阳光普照。晚饭前，我抵达了格林布什旅馆。

安德烈从前台后面走出来和我握手。“很高兴再次见到你，萨姆医生！你就要当小萨姆的教父了，阿普丽尔和我都很高兴。”穆霍恩有法国和爱尔兰的血统，他的第一任妻子因车祸丧生。穆霍恩是个英俊的男人，年纪比阿普丽尔大，但他兴趣广泛，见多识广，为她打开了一个全新的世界。

我为他们感到高兴。

过了一会儿，阿普丽尔从厨房的双开式弹簧门出来了。“萨姆，你好吗？你能来真是太好了。”

“你知道我是不会错过洗礼的。在哪里举行？”

“在附近的一个乡村小教堂，叫‘林中圣乔治’。牧师每周来我们这儿吃一次饭，我们已经变得很友好了。”

她朝餐厅瞥了一眼，抓住了我的胳膊。“来见见跟你同名的孩子的教母吧。”

艾薇·普雷斯顿是旅馆的女服务员之一，她是一个棕发白人女子，头发平滑光亮，褐色的眼睛正睁得大大的盯着我。“你就是那个还单身的医生？”

“艾薇！”阿普丽尔假装震惊。

“很高兴见到你，艾薇。”我说着，伸出了手。

“请原谅，霍桑医生。阿普丽尔总想给我找个男朋友，我喜欢拿这个开玩笑。”

“叫我萨姆。”我告诉她，“我认为这不是不能谈的私事。”

安德烈走了过来。“女士们合伙欺负你了，萨姆？”

“我还应付得来。”我肯定地对他说。

“你看到小萨姆了吗？”艾薇问道。

“我刚到。”

“他真是太招人喜欢了！让我们瞅一瞅，阿普丽尔。”

萨姆·穆霍恩刚满月，厨房有一个靠墙放的桌子，他就躺在桌上的一个蓝色摇篮里。厨师名叫亨利，是一位中年法国人，虽然准备晚饭的杂务很多，可他还是抽出时间在婴儿的下巴上轻轻地挠痒痒。

我笑着说：“他长得真像你，阿普丽尔。”

“别让他父亲听到你说这话。他有自己婴儿时的照片，证明小萨姆是彻头彻尾的穆霍恩家的人。”

婴儿胖乎乎的，很乖巧，头顶长着一缕褐色的头发。

“他会闹夜，让你睡不好觉吗？”

“他可一点也不坏。一旦睡着了，似乎没有什么能打扰他。如果我们运气好的话，他能睡到明天的洗礼仪式。”

当我们离开厨房时，我说：“说说你自己吧，阿普丽尔。你是在这里的厨房帮忙吗？”

“有时会，但主要是负责登记和处理账簿。萨姆，这两年我们的生意发展得很好。这是一个受欢迎的度假胜地，也是一处很幽静的就餐场所。到了夏天，甚至有人从新罕布什尔州开车来这里吃饭。安德烈经营得已经很成功了。”

“你想念过当护士的日子吗？”

“想过。但在诊所为你工作和在医院做护理不一样。那时我处理你的预约，就跟我在这里做的很多事一样。我喜欢干。当然，现在小萨姆来到我身边，我会花很大一部分时间照顾他。”

第一批用餐的客人来了，艾薇回去工作。她把一对夫妇带到靠窗的一张桌子，并向他们出示菜单。“那曾经是我的另一项工作，”阿普丽尔说，“但我想艾薇现在要接手了。”

“她似乎很讨人喜欢。”

“我希望你不会介意被人拿你的单身开玩笑。其实，艾薇有个男朋友，是个在这附近打零工的年轻人，叫乔·柯蒂斯。他会去火车站接送客人，修修东西，到了冬天还会铲雪。他甚至还组装了一台用马拉的扫雪机。”

“现在还用不上那玩意。”

她笑了。“还记得我第一次来这里遇见安德烈时的那些雪吗？”

“我怎么可能忘记呢。”

“你的新护士干得怎么样？”

“玛丽做得很好，对我帮助很大，但这并不意味着我不想念你。”

一个沙色头发的年轻人抱着一堆柴火从前门进来。“以防今晚变冷，”他告诉阿普丽尔。“我把这些柴火放在壁炉边。”

“谢谢你，乔。萨姆医生，这位是乔·柯蒂斯。乔，这是萨姆·霍桑医生，他明天就要当小萨姆的教父了。”

年轻人笑着回答：“真希望我也能到场。但我得带几个人去坐火车。很高兴认识你，霍桑医生。”

他把木头放在壁炉旁的一堆柴上，然后去和艾薇说话。

“你们这里总共有多少员工？”我问阿普丽尔。

“嗯，若是把安德烈和我也算进去的话，有十二个全职员工，还有六个在我们需要的时候来干活的兼职员工。”

安德烈再次走了过来。“我们曾经谈论过滑雪会成为一项受美国人欢迎的运动，你还记得吗，萨姆医生？我可能活不到那一天了，但我儿子可以。总有一天，这片区域会修出一条小路，穿过树林，沿着山的两侧蜿蜒而下。到新英格兰的冬天，人们会从东北各地赶来滑雪，就像现在欧洲人去瑞士一样。”

“你这个地方真是个理想的滑雪胜地。”我说，想起了上山途中经过的那些山。

“来吧，我带你去看看你的房间。”阿普丽尔说，“今晚你和我们一起吃饭，一小时后行吗？”

“很好。”

“牧师劳伦斯博士要过来，明天早上他会主持施洗。”

霍华德·劳伦斯满头白发，眼睛近视。“尽管名字拼写相同，但我不是圣劳伦斯。”我们第一次见面，他便透过厚厚的镜片眨着眼睛向我保证。我敢肯定这句话他说过很多次了。

“很高兴认识你，先生。”

“请叫我霍华德。”他握着我的手说。

我们和阿普丽尔、安德烈坐在靠窗的桌子旁，虽然天已经黑了一阵子了，但旅馆顶上的几盏射灯照亮了附近的地面。“这地方很不错。”

牧师评论道，“我很羡慕在这种环境里长大的孩子。”

晚餐味美可口，记得两年前我拜访此地时旅馆的晚餐可没有这么好吃。也许是受到了阿普丽尔的影响，也可能是一个新厨师带来了变化。我不记得上次来时亨利是否在这里。

现在是淡季，旅馆里只有十来位客人。“大萧条对谁都没有好处，”安德烈说，“但我们今年夏天的经营情况不错，假期的预订率也很高。”

我注意到有个男人独自坐在餐厅的一张桌子旁，就在我们对面。“那人是一个人在这里吗？”我问阿普丽尔。

霍华德·劳伦斯顺着我指的方向看了看，耸了耸肩。“即使戴上眼镜，我也看不清那么远。是我认识的人吗，阿普丽尔？”

“我猜你不认识。他叫弗雷德里克·温特。他家在波士顿拥有温特百货公司。他不是那种经常去教堂的人。”

“他每年都来这里几次，”安德烈解释说，“通常他会带个年轻女人，但这次他是一个人来的。”

过了一会儿，温特吃完饭，走出去的时候在我们的餐桌前停了下来，微笑着跟安德烈和阿普丽尔打招呼，聊了几句。他一头黑发，三十五岁左右，微胖身材。

“你想和我们一起吃甜点吗？”安德烈问他。

“不了，你们继续吃饭吧，我只是过来打个招呼。”

我发现他的微笑很容易让人产生好感，不难看出，他可能是那种用花言巧语来吸引女人的人。阿普丽尔把我介绍给他，顺便告诉他孩子明天洗礼的事。他紧紧地握了握我的手，并对阿普丽尔说：“你带孩子去波士顿购物时，请告诉我。”

她笑了起来。“那还得等上几年。”

温特走后，安德烈说：“我希望他有足够的钱付账。”

“此话怎讲？”牧师问。

“没什么，我也许不该提这事。上次他的支票出了点小问题，但他还是付了。”

劳伦斯博士叹了口气。“我不羡慕你的工作，安德烈。至少我知道我在募捐盘上收到的钱是真的。”

“你想让我们明天什么时候过去？”阿普丽尔问道。

“那就定在十一点吧，”他说，“如果你们方便的话。”

周六黎明时分，一股温暖的微风从南方吹来。十点半，安德烈把车开到了旅馆后面的独栋木屋旁，那是他们一家舒适的住处。我和艾薇·普雷斯顿在那里等候，艾薇穿着驼色大衣，头戴钟形帽，看起来很时髦。阿普丽尔从前门出来，抱着摇篮，里面是小萨姆。

“他安静地睡着了。”她告诉我们，“我认为我们会顺利的。”我只能瞥见小萨姆被婴儿睡袋包着，闭着眼睛。

我坐上副驾驶的位置，跟安德烈一排，孩子跟女士一起坐到后座。林中圣乔治教堂在主干公路旁，离通往格林布什旅馆的岔路口有大约两英里远。安德烈开的是新款纳什车，他开得轻松自如，而且很平稳，不知不觉间我们就到了教堂。“我们到了。”他说着，把车停在一幢石砌老建筑旁边的煤渣铺就的车道上。两扇橡木门没有锁，我们走了进去，这是一座中等规模的教堂，有二十五到三十个座位正对着圣坛。教堂里点着几根蜡烛，蜡光闪烁，光线很暗，但我能看到最后几排长椅的上方伸出来一个为唱诗班准备的小阁楼，圣坛右边的前面有一架风琴，一块木板上写着礼拜日该唱的赞美诗。

艾薇抱着摇篮，走进从后往前数的第三排长椅，我也走了过去，安德烈和阿普丽尔则走到教堂前面。牧师劳伦斯博士几乎同时现身，打开了一盏小射灯，圣坛顿时沐浴在柔和的粉红色光辉中。他跟他们握手，并向我们打招呼。现在，我看到洗礼池了，它有一个经过雕刻的大理石底座，顶部是个凹槽，储有几英寸深的圣水，用于施洗祝福。牧师与孩子的父母进行了深入的交谈，低声向他们强调把这个男孩培养成一个虔诚基督徒的重要性。

然后，他对我和艾薇喊道："你们现在可以把孩子带过来了！"安德烈和阿普丽尔转身看着我们。

我站起身，走出那排长椅，艾薇则把手伸向另一侧，小心翼翼地从长椅上的摇篮里抱出蓝色睡袋包着的婴儿。然后她走到我身边，我们一起沿过道走向圣坛。在圣坛上，阿普丽尔伸手接住她的儿子。我看着她的脸，发现她本来喜气洋洋的表情瞬间凝固，两眼瞪着睡袋，一脸困惑。

"怎么回事？哪里……"

她把婴儿睡袋的罩盖拉开，我们看到孩子不见了，取而代之的是一个鬈发的秀兰·邓波儿娃娃。

"这是什么吓人的玩笑？"安德烈生气地问艾薇。

然后，我注意到玩偶的裙子上用别针别着一张小纸片。"这是什么？"我说着，把它摘下来，努力抑制自己的惊恐。

上面的话是从杂志上剪下来的：

> 准备好五万美元，其中两万五千美元是二十美元面值的，一万五千美元是十美元面值的，一万美元是五美元面值的。我们会在四至五小时内通知你把钱送至哪里。

我们检查了教堂里的每一张长椅，然后我又急忙跑到外面，看是否有人正在逃走。我甚至检查了安德烈的纳什车，尽管孩子出现在车里并不合理。当我回到教堂里时，艾薇·普雷斯顿几乎要哭了。"我应该早就知道出事了，这个娃娃没有婴儿重。"

"这不是你的错。"阿普丽尔试图安慰她，不知不觉也就控制住了自己的情绪。

"但这是不可能的！"安德烈说，"我们这儿只有四个人，算上劳伦斯博士是五个人。我们谁也不会这样做，其他人也不可能进入教堂而不被人看见。”

他转向我寻求确认，我没有犹豫地表示赞同。“这里光线昏暗，但室外很亮。看到这些大橡木门打开时室内是如何变亮的吗？所以，如果有人开门，我们肯定会注意到的。也没有人藏在教堂的长椅之间或下面，但我要检查一下教堂的其他地方，以防万一。”

劳伦斯博士一直在努力解读别在娃娃衣服上的信息，他问道：“这意味着孩子被绑架了吗？”

“不！这一定是某种恶作剧！”阿普丽尔坚持道，转身望向我，“萨姆？”

“我不知道，阿普丽尔。让我把剩下的地方检查一遍。”

在劳伦斯博士的指导下，我们检查了圣坛后面的法衣室以及圣坛本身任何可能的藏身之处。我走上几级台阶，来到讲坛，但那里空无一人。我们上到唱诗班的阁楼，检查了一个小侧门，牧师说在圣诞节等特殊场合唱诗班才使用这个侧门。“大部分时间都锁着，”他说，“会众走的是前门。”

一把普通的万能钥匙就能打开它，但对我们遇到的麻烦来说，这没有什么大不了的。最紧要的是不可能有人在接近我和艾薇时不被发现。肯定也不可能有人在离我们只有几英寸远的地方把婴儿抱走，换成一个娃娃。我又回去检查了一下摇篮，里面没有别的东西，没有假底，也没有暗层。

安德烈看着我搜寻，见我空手而归，他便温柔地搂住阿普丽尔，轻声说道：“我想应该报警了。”

半小时内，一辆州警的警车赶到了现场。来的警员名叫詹金斯，可能二十多岁，长着一头金发。听了我们的讲述之后，他仔细审读了从杂志上剪下来又别在娃娃上的那句话。

“注意‘小时’这个词，”他指着纸片说，“这里用铅笔改了。你可以看到下面印着‘天’。不管是谁干的，他都不想等那么久，所以把‘天’改成了‘小时’。这是从某杂志对林德伯格绑架案的报道中剪下来的。林德伯格年幼的儿子被绑架时，绑匪留下了勒索信，这句话就是勒索信的前半部分。”

“他们找到林德伯格的儿子时他已经死了！”阿普丽尔喘着粗气说道。她虽然表现得很镇定，但身体已在颤抖，这表明她的心理将要崩溃。

“在我看来，这像是一个外行做的。”詹金斯温和地告诉她。

阿普丽尔哭了起来，安德烈把她抱得更紧了。他问詹金斯：“如果他这么业余，那最初他是怎么把孩子抱走的呢？”

“我不知道。”这位警官坦承道，“不过我可以在今天黑天之前派五十个人到这里。我们要搜查这片树林……”

我看了看我的怀表，说：“萨姆已经消失一个多小时了。我觉得我们都该回旅馆去。如果绑匪真的想联系你，安德烈，他会把电话打到那里。”

我们一起开车回去，州警的车跟在后面，劳伦斯博士答应很快就会跟上。我们到达旅馆时，旅馆里几乎没有什么动静。我看到弗雷德里克·温特从附近的树林里朝旅馆走去。我们立刻去了安德烈的办公室，安德烈告诉前台接待员日常事务不要再打扰他，但任何来电都要直接接通。

我前一天见过的大厨亨利正在安德烈的办公室里等着他。

“我们的厨房出问题了，穆霍恩先生。”

“对不起，亨利，我现在无法处理。尽力而为吧，稍后我再跟你探讨。”

大厨亨利似乎有点惊讶，但他还是像一个好雇员一样说：“那好吧，先生。”然后离开了房间。

我们在办公室里坐下来等待。“一旦确定这事和绑匪有关，”詹金斯说，“我就有理由联系联邦调查局。”

“为什么不是现在？”阿普丽尔想知道。她的神经非常紧张，我想应该去楼上我的包里拿点镇静药。

“是啊，整件事似乎太不可思议了……”他犹豫了一下，接着说，“这有可能是某种恶作剧。”

“恶作剧！”安德烈咆哮道，“我们的孩子失踪了！”

我找了个借口，起身朝我的房间走去，中间遇到了乔·柯蒂斯，他正从自己的车里帮几位客人拿行李。“霍桑医生，请稍等一下，好吗？”他把包放在接待处就匆匆过来了，“出什么事了？我刚从车站回来，看到每个人都愁眉苦脸地走进办公室。洗礼的事怎么样了？”

“延期了。”我匆匆上楼，简短地告诉他。

进到房间，我打开了一直放在行李箱里的药袋，拿出一些药粉，以备阿普丽尔和她丈夫不时之需，因为在接下来的几个小时里，他们可能会面临一些十分艰难的决定。但除非绝对必要，我是不会用药的。

我返回办公室，跟他们一起等候。詹金斯给当地警局打了几个电话，发出了一名男婴的失踪警报，他还要求检查火车站，以防有人带着婴儿离开。

安德烈则在跟银行通电话，商讨赎金的事宜，以防万一。阿普丽尔和艾薇·普雷斯顿一起坐在大皮沙发上听着一切，神情恍惚。

我走到她们身边，问阿普丽尔：“你还好吗？”

“这事我一点也不明白，萨姆医生。”她说，“安德烈为什么给银行打电话？我们没有那么多现金。”

安德烈的对话我听得很明白，于是我回答她说：“我认为他是想抵押旅馆贷款。”

“不！”她急忙跑到丈夫身边，“安德烈，你不能这样，这是你的全部！”

“他是我的儿子，阿普丽尔，把他找回来才是最重要的。”

艾薇试图安慰她，安德烈一定知道等待电话铃声响起的压力太大了。“阿普丽尔，”他建议说，“你和萨姆医生去厨房看看亨利刚才有什么烦心事。不管发生了什么，我们都要考虑我们的客人。”

她沉默了一会儿，然后直起身子，擦了擦眼睛。“萨姆，你愿意和我一起去吗？”

“当然。”

我们发现亨利正在给他的助手发号施令，而他的助手正在清理那个老式的大烧柴炉。看到阿普丽尔，他似乎松了一口气，立刻开始讲他的麻烦。“我们堆放在外面靠墙位置的木柴是用来烧炉子的。”

“那是当然。”阿普丽尔表示同意，“这里的人都知道。”

“但是你的一位客人一直在偷木柴，并把它们放到他车子的隆隆座上带走了。”

“你确定吗？”

“确定。昨天我注意到一些木柴不见了，今天早上我看到了事情的经过。我观察了他十五分钟，但我觉得我没有资格与他当面对质。”

“你在说谁？”

“温特先生。我知道他多年来一直是这里的贵宾。”

“弗雷德·温特偷我们的木柴？难以置信！”

“请告诉你丈夫，他必须有所行动。”

阿普丽尔答应了，我们出去看了看柴堆。她说：“整堆木柴也不值五美元。”她说，“在缅因州，木柴很容易得到啊！”

“不过，亨利似乎真的很担心。”

“柴堆是他的地盘，他觉得自己好像受到了挑战。”

阿普丽尔转过身，穿过空地朝房子走去。我不知道我是否想跟着她，但知道我必须跟着她。“阿普丽尔……”

“怎么了，萨姆医生？”

“我得问你点事。这个问题对我来说很可怕，但我必须知道。小萨姆是不是死了？”

“什么！你在说什么？”

“在教堂里，婴儿不可能被替换成那个娃娃，阿普丽尔。我一直坐在艾薇旁边，没人靠近我们。唯一的解释就是当你抱着摇篮进车里时，娃娃和字条已经在里面了。如果小萨姆意外夭折，而你想……”

“不可能！”她尖叫起来，“我的上帝，萨姆医生！”

我设法扶她进了她家，坐在她身边，直到她停止哭泣，然后我才试着解释。“在车里时我们都没有看清楚婴儿，而到目前为止，面对绑架案，你一直表现得相对冷静，就好像知道会找到小萨姆一样。”

“我当然知道会找到他！你在这里，不是吗，萨姆？如果这个世上还有人能找到他的话，那就是你了！”

“是啊。”我说着，忧郁地望着窗外。我刚才的推测似乎完全合乎逻辑，只可惜，此事关乎阿普丽尔，她不可能做出我假设的事。

我们坐在那里将近一个小时，很少说话，只是去看了看婴儿房。看到婴儿床和小玩具，阿普丽尔的眼泪止不住又流了下来。“萨姆，你应该知道你的想法是错的，不合逻辑。你想象我的孩子意外死亡，我用娃娃冒充，假装绑架，以掩盖他的死亡，也就是一时冲动的犯罪。但即便我临时起意，我又从哪里弄秀兰·邓波儿娃娃呢？这肯定不是我儿子会收到的礼物。”

我正要同意她的分析，但一阵急促的敲门声突然传来，婴儿房的门开了。詹金斯探进头来：“我们收到了绑匪的消息，夫人……”

我们匆匆穿过院子来到旅馆，发现安德烈又在给银行打电话。“绑匪打电话来了。”艾薇兴奋地告诉我们，“他要求把钱装进一个小手提箱送到火车站。安德烈要把它放到四点半开往波士顿的火车上。”

“只是手提箱？”我问。

“是的。”

我转向詹金斯，问道：“那趟火车的始发站是哪里？”

“班戈。”

“你能派人上去吗？”

“可以。”

“不行！”阿普丽尔急促地大声说道，“我们先把萨姆找回来，然后再考虑绑匪！”

“她说得对。”安德烈坚持说，“任何事情都不能危及我们儿子的归来。我们会按照指示把钱送到。”

“绑匪是怎么说的？”我问他。

“只是说萨姆在他手上，如果我们听话，把钱放到火车上，萨姆就不会受到伤害。”

“就这些？”

他瞥了一眼阿普丽尔，然后看向别处。“哦，就是我们通常能预料到的这种人的威胁。”

“我们会把萨姆找回来的。”我告诉萨姆的父母。

“我现在开车去银行取钱。”安德烈说。

“你现在这个样子不能开车。”艾薇理智地劝他，“让乔开车送你吧。”

阿普丽尔同意了。“你要我一起去吗？”

安德烈摇了摇头。“待在这里，亲爱的。一旦付了钱，他可能会再次打电话告诉我们萨姆在哪里。”

我想当时我们都在想林德伯格那个孩子的命运，没人再敢看阿普丽尔。

“我有一个旧手提箱，你可以用那个。”艾薇说，试图掩盖沉默带来的尴尬，“就在厨房里。”

我和她一起过去，她把几件脏制服从那只棕色小手提箱里倒出来。“告诉我，艾薇，”我说，“你以前参加过林中圣乔治的洗礼仪式吗？”

“哦，参加过。尽管经济大萧条，但我的很多朋友都生了孩子。”

“今天早上劳伦斯博士的做法跟以前有什么不同吗？”

“没有，就目前来看，和我看到的其他仪式一模一样。当然，婴儿通常不会消失。”

“是不会。”我拎起空箱子，一起走回安德烈的办公室。

“你觉得他们会找到他吗，萨姆？”她问我。

“如果安德烈愿意付钱，我认为绑匪没有理由伤害孩子。”

“林德伯格的孩子被杀了，詹金斯说这是同一封勒索信。如果阿普丽尔找不到小萨姆，我不知道该怎么办。”

我用胳膊搂住她的肩膀安慰她。“钱一送到，我就确信……”我说到一半停了下来，发现旅馆旁边有件事引起了我的兴趣：来自波士顿的富二代弗雷德里克·温特正俯身在柴堆上扒拉些什么。

“怎么了？”艾薇问道。

我把手提箱递给她。“拿着这个，待在屋里。我有事要处理。”

当我走近柴堆时，温特直起身子。“你好。”他跟没事一样地笑着说。

“你在干什么？”

“我的打火机掉了，我只是来这里找它。”

“有意思。我知道你最近来过这里几次，每次都是来找同一个打火机吗？”

他的笑容消失了。“我说，你是哪位？”

“萨姆·霍桑。我们昨晚在餐厅见过面。我是穆霍恩一家的朋友。”

“好吧，我没有祸害任何东西。”

“你一直在从这堆木头里拿木柴，厨师亨利看见你了。”

“拿几块回家用的木柴，这算犯罪吗？”

“你要拿柴去烧？”我问。

“不然我为什么要拿？”

“为了在柴堆里腾出空来。”

“为什么？”

“一个失踪的婴儿。”

他眉头紧蹙，很是疑惑。“你是个神经病，你知道吗？”说完转身走了。

我翻了翻柴堆，除了木头，什么也没找到。我想那人说得对，或许我真的有点神经了……

乔·柯蒂斯把空手提箱塞到了他车的隆隆座上，被说服了的安德烈·穆霍恩和他一起上了敞篷跑车，我坐着詹金斯的车远远地跟在后面。在他们停下到银行取钱时，我们在一旁等待，然后前往车站。

“我们不应该靠得太近。”我警告说，“绑匪可能在监视。”

“别担心，医生。”

“我很抱歉，但我很担心那个孩子。我们不能做任何会刺激绑匪的事情，导致他杀了孩子。”

“我们必须面对的事实是孩子可能已经死了。”

我一时语塞。“是的。”我答道。

“到天黑时，我就有五十个人在这里了。联邦调查局的探员正从波士顿赶来。”

“那四点半的火车呢？”

“我给车站打了电话，让他们打旗语，把它拦下来。”

“打旗语拦车？”

“我们这里是个小镇。除非有乘客下车，或者站长打信号，否则火车不会停站。”

“难道绑匪今天早上登上了这辆车，来回乘坐，在沿途某个车站打来了电话？”

“他不是在这里上的车。早班火车没停，早就开过去了。”

我一边想着，一边盯着前面那辆车。

过了一会儿，车子驶离了大路，停在了火车站前，站房门口上方挂着“格林布什”的牌子。乔从隆隆座上拿起手提箱，安德烈一个人搬着它走到站台上。我们都默默地等待着。十分钟后，我们才听到开往波士顿的四点半的火车响起了汽笛声。火车司机看到了挥动着的旗子，放慢速度，在车站停了下来。安德烈提起手提箱，把它放到车上，显然是告诉检票员有人会来认领它。“就这样吧。”詹金斯说，“我们回旅馆去。”

“艾薇·普雷斯顿住哪里？”我问他。

“艾薇？她有一间小农舍，就在旅馆那条路上。”

我对他说：“如果你能在路过时把我送到那里，我会很感激的。”

前来开门的是艾薇，她焦急地问：“出什么事了？钱放到火车上了吗？”

“一切顺利。绑匪现在应该已经拿到钱了。其他人都回旅馆去了，但我想我应该在这里停一下。阿普丽尔和你在一起吗？”尽管她没有邀请我进去，我还是从她身边走进了一间装修简朴的客厅。

“她在旅馆里。我看有劳伦斯博士陪着她，就自己回家待一会儿了。”

我点点头，坐在沙发上。“我想告诉你，这个谜团已经解开了。绑匪拿到了钱，但詹金斯抓住了他，就在几分钟前。”

她张大了嘴巴。“什么？”

“绑匪就是你的男朋友，乔·柯蒂斯。”

她坐到我对面的椅子上，脸色煞白。“但这怎么可能呢？”

“我已经想通了所有的细节，只有这个方法可行。你看，乔说他不能参加洗礼是因为他要送人去火车站，但他说漏了嘴。绑架之后，我们看到他确实带着几件行李回到旅馆。但是今天早上没有乘客上下火车。詹金斯说火车甚至都没有停。如果乔在撒谎，那他当时在干什么？很明显，绑匪一定是与旅馆有关的人，很可能是旅馆的员工或朋友，他们知道洗礼仪式以及劳伦斯博士施洗时的习惯做法。”

“乔根本不在那里！”艾薇坚持道，“没有人跟着我们进教堂，而且你自己把所有的座位都检查了一遍！”

“在我们之后没有人进教堂，因为乔已经藏在里面了。没有人走近长椅，小萨姆肯定也不会从地板上掉下去。他只有一个地方可去。”

“哪里？”

“上面。”我告诉她。

“上面？”

“唱诗班的阁楼悬在最后几排长椅上方，我们坐在从后往前数的第三排长椅上。乔·柯蒂斯藏在上面，放下一根末端有钩子的结实绳子，钩住摇篮的把手，把它拉到唱诗班的阁楼上，用秀兰·邓波儿娃娃换掉小萨姆，然后又用同样的方法把它放下来。”

“没人看见吗？”

“教堂当时光线昏暗，尤其是后排那里。你和我面对着圣坛，阿普丽尔和安德烈也是如此。只有劳伦斯博士面朝后方，但他的视力是出了名的差。谁也没看见。萨姆睡得很香，把他拉到唱诗班的阁楼上很可能不会惊到他。事实也是如此。在我们搜查教堂的时候，乔用一把万能钥匙打开侧门，带着孩子溜了出去。”

“然后他打电话索要赎金？”

“没错。”

“但安德烈把赎金放到火车上后，乔怎么还能指望把赎金追回来？”

“简单。安德烈没有把它放到火车上。乔·柯蒂斯有一个一模一样的手提箱，里面装满了旧报纸，藏在他那辆敞篷车的隆隆座上。这就是他给安德烈放到火车上的东西。装钱的手提箱还留在他那隆隆座上。等我们发现钱不见了的时候，火车上的人都有调包的嫌疑，也就无从查找了。”

艾薇站起来，走到前窗。“我想我最好回旅馆去，乔会需要我的。”

“你很快就能见到他了，艾薇。还有一件事。只有我们坐在唱诗班的阁楼下面，教堂绑架案才会成功。他知道我们会在那里。”

“是吗？”

“是你选的座位，艾薇。也是你用身体挡住我看清摇篮的视线。也是你拿出一个装赎金的手提箱。在这件事上，你们必须相互配合。你可能会把绳钩钩在摇篮的把手上，这样就不会耽误时间了。你提供两个一模一样的手提箱，用于调包，并建议乔开车送安德烈去车站。我想到了我会在这里找到你，因为你们中的一个要一直检查孩子的状况。”

“不！如果你认为我跟这事有什么关系，那你就是疯了……”

就在这时，隔壁房间传来了婴儿的哭声。

见我小心地抱着小萨姆穿过格林布什旅馆的前院，阿普丽尔眼含泪水地跑过来迎接我。

“他很好。”我一边告诉她，一边把孩子递给她。

“萨姆，我知道有你做他的教父，他会没事的。”

08 格兰奇舞厅毒杀案

“林肯·琼斯医生是诺斯蒙特镇第一位黑人医生，于一九二九年三月入职清教徒纪念医院。”萨姆·霍桑医生一边给两人倒酒，一边回忆道，“医院也在那个月开业，我早先给你讲过清教徒风车事件，以及我们当时遇到的麻烦，比如鬼魂、可怕的火灾和来自三K党的威胁。”

值得高兴的是，在接下来的八年里，林肯·琼斯结了婚，还生了两个孩子，如果你把这算是平淡无奇的话，那在他身上就没有发生什么大事。我不是医院的工作人员，但我的诊所在医院的翼楼，通常，我每周能见到林肯几次。他专攻儿童疾病，长得又高又帅，跟我一样年近四十。在大城市，人们会称他“儿科医生”，但在诺斯蒙特，我们远没有这么讲究。

医院决定在那年三月举办社区晚宴，并在格兰奇舞厅开舞会，庆祝医院成立八周年。八周年纪念日通常不引人注意，但大萧条对医院和美国生活的其他方面都造成了影响，医院需要钱买新设备，而庆祝会是筹集资金的绝佳时机。纪念活动组委会特意为舞会请了纽约的一支全明星大乐团，即斯威尼·兰姆乐团。

有一天，我在医院走廊里遇到林肯·琼斯，我问他：“你和你太太周六要去参加舞会吗？”

“我们还有别的选择吗？”他笑着回答。当时医院明确规定，所有在大楼里有办公室的专职医生和有诊所的开业医生都要买两张票。“你带谁去？”

“我的护士玛丽·贝斯特。”我告诉他，“她能忍受我这个人，我该好好犒赏她一下。”

“嗯，应该很好玩。我和斯威尼·兰姆的小号手是高中同学，那家伙叫比克斯·布莱克，好几年没见他了。”

格兰奇舞厅离医院有一段距离，位于镇子的边缘地带。

周五晚上，我到玛丽·贝斯特租的小房子接她同行。我感觉自己有点像一个高中生，拿着与她裙子相配的胸花走到门口。

“你真好，萨姆！”别上胸花时她对我说，“感觉像是约会。”她可能是在温和地嘲笑我的单身汉身份，但我不确定。

“在诺斯蒙特，我们不是每周都能在一个大城市乐团的伴奏下共舞的。”

那年三月一开始天就很冷，雪却下得少。到了周末舞会的时候，感觉就像到了春天。我把车停好，扶玛丽下车，小心翼翼地不让她的长裙拖到地上。我们看到的第一批到达者里有伦斯警长和他的妻子。

我们热情地互相问候，一起走进舞厅。警长和我都穿着蓝色的西装，我惊讶地看到有几位医院领导和镇上的官员穿着燕尾服。“这真是一个盛大的晚会。”警长说。我们走进去，一起找了一张桌子，我坐在薇拉·伦斯和玛丽之间。

“这个镇子终于可以有个稍微热闹点的活动了！”薇拉·伦斯说。她比警长年轻，二人结婚已经差不多十年了。“我希望它能让这里的气氛活跃起来。自从去年夏天过去后，我们这儿一起谋杀案都没有发生过。”

警长对她说：“希望我们不要遇到这种事，至少今晚不要。”

林肯·琼斯和他的妻子查琳坐在另一张桌子上。“我们去打个招呼吧。”我向玛丽建议道。

桌子围着舞池摆成马蹄形，演奏台在舞厅的前面。林肯和他的妻子在我们的对面，处于马蹄形的另一边。“噢，萨姆！很高兴在这里见到你，你还记得我的妻子查琳吧？”

“我当然记得！”查琳是一个让人很难忘记的可爱女人，肤色黑，但知道怎样通过恰到好处的化妆做到浓淡相宜。在林肯第一年带着新婚妻子度假回来时，她的事就成了纪念医院的热门话题。

“你好，萨姆，”查琳笑着说，“很高兴再次见到你。还有你，玛丽。”

斯威尼·兰姆的乐手们开始登上演奏台。在那之前，我没有多想林肯的高中好友，也没有想过此前斯威尼·兰姆乐团的乐手一直都是白人。当两名黑人乐手走上演奏台，加入其他十五位乐手中间时，几张桌子上传来一阵低语声。林肯·琼斯向拿着小号的人招手。

“那是我的老伙计。”他说。“来吧，萨姆，我来介绍你认识。”

比克斯·布莱克的肤色比林肯更黑，鼻子扁平，可能鼻梁曾经断过。当我们走近时，我看到他皱起了眉头，他的目光似乎越过我们的头顶，看到了我们坐过的那张桌子。“林肯·琼斯，”他带着一丝无奈地说，“我忘了这是你的镇子。”

“其实不是我的，比克斯。这位是萨姆·霍桑，我的同事。”

我伸出手。“你好吗，比克斯？欢迎来到诺斯蒙特。我们都盼望着乐团的到来。”

布莱克用力跟我握手。“这跟在纽约演奏有点不一样。”

“演出结束后能小聚一下吗？”林肯问道，“我们叙叙旧，我有很多话想和你聊。”

比克斯·布莱克摆弄着他那把小号的阀键。“演出结束后，我们就会乘坐大巴离开。不过，演出一小时后，我们会休息，我会回到那间小化妆间。那时你过来吧。”

“我会的。”

这时，斯威尼·兰姆本人出现在乐团前面，低声向他的几位乐手交代着什么。他相当有名，虽然我只见过他的照片，但我一看到他，就认出他来了，他还是那么英俊，肩膀很宽，有一缕灰白的头发。他的眼镜比我想象的要厚，但除此之外，他跟照片上一模一样。“很高兴见到你，兰姆先生。”我说，“我是萨姆·霍桑医生。琼斯医生和你的小号手是同学。”

他看了看林肯，又看了看比克斯。“你们这镇子不错。”他说，并没有主动跟我们握手。他开始调整麦克风，由此我们以为马上要开始奏乐了。

回到餐桌旁，查琳问道：“他还记得你吗？”

“哦，当然。”林肯答道，“我们会在中场休息时聚一聚。”

“他问起我了吗？”

“没有。”

我看了看琼斯，又看了看查琳。“你也认识他，查琳？”

她低头不语，林肯替她答道：“他们曾经订过婚，时间很短，但那是很久以前的事了。”

“比克斯说我选择林肯而不是他是因为我想嫁给一个医生，想要很多钱。”

玛丽·贝斯特把她的手放在查琳的手上，想说些安慰的话，但就在这时，斯威尼·兰姆洪亮的声音在格兰奇舞厅里响起。

“女士们，先生们，晚上好！很高兴来到诺斯蒙特，为庆祝清教徒纪念医院成立八周年助兴。我是斯威尼·兰姆，我想你们都认识我。”他停顿了一下，等大家鼓完掌，然后继续说：“在我们请乐团为今晚演奏美妙的音乐之前，我们先听纪念医院的院长罗伯特·耶尔医生讲几句话。”

从建院伊始，鲍勃[①]·耶尔医生就是这里的医生，前任院长退休后，作为元老的他理所当然地成为接班人。他很聪明，善于表达，而且乐于尝试新事物。“我不会耽误你们太久的，”他告诉听众，“我知道大家都着急下舞池。记住我们为什么来这里。纪念医院需要你们伸出援手。我们需要钱。诺斯蒙特可能是个小社区，但诺斯蒙特的医院在本州是知名的，受人尊重的。我想让这美名保持下去，希望我们的医院能随着社区的发展而发展，并且做好准备，迎接明天的挑战。今天的医疗难题，无论是肺结核、小儿麻痹症，还是癌症，都不是过去的设备能够解决的。你们知道我们的目标，那就帮助我们实现它吧！不再啰唆，现在把舞台交给斯威尼·兰姆和他的全明星乐团！”

兰姆的乐队以爵士乐开场，然后换成慢节奏的舞曲。《天降财神》和《落日红帆》甚至让一些年长的镇民也跟着翩翩起舞。“你的朋友比克斯小号吹得很好。”我对林肯·琼斯说。

“我很高兴台上能看到黑人的面孔。这是件大事，对一个巡回演出的乐队来说更是如此。在大多数城市，黑人乐手必须和白人乐手住在不同的旅馆里，但纽约的一些大乐团现在开始让他们的乐手融合了。”

又一首爵士乐曲演奏完后，斯威尼·兰姆拿起麦克风宣布：“现在，作为特别礼物，请欣赏海伦·麦克唐纳小姐的演唱，斯派德·唐斯萨克斯伴奏。”

一位身穿粉红色长裙的金发女郎走上舞台，鞠躬致意，然后开始梦幻般地演绎《说谎有罪》。玛丽动了动身体，站了起来。“萨姆，你不打算请我跳舞吗？”

“对不起。”我说，可能有点脸红。我一直在享受音乐，以至于几乎忘了她是我今晚的舞伴。我当然应该请她跳一两支舞的。为了缓解我的尴尬，林肯和查琳很快也开始跳起舞来。

① 鲍勃（Bob）是罗伯特（Robert）的昵称。——译者注

“她唱得真好。”玛丽·贝斯特调整姿势投入我的怀抱，评论道，“我想我在收音机里听过她唱歌。”

海伦·麦克唐纳确实唱得好。她的演唱颇具节奏感，很好地表达了歌词的韵味。接下来的歌曲是《你今晚的模样》，比克斯·布莱克吹了一段小号，然后，另一位黑人乐手斯派德·唐斯独奏了一段萨克斯。斯威尼为下一个曲目传过来几张乐谱。海伦和斯伯德·唐斯各拿了一份。海伦把自己的折好后递给了比克斯，然后站到一旁，乐队演奏了器乐版的《孤注一掷》。随后，他们开始休息。

我停下来对鲍勃·耶尔院长说了句话：“盛事之夜啊，鲍勃！应该鼓励人们捐款。”

“我当然希望如此。”

林肯·琼斯走上前去，穿过舞池拦住比克斯。我从远处看着他们，想知道他们有多友好。有那么一瞬间，比克斯的脸扭曲变形，看起来像是很痛苦，又像是很愤怒。

走近一些，可以听到林肯在称赞比克斯的演奏。“下半场会好一些。”比克斯回答说，然后领着林肯走向舞台后面的一扇门，显然那里就是他之前提到的化妆间。

我看见玛丽一个人坐在桌子旁。“查琳呢？”

“洗手间。人太多了，我可不想跟她们抢。”

我们说话的时候，我一直盯着化妆间的门。几分钟后，他们仍然没有出现，我有一种说不出来的担忧，便朝那个方向走去。此时，斯威尼·兰姆出现了，在舞池里扫视了一圈。“看到比克斯了吗？”他问我。

“我认为他在那间屋子里，正跟一个高中时的老友聊天。”

兰姆走到我指的那扇门前，另一个黑人乐手唐斯也走了过来。乐队指挥敲了敲门，试着转了一下门把手。“是锁着的。”

我试着敲门，大声喊道：“林肯！我是萨姆·霍桑。请开门！”

只听门那边传来一个清晰的声音："萨姆！"我不知道那是在呼救，还是只是答应一声，但我觉得我必须进去。

我徒劳地摇晃着门把手。"谁有钥匙？"

"没有钥匙。"兰姆说，"门的另一面有个插销。我们之前用它当化妆间。"

我对那个黑人乐手说："帮我一下。"我们一起用肩膀撞门，撞开了门框上的插销。门一下子弹开了。林肯·琼斯跪在他老同学的尸体旁边，一只手拿着一支皮下注射器。"这里发生什么事了，林肯？"

"我……我不知道。"

我跪在比克斯·布莱克的另一边，摸他的脉搏，身后传来伦斯警长的声音。"这是怎么回事？请让我过去。我是警长。医生，怎么了？"

我抬头看着警长。"比克斯·布莱克。他死了。"

伦斯警长瞬间把现场扫视了一圈，他不是世界上最聪明的人，但他知道自己此时该干什么。"琼斯医生，"他伸出手说，"你最好把注射器给我。"

发生了悲剧的消息迅速传遍了整个大厅，在这种紧张的气氛下，再加上人们的想象，事情难免会被扭曲。我正要回到桌前把事情告诉玛丽时，却先遇到了查琳·琼斯。"究竟发生了什么事？"她近乎歇斯底里地问道，"有人告诉我林肯刺伤了一个人！"

"不是那样的。"我向她保证道，"比克斯·布莱克死了，没人知道发生了什么。没有刀子。林肯手里拿着一支皮下注射器……"

"那是为什么？这是什么意思？"

"他可能是想救比克斯的命，但我们现在还不知道是不是。"

"我得去见林肯。"她坚持道，推开我向拥挤的门口走去。

最后，我走到我们的桌子前，把刚刚发生的事情告诉了玛丽·贝斯特。"你认为是林肯杀了他吗？"她直截了当地问道。

"我不知道。我们必须先弄清楚他死亡的原因。"

鲍勃·耶尔医生匆匆赶来。“你对此事了解多少，萨姆？”

“很少。有一个黑人乐手，那个小号手，死了。他死的时候，林肯·琼斯就在他身边。”

“我的上帝！这是不是说他们不会演奏到舞会结束了？”

“你得去问斯威尼·兰姆。”那时，一个人的死对我来说似乎更重要。

但鲍勃·耶尔确实去找了兰姆，几分钟后，我看到他们站在远处的一个角落里。当耶尔回到我身边时，满脸笑容。“最近三个晚上他们没有其他演出。他愿意待在诺斯蒙特，明晚再演奏一次。听起来怎么样？”

“票价不变？”我怀疑地问道。

“他要将门票收入捐赠出去。你认为人们还会回来吗，萨姆？”

“比克斯·布莱克不会了。”

这时，纪念医院的一辆救护车赶了过来，于是我从耶尔身边走开了。

我真正想见的是伦斯警长，但又过了半小时，我才发现他独自待着，显然很不开心。那时，舞厅已经声明剩下的舞会将推迟至明天晚上，由此人们才开始离开。

“情况怎么样，警长？”

“对林肯·琼斯很不利，医生。我想让你坐下来，听我详细讲讲比克斯的事。”

“很乐意听。想现在讲吗？”

“我在等医院的初步尸检报告。虽说有可能是自然死亡，但我觉得可能性不大。在我看来，他像是被注射了某种速效毒药。”

“肯定不是林肯干的！”

“我不知道，医生。这个房间没有窗户，唯一的门是从里面闩上的，而且里面没有其他人。”

“我能再看看那间屋子吗？我们进去的时候，我只匆匆看了一眼。”

伦斯警长带路来到那扇破门前，他已经在这里拉起了一根绳子，设定了警戒区。我在他身后走进去，盯着墙壁看。很明显，它的主要功能是作为储藏室，贴着左边的墙堆放着纸箱。我查看了其中一个纸箱，发现里面是桌布，显然是为今晚的活动借来的。房间大约有十五英尺见方，门对面的墙上挂着一排镜子。镜子前面放着椅子和小桌子，这是格兰奇舞厅能提供的最好的化妆设施。右边的墙上有一根管子，上面挂着一些木制衣架，有些衣架上挂着乐队成员的外套，包括各式大衣和夹克。

“可能有人藏在这些外套后面。”我提示道。

“还很难说，医生，还是让我们看看琼斯怎么说的吧。”

现在他们开始清理舞厅里的桌子，斯威尼·兰姆和女歌手海伦·麦克唐纳站在一起，两个人似乎都在发呆。

“他是个很好的人。”金发女歌手说道。我怀疑她还不到二十岁。“他们认为是心脏病发作吗？”

“我们在等医院的消息。”我告诉她。然后，我转向乐队指挥，问道：“比克斯有什么健康问题吗？”

“他才跟了我几个月，但看起来很健康。让我问问斯派德。”他向早些时候帮我破门的黑人乐手喊了一声。“这就是斯派德·唐斯，一个出色的萨克斯手。他和比克斯一起加入的乐队。斯派德，你认识比克斯的时间比我长，他有什么健康问题吗？”

斯派德是个秃顶的矮个子，身材像个木桶。他可能不比我大，但他的胸部和肩膀就像举重运动员或钢琴搬运工。“没什么致命的毛病。”斯派德向我们保证，“他的嘴唇偶尔会给他带来一些麻烦，但这对吹号的人来说是常有的事。我们都会遇到。”

我看见鲍勃·耶尔匆匆走进舞厅，准备去找伦斯警长，我想听听他的报告。我走过去时，他正说到“初步判断他死于静脉注射甲基吗啡导致的呼吸衰竭”。

伦斯警长面无表情。“甲基吗啡？”

我解释说：“更广为人知的名字是可待因。”

“我会把那东西加到我吃的止咳药里。”警长说。

耶尔医生点了点头。“布莱克注射的这个应该纯度更高，即使小剂量也非常致命。”

“皮下注射器？”我问。

耶尔点点头。“满满一管子。他的大腿上有一个注射器留下的针孔痕迹。”

“那么他是被谋杀的啦。”警长说。

我提醒大家不要急于下结论。“自杀也是一种可能。”

“来吧，医生，我们去找林肯·琼斯谈谈。”

林肯和他的妻子一直坐在桌子后面，当警长让林肯和我们走一趟的时候，他的妻子也跟着来了。“这是怎么回事，警长？你是不是想说林肯做了什么？”

“现在没什么可说的。我只是想问林肯一些有关刚才发生的事的问题。”

“他什么也没做！比克斯·布莱克一直是个惹是生非的人。不管他是死是活，他都是个麻烦制造者。”

“现在不要说话！”林肯告诉她，起身跟上我们。

警长带我们回到了死亡现场，我就知道他会这么做。我们拉出三张对着镜子的椅子，林肯立刻问：“他是怎么死的？”

“注射器里装满了可待因，”我平静地说，“注射在他的大腿上。”

林肯似乎并不惊讶。“看他的表现，像是无法呼吸。”

“告诉我们到底发生了什么。”警长说道。

“嗯，我从高中时就认识比克斯。在舞会开始前，我甚至带着萨姆去见他。我们决定在中场休息的时候叙叙旧。我们进来是想说说话的。”

“谁把门闩插上的？”我问。

“比克斯。他说如果有人想抽烟，可以到外面去抽。”

“你们争吵了吗？”伦斯警长问道。

林肯转移了目光。“我们没什么好吵的。”

“你们争吵了吗？”警长重复道。

“不是真的吵。他提到了查琳。”

“你的妻子？”

“他曾经和查琳订过婚，不过那是很久以前的事了，在老街那里。”

“他说查琳什么了？”我试探着问道。

“他说是我把查琳抢走的，因为我上了大学。查琳想嫁给一个医生，想成为富人。这并不新鲜。他十二年前也对查琳说过同样的话。”

“你们动手了吗？”

“身体接触？当然没有！那时我就看出他呼吸困难了。”

“那注射器呢？”警长想知道。

“没有注射器。当时没有。”

“你最好解释一下。”

林肯在椅子上换了个姿势，第一次显得很紧张。“嗯，他的呼吸越来越急促，我问他怎么了。我以为他只是情绪激动，但后来发现没有那么简单。突然，他瘫倒在地，就在那儿，在屋子的中间。就在你发现他的地方。我跪下来为他检查，然后开始给他做人工呼吸。就在这时，我注意到他脚旁有一支注射器，便捡起来查看，正好你们破门而入。”

“有没有可能是他自己注射的毒药，他想自杀？”

“不，不。那是不可能的。他的手一直在明处。我告诉你吧，我一直在看着它们，因为我怕他会挥拳打我。”

“让我回忆一下。”我说，“我们冲进房间后，那注射器怎么了？”

“警长向我要，我就递给了他。”

伦斯警长点了点头。“我用一块干净的手帕小心翼翼地包好，在救护人员来搬尸体时交给了他们。本来应该拍些现场照片的，但我们当时不确定是谋杀。”

“你现在也不确定。”我提醒他说。

“我确定。琼斯医生，我要以涉嫌谋杀为由拘留你，对你进行进一步的审问。”

林肯叹了口气，站了起来。“让我和我妻子谈谈，然后我就和你走。”

回到舞厅，林肯穿过舞池走到查琳和玛丽·贝斯特坐着的那张桌子前。“你犯了一个大错，警长。”

“医生，告诉我，不这样做，还能怎样呢？”

“我还没准备好这么做。”

查琳听着林肯平静的话语，然后开始哭泣。“他们不能这样对你！该死的比克斯·布莱克！你没有杀他。”

“我知道，亲爱的。看看你能不能帮我找个好律师。照顾好孩子们，等我回来。”

舞会是在周五晚上举行的，第二天早上，镇上的人都在谈论这件事。鲍勃·耶尔说周六晚上要在舞厅里多加几张桌子，因为有很多人想来。“这会让我们筹到更多的钱，萨姆。”

我穿过大厅，来到耶尔在医院的办公室，想搞清楚一些事情。“有些人认为这是在发死人财。”我指出，“你知道林肯是无辜的。”

“我愿意认为他是无辜的。不过镇上的流言蜚语很难听。他们知道，林肯连一根头发都不会伤害他们，但这个比克斯过去跟他过去有纠葛，又是另一个黑人，而且他们在为一个女黑人争风吃醋。”

“她碰巧是林肯的妻子而已，这么多年过去了，我不认为林肯会为了她而杀人。比克斯·布莱克肯定不会威胁到他们的婚姻。”

“你怎么知道？”

我厌恶地走了出去，决定去监狱跟林肯谈谈。我到的时候，查琳正和他在一起。于是，我决定找伦斯警长谈谈。

“他周一要上法庭，医生，可能会交由大陪审团审理。为了他的妻子，他有作案动机。他也有作案时间，而且是唯一有机会的人。他还有方法，我想在医院可以搞到可待因。”

“是的。”我承认。

“用可待因杀死一个人需要多长时间？”

“如果是这种浓度的，吞下去，二十分钟内就会犯困，呼吸困难；注射到血液中，效果会立马显现。”

“立即杀死吗？”

“理论上讲是的。在实际操作中，受害者的体形、健康状况和药物耐受性都有可能导致发作延迟几分钟。”

“医生，你查看过那个注射器吗？”

“嗯。”

“我从耶尔医生那里了解到，里面装的是纪念医院使用的那种可待因。”

“它是最受欢迎的品牌，各个地方都在用，糖尿病患者的家里都可能有。”

伦斯警长咬着自己的下唇，他将把林肯·琼斯送上法庭，但我看得出来他并不高兴。“让我们考虑一下各种可能性，医生。布莱克是自杀的吗？不是，因为林肯·琼斯从没见过他手里拿过注射器。是不是有人躲在房间里给他扎的针？不是，因为凶手没有藏身之处。”

“我还不能完全同意这一点。我想再检查一下房间。”

“他是在你冲进房间后被人注射的吗？不是，因为当时注射器在琼斯手上，布莱克已经死了。”

“同意。”

“如果他没有自杀，而林肯·琼斯是唯一和他在一起的人，那么就一定是林肯·琼斯杀了他。就这么简单，医生。”

“没那么简单，因为琼斯不会这么做。你不会因为可能遇到十二年前跟你不和的人，就带着装满毒药的注射器参加舞会。林肯是以老朋友的身份接近他的，而不是竞争对手。”

“也许是比克斯·布莱克带着毒药来杀琼斯的，他们扭打在一起，但他的腿被刺了。”

“同样的道理，警长。这么多年过去了，布莱克还会给林肯下毒吗？至少，林肯甚至没有意识到布莱克对自己和查琳的婚姻仍然心存敌意。此外，如果事情果真如此，出于自卫的林肯就没有理由在发生的事情上撒谎了。”

伦斯警长叹了口气。“那这又是一个密室谜案了，医生。”

“也许吧。”我瞥了一眼手表。当时已经过中午了，我想和斯威尼·兰姆谈谈。“我现在得走了。告诉林肯我不想打扰他和查琳的会面。我稍后再来看他。”

乐队的大部分成员都住在诺斯蒙特唯一的旅馆，但海伦·麦克唐纳告诉我斯威尼住在外面的大巴上。“如果你愿意，我可以带你去。”她说。

“那太好了。”

大巴停在离旅馆一个街区远的一块未开发的土地上。“我为比克斯的死感到很难过。”她边走边说，“他加入乐队才几个月，但自从他来了以后，我和他相处融洽，关系很好。”

“他和你们其他人一样也住旅馆吗？”

“哦，当然。斯派德也在那里。我们在新英格兰没遇到多少不方便。”

“不方便了怎么办？”

“据说比克斯和斯派德曾睡过大巴。”

我能看出这是一辆行驶了很多英里的车，需要重新喷漆。斯威尼·兰姆坐在车里，正在整理晚上演出的乐谱。“必须得和昨晚的曲目有点不同。”他解释说，“而且还得有人替比克斯演奏。”

“那会是谁？”

“可能是斯派德，他可以兼任小号手。”

我想到了这一点。“这个工作需要争个你死我活吗？”

兰姆和海伦都笑了。“根本不需要。”乐队指挥答道，“他们的报酬一样多，小号和萨克斯在不同的曲目中都有独奏的机会。”

我拿起他旁边座位上的一本剪贴簿，里面有乐队在报纸上登的广告，还有他们演出的照片。其中一张照片是去年夏天拍的，他们穿着短袖衬衫在科尼艾兰的爵士音乐节上表演。“你们演奏各种各样的音乐。”我说。

“嗯，爵士乐和流行乐。”

我又翻了几页，发现了一张海伦·麦克唐纳两年前的照片，她穿着性感的无肩带长裙。我朝她笑了笑。“我以为你才高中毕业。”

“难道我不希望吗？”

“你们有谁见过比克斯用过皮下注射器吗？”我问。

斯威尼·兰姆皱起了眉头。“我不允许我的乐队里有任何毒品。发现任何注射器，他们就要被开除！去年夏天，我的一个鼓手因过量吸食海洛因死了。”

“警察有没有就此事找你们谈过？”

“他们没有打扰我们。”海伦回答，“斯威尼手下的这帮人都没有毒瘾。”

我感觉在这里再也了解不到什么情况了。“我们很期待今晚的演出。”

他点了点头。“一个全新的开始。开场时我先对比克斯致个简短的悼词，然后我们开启新篇章。”

海伦留在车上，我则离开，回到我在纪念医院翼楼的诊所。那个周六我没有预约病人，但玛丽仍在诊所，因为随时都有可能出现紧急情况。

“什么事也没有。”她告诉我，“除了查琳·琼斯来过。她是去监狱看了林肯之后顺道过来的。”

“她现在在哪儿？”

她朝我里面的办公室点了点头，房门开着，查琳坐在我桌子旁边病人坐的椅子上。我走进去问道：“林肯怎么样了？”

“还不错。他知道自己是无辜的。这只是一个可怕的误会。”

“跟我说说你和比克斯的事。你是否跟他解除了婚约？”

“那时高中刚毕业，我们都很年轻，他承认这么做是对的。”

“他会不会以自杀的方式嫁祸林肯？”

“我大概有十二年没见过他了。不管是怨恨，还是爱意，都不会没理由地持续这么久。无论比克斯发生了什么事情，都与林肯或我无关。”

我抿紧嘴唇，思索着。“查琳，你能和我一起去趟格兰奇舞厅吗？就现在。”

“干什么？”

“我想做个实验。”

“好吧。”

那里已经为晚上的舞会敞开了大门，我在前带路立刻去了那个临时化妆间。“这就是事情发生的地方。”我告诉她，“男人们在这里换衣服。”

“那女歌手呢？”

“她稍后再用，在开头几首器乐演奏的时候。”

查琳个子矮，但我立刻就看出我的第一个推理不成立。即便是她，个头也大到无法藏进任何一个装桌布的纸箱里。

“请你站到那个大衣架后面好吗？”

她一动没动，只是站在那里盯着我看。“我的上帝，萨姆，你认为是我杀了他？”

“不，不是……”

“是的，你就是这样认为的！我能有什么动机？即使是我干的，你认为我会让林肯代我去坐牢吗？”

“拜托，查琳，请你站在大衣后面。”

这次她照我说的做了，但我能清楚地看到大衣下面她的脚。“你能抓住管子，把自己拉上去吗？”她勇敢地试了试，管子几乎要从墙上脱落了。显然，在比克斯死前或死后，不会有人藏在这个房间里。

“满意了？”她问。

“我必须排除所有的可能性。在关键时间，你离开了桌子。”

她没有再说什么就离开了房间，我则担心我可能失去了一个朋友。

接着我又回到了医院，发现伦斯警长和鲍勃·耶尔在耶尔的办公室外面。“嘿，医生。我只是过来取一下死者的衣服。”警长举起一个纸袋。

“走之前到我诊所来一趟，警长。”

几分钟后，他出现在我的门口。“什么事，医生？”

“我只是有个想法。我想看看比克斯当时穿的衣服。”

警长打开纸袋，把它们倒在我的检查台上。“我快速地看了一遍，什么也没发现。”

我开始检查衣服口袋，警长笑着说：“除了一个洞，什么也没有。”

裤子的一个侧兜里确实有一个小洞。我把手指伸过去，思索着命运之手是如何利用这个洞的。“比克斯的尸体在哪里，警长？”

“还在医院，等待家属的处理意见。”

“我们去看看。”

我一直不习惯检查一天前的尸体，但我只用一小会儿工夫就找到了我要找的东西。“看这里，警长。还有这里。”

“这是什么意思？”

“今晚我们要亲手抓住凶手。”

那天晚上的舞会可以说是前一天晚上的翻版。多数人还是穿着同样的衣服，在音乐开始前，我让斯威尼·兰姆复制他在周五晚上做的所有事情。“你是说演奏同样的曲子？”

“没错。”我说，“他们将在下半场听到新乐曲。”

当斯威尼·兰姆和耶尔医生再次做开场白时，人们面面相觑；然后，当乐队以自己的主题曲开场，再切换到《天降财神》时，人们就开始感到害怕了。

“这是你的主意吗？”玛丽·贝斯特问道。

“是的。”我承认，“我们将见证它是不是一个好主意。”

斯派德·唐斯演奏着比克斯的小号，他自己的椅子则空着。除此之外，一切照旧。海伦·麦克唐纳仍然穿着那件粉红色的长裙出场，唱《说谎有罪》。

有不少人已经成双成对地在舞池里跳起舞来了，其他人仍坐在桌旁，似乎在等着看会发生什么事。当曲目接近尾声时，我注意到伦斯警长的目光。斯威尼·兰姆在演奏台上分发中场结尾曲目的乐谱，就像他前一天晚上做的那样。海伦·麦克唐纳犹豫了一下，然后拿了一份，递给坐在比克斯座位上的斯派德。

“快来！”我对警长说。

麦克唐纳看到我们走过去，脸色变得煞白，并想离开演奏台。

但我抓住了她的一只胳膊，伦斯警长抓住了另一只。“你最好跟我们走一趟，麦克唐纳小姐。”他告诉她，“有关比克斯·布莱克被杀的事，我们有话要问你。”

“我没有……”

“不，你有。”我告诉她，“你杀了他，我们会证明给你看。”

谋杀的消息不胫而走，传到了纽约，第二天晚上的舞会结束时，大城市的记者们已经等在那里准备问问题了。

我很高兴我们揭示了部分答案。

在鲍勃·耶尔和斯威尼·兰姆的陪伴下，伦斯警长开始讲话：“我们期待麦克唐纳小姐尽快发表一个完整的声明，林肯·琼斯医生将在一小时内从监狱释放。剩下的时间，我要把你们交给萨姆·霍桑医生，他在协助我调查过程中发挥了重要作用。”

我站起来对大家讲话。“起初看来，比克斯·布莱克是在一个只有林肯·琼斯在场的密室里被注射可待因而死的。”我一开口就引起了众人的注意，“然而，进一步的调查显示还存在另一种可能——比克斯在进入房间并锁上门之前就被注射了毒药。”

鲍勃·耶尔打断我的话：“注射这种剂量的可待因通常会立即起作用。”

我点了点头。“但它的症状可能会因为药物耐受性而延迟几分钟或更长时间，比克斯·布莱克的情况正是这样。这在如今的乐手中并非闻所未闻。我认为他是个海洛因成瘾者。第一场演出结束时，他通过裤子口袋上的洞将毒品注射到自己的大腿上。今天下午，我们仔细检查尸体时发现他的大腿上有以前的针眼。因为他的肤色较黑，我们在初次检查时没能发现。”

“你是说他是自杀？”

“不是。可待因溶液几乎是透明的，注射器里装满这种液体很容易被误认为装的是白色海洛因。比克斯不会选择在他的老朋友林肯面前自杀，至少不会不告诉他原因就自杀。我认为比克斯是被他的毒品供应商谋杀的，他得到的是一针可待因，而不是海洛因。这就是我今晚想重现昨晚表演的原因。

“我想我还记得昨晚发生的一些事情，但我必须再看一遍才有把握。当斯威尼递出上半场结尾曲目的乐谱时，尽管海伦·麦克唐纳不会参与演奏，她还是拿了一份。然后，她把乐谱叠好递给比克斯。今晚我看到她拿了乐谱，但在把乐谱递给坐在比克斯椅子上的斯派德时没有折叠。昨晚她就是用那张折起的乐谱，把致命的注射器传给了比克斯。当比克斯离开演奏台去见林肯时，我注意到他脸上的表情很痛苦，因为他刚刚注射完。他告诉林肯下半场他会好一些，也就是说，那时药物已经起作用了，他的状态会好一些。但比克斯没有下半场演出了。当他越来越虚弱，死在化妆间里时，注射器从他裤兜里的洞滑落到了他脚边的地板上，直到林肯·琼斯发现它。”

兰姆只是摇头。“他为什么要把东西注射到大腿上，而不是胳膊上？”

“因为你们乐队夏天穿短袖衫，我在你们的剪贴簿上见过照片。”

“但即使海伦给比克斯提供毒品，她又为什么非要杀死他呢？”

伦斯警长接过去回答了这个问题。“她最初的陈述表明，比克斯一直在勒索她，让她免费提供毒品，还威胁说要向你告发：她应该为去年你的鼓手因海洛因致死的事件负责。他们都知道你对乐手吸毒的态度。”

听到这一切，兰姆似乎被击垮了。对比克斯、海伦以及他的鼓手来说，这桩悲剧的真相现在才为人所知。我离开兰姆赶去监狱，这样林肯被释放时我就会在场。

查琳看见我走过来，勉强笑了笑。“谢谢你。”她说，“谢谢你把他救出来。”

09 失踪推销员杀人之谜

“唔，我年轻时生活的诺斯蒙特发生过很多离奇的犯罪案件。”萨姆·霍桑医生一边拿白兰地，一边对来访者说，“但最奇怪的莫过于詹姆斯·菲尔比先生的失踪。他失踪了，却一直坚称自己没有失踪。我给你倒点酒，然后你靠在椅子上听我讲。”

那是一九三七年五月初，那个月发生了很多事，很热闹，比如“兴登堡”号飞艇灾难，还有乔治六世加冕为英国国王。然而，这些震惊世界的事件对诺斯蒙特几乎没有影响，人们更愿意谈论天气和春耕。这是流动推销员最有可能开始一年一度推销活动的季节。

詹姆斯·菲尔比三十岁出头，去年夏天他开车穿过新英格兰南部四处兜售商品，卖的东西从避雷针到奶油搅拌器应有尽有。他在整个镇子到处跑，其路线恰好和我出诊的路线重合，我们有时会不期而遇，因此，我和他聊过几次。整个冬天我都没有想到他，但现在是五月了，他又回来了。

菲尔比开着一辆绿色的四门纳什车，后座和后备厢装满了他的东西。对于较小的产品，他会随车携带，直接卖掉；对于较大的产品，带不了样品的话，他就会用商品名录中的照片展示。他长得很英俊，一头乌黑的头发光滑地梳向脑后，还像电影里的克拉克·盖博那样留着稀疏的小胡子。当丈夫和儿子们在田里耕作时，农妇常用一杯咖啡友善地招待他。

那天，我在寡妇盖恩斯家遇到了他，他刚从她家的车道上驶出来，我被挡在了公路边上。寡妇盖恩斯全名叫阿比·盖恩斯，还不到五十岁，但自从她丈夫去世后，镇上的人就开始称呼她“寡妇盖恩斯”。

她家的农田已经廉价卖给了她家北边的邻居道格拉斯·克劳福德，她一个人住在用白色尖桩篱栅围着的小农舍里。菲尔比停下纳什车，从车窗探出身子。“你好，医生。还记得我吗？”

“詹姆斯·菲尔比？”

“正是。”他笑着答道，“我又开始春季推销之旅了。刚刚卖给那位女士一个牲口棚用的避雷针，然后……”他拍了拍自己的头，“忘了拿走我的样品了！”

他下车，小跑着返回农舍，留下我一个人坐在车里。“嘿，菲尔比！你把我堵住了。我进不去。”

确实如此。纳什车停在狭窄的砾石车道的中间，另一边有白色的尖桩篱栅挡着，我无法从草地上开车绕过它。

“我马上就来，医生。”他回头向我保证。

我叹了口气，手指不耐烦地敲打着方向盘。在我停下车想让他出去时，我已转入私家车道，然后他停下来和我说话，我便无法驶入盖恩斯家。现在我看着他回到侧门廊，敲门，打开那扇大风雪门。风雪门是实木的，上面的小窗户用硬纸板挡着，所以，从我所在的方向，完全看不见他在风雪门另一边的情况。

随着时间从几秒延长到几分钟，我渐渐失去了耐心。没错，我登门拜访阿比·盖恩斯并非出急诊，只是想检查一下我之前给她治疗过的感染。又过了两分钟，我忍不住下车，走到盖恩斯家门口，拉开风雪门，在门口喊道：“菲尔比！你在里面吗？出来把你的车挪开。”

阿比·盖恩斯立刻从厨房里出来，手里还拿着一把木勺。“霍桑医生，我不知道你在这里！”

“那个推销员菲尔比把我的车堵在了你家的车道上。他在哪儿？”

“菲尔比？大约十分钟前他就走了。”

“我知道，但他回来了。他说他忘了拿走给你看的避雷针样品。”

有那么一瞬间，她显得很困惑。“对的，他把样品靠在前门的墙上，现在它们已经不见了。但他没回来，否则，地板会发出吱吱声。”

“他可能在房子里的什么地方吗？”我瞥了一眼通往二楼的楼梯。

“我知道他要是进来的话，我一定会听到声音的，不过，我们可以看看。”她领着我快速找了一遍一楼的房间，包括前厅、客厅、厨房和最近新改建的一间室内浴室。在房后，离厨房不远的地方有一个大柴棚，应该是杂物储藏区，从外面有两扇门可以进到棚里面。其中一扇在后面，面向牲口棚，略微虚掩着。另一扇从里面闩着，我打开它，发现自己来到了侧廊的尽头，离菲尔比进来的门大约十英尺。接着我们上楼，查看了四间卧室和现在用于储物的阁楼。

“你看到了，他不在这里。”阿比·盖恩斯说着，打开了最后一个壁橱的门。“你一定是搞错了。”

我把窗帘拉开，指着下面的车道。“你可以看到他的车还在那里。他回来拿他的避雷针，然后就消失了。”

“哦，肯定不是！你一定是惊悚小说读得太多了，医生。”

“那地下室呢？”

“从屋里下不去了，你得走外面的门。杰西死后，在加装室内浴室时，我把楼梯堵住了。”杰西·盖恩斯是和她一起生活了二十多年的丈夫。

回到楼下，我决定先照顾我的病人，暂不理会那个失踪的推销员。我从车里拿出医药包，给盖恩斯太太做了检查。感染的症状大有好转，我叮嘱她继续用药一周。

当她和我一起走到门廊上时，我向她家车道起点的两辆车指了指，说："我不知道你要怎么处理菲尔比的车，也想不明白他到底出什么事了。"

"哦，我相信他会出现的。"

眼看着那个男人在我面前消失不见，我心中很是纳闷，但还是上了自己的车，向她挥手，然后倒车回到公路上。当天晚些时候，我回到诊所，把这件怪事告诉了护士玛丽·贝斯特。

"一定是有原因的。"她一边在办公桌旁忙碌着，一边说。

"我想我该给阿比·盖恩斯打个电话，看看他有没有现身。"

电话铃响了两声之后，她接了电话。当我问起詹姆斯·菲尔比时，她回答说："嗯，我想他回来过，因为车不见了。"

"但你没有看见他吧？"

"没有。我躺了几分钟，可能打瞌睡了。"

我挂断电话，对玛丽说："我想他回来了。"

"那当然，萨姆！并不是说离开视线几分钟的人就是真的消失了。"

她说得很坚定，也很有道理，但我才是那个坐在车里看着菲尔比走上阿比·盖恩斯家门廊的人。

两天后，开车从公路上经过盖恩斯家时，我注意到她家的车道上停着一辆车，不是绿色的纳什车，而是道格拉斯·克劳福德的黑色福特，就是在杰西死后买下了盖恩斯家农田的那个邻居。我最近没见过克劳福德，所以决定停车，跟他说说话。这一次，为了不妨碍别人，我把车停在白色尖桩篱栅外的路肩上。

道格拉斯·克劳福德是个大高个，沙色头发，经常微笑。他似乎总是像对着太阳那样眯着眼，而他健美的妻子艾琳则总是地要求他戴上墨镜。对此，克劳福德会回答说："那看起来像是有什么事情见不得人一样。"实际上，他似乎是诺斯蒙特比较坦诚的人之一。

此时此刻，他正掂着两大罐枫糖浆向门廊走去。

按门铃时，他把其中一罐夹在腋下，但他没有等答复，便直接打开柴棚的门，把罐子放了进去。

“你好，道格拉斯。”阿比·盖恩斯一边开门一边说。

“给你带了些枫糖浆。我把它放到柴棚里了。”

“真的谢谢你。你想得很周到。”就在这时，她看见我从车道上走过来。“哦，你好，霍桑医生。我没想到你会来。”

克劳福德转过身来，我们握了握手。“你好，医生。最近没怎么看到你。”

“今年冬天流感很严重。现在情况好多了。也许我可以放松一下。”

“打过高尔夫球吗？他们在希恩镇开了一个不错的新球场。”

“我得重新学一学才行。”

他走下门廊的台阶，朝阿比·盖恩斯挥了挥手。“好好享受枫糖浆吧。”

“我会的！再次谢谢你。”

他开车走了，我把注意力转向阿比。“我开车路过，想看看你感觉如何。”

“好多了，谢谢。”

“那好，那好！”我慢慢说出了前来拜访的真正原因。“你后来见过那个推销员菲尔比吗？”

“还没有。我从他那里订了一对避雷针，想要放在屋顶，但他没来送。”

“那就奇怪了。”

“他说可能需要一周。我不着急。”

“我不知道从那天以后有谁见过他。”

“我相信他会出现的。”

她站在门廊上，我建议她把门锁好，然后离开。风雪门还在，我想她应该找个人帮着拆掉才好。孤身一人的寡妇生活真是不易。

第二天是周六，我答应陪玛丽·贝斯特和邻县一家医院的几个正在康复的孩子一起郊游。我们陪他们度过了一个愉快的下午。看到玛丽以平等的身份与孩子们打成一片，我不禁对她的这种技巧感到惊讶。

看着玛丽和他们一起玩耍，我差点错过了那辆绿色的纳什车，它在土路上飞驰而过，速度快得后面拖起了一长溜沙尘。“那是菲尔比的车，”我告诉她，“我要去追他。”

她忙着照顾孩子，只看了我一眼，但当我跑向我的车时，她对我说：“当心！”我曾拥有过某个系列的大马力跑车，那时，就算尘土飞扬，我也能在第一个山丘上就追上他，但我最近买的车趋于保守，是一辆舒适的别克四门轿车。我关紧窗户，开始追纳什车。当我迫近它时，就像一头钻进了尘雾中。这些沙尘有一个好处，那就是只有到我离他很近时，他才会看到我在追他。我不停地按喇叭，他把车停在了路边，我也跟着停了车。

我从车里出来，大步走到纳什车旁，在那一瞬间我突然对我将会在车里找到谁产生了怀疑。不知为何，我仍然认为詹姆斯·菲尔比失踪了。

驾驶员一侧的车门打开，菲尔比下了车。“怎么了，医生？”他问道，脸上仍然是那种惯常的微笑，“你差点把我逼下公路了。”

还是那个男人，矮小英俊，一头光滑的黑发，留着克拉克·盖博式的胡子。他消失了，现在又回来了，好像什么都没发生过。“你在盖恩斯家失踪了。那之后没人见过你。我很担心你。”

“很多人都见过我。我在镇上到处卖我的避雷针之类的东西。春天是卖避雷针的最好时节，毕竟旧的可能都被冬季风暴损坏了。”

“那天你在盖恩斯家发生了什么？你走到她家的门廊，然后就消失了。”

“我去找我的避雷针样品了。我走回牲口棚，检查那里的避雷针。虽然牲口棚她不用了，但仍有可能被闪电击中。”

“我一直盯着那个门廊，菲尔比。你从没离开过那里，阿比·盖恩斯也说你没有进过房子。”

“那是你眨眼了，医生，要不就是你打了一会儿盹儿。”

“我的眼睛从未离开过门廊，因为你挡我的道了，我在等你回来，把车挪开。”

他耸了耸肩，转移了话题。“想买避雷针吗，医生？我这里有一种流行款式，上面有一个风向标，可以告诉你风向。”

“今天不用了，谢谢。”我答道，但事实上，我是应该有一个能给我指示风向的东西。我似乎碰到了一个不牵涉犯罪的神秘事件，但我感觉情况将发生变化，想到这里，我不禁打了个冷战。我回到车里，开车回去找玛丽和孩子们。

道格拉斯·克劳福德的妻子艾琳骨架很大，肩膀和男人一样宽。她身材健美，长相却不是很迷人，她会去镇上购物或给农场采购物资，我经常见到她，大概每周两三次。周一早上，看到她把成袋的化肥往她的小卡车后面搬时，我走过大街，问她是否需要帮忙。

“谢谢你，霍桑医生。我搞得定。”她把最后一袋化肥塞进卡车后说道。

“不知道你能不能帮我个忙。你认识一个叫詹姆斯·菲尔比的流动推销员吗？”

阳光照着她的眼睛，她眯起眼看着我，回答说：“我认识他。去年夏末，他就在附近，还帮道格拉斯收割过一两次。他脱下衬衫，和其他男人一起干活。我丈夫比我更喜欢他。”

“今年春天见过他很多次吗？”

“他带着避雷针来过一次，但我们不需要。”

“他是个什么样的人？我只简短地见过他几次。”

“他还好吧，我想。我觉得他对我们友好得有点突然。去年夏天，我看着他和道格拉斯在地里干活，就很奇怪他想卖给我们什么。”

“那你弄清楚了吗？”

她摇了摇头。“我们从他那里买了一个日晷，仅此而已。我请他吃晚饭，他还打翻了一碗汤。”

“日晷。”我重复道，“他卖的东西很奇怪。”

“这有什么奇怪的？”

“没有人再依赖日晷了。日晷成了装饰品。菲尔比卖的其他东西都是有用的。”

听到我的推断，她笑了。“我怀疑菲尔比是否会费心区分这两种东西。”她关上卡车的后挡板，坐到方向盘后面，“你外出路过我们家时请来坐坐。”

“我会的。”我保证道。

但整件事仍然萦绕在我脑海中。我看到詹姆斯·菲尔比在盖恩斯家的门廊上消失，尽管他否认了，但那可是我亲眼所见。在某种程度上，他的否认与失踪本身一样，是个谜。回到诊所后，玛丽·贝斯特看出我仍然困惑不已。

“你应该忘了它，萨姆。”她建议，“也许你开始看到的谜团其实并不存在。”

幸运的是，那个周一下午诊所的电话预约排得满满的，我几乎没有时间去想詹姆斯·菲尔比的消失和再次现身。第二天下午，当我有几个小时没有预约的时候，我决定开车去监狱办公室找伦斯警长。

警长跟我是多年的朋友，我们的交情从二十年代我来到诺斯蒙特就开始了。我偶尔会在社交场合见到他和他妻子，尽管我们的年龄有差距，但我认为他是我在本镇最亲密的朋友。那天，他的监狱里没有罪犯，手下也让他打发出去喝咖啡了。“一年到头就现在这个时候不忙，谢天谢地。医生，你在想什么？”

我给他讲了詹姆斯·菲尔比的事。“自那以后，它就一直困扰着我。”

“你的想象力太丰富了吧，医生。我觉得这不是一桩不可能犯罪，根本就没有什么犯罪行为，只要你把视线移开几秒钟，这也不是不可能的。”

“你的话听起来跟菲尔比说的一样。我看到了什么我清楚。”

“也许……”电话铃声打断了他，我起身准备离开。“我是伦斯警长。”他对着话筒说，在听了几句话后，他把目光转向我。我感觉应该出什么事了。“尽量保持冷静，克劳福德太太。他往哪边去了？”伦斯警长接着说，“好吧，我们马上过去。霍桑医生跟我一起去。”

“怎么了？”在他挂电话时我问道。

“是艾琳·克劳福德。她丈夫刚刚被你的推销员朋友菲尔比枪杀了。她认为他已经断气了。”

我们发现克劳福德太太已经接近歇斯底里了，我赶紧让她服下一粒镇静药胶囊，让她平静下来。道格拉斯躺在前门附近的地板上，四肢伸展，胸部有一个撕裂伤口，子弹从他的前胸射入，后背射出，致使他当场死亡。“怎么回事？”伦斯警长问道，“尽可能准确地告诉我们发生了什么。”

“他把车停在车道上，下了车。我看见他拿着一根避雷针走过来。我喊厨房里的道格拉斯，问他是否从菲尔比那里订过什么东西。他过来听了听我在说什么。然后，他走到纱门前，把门打开。他问推销员想要什么，然后我就听到了枪声。菲尔比拿着一支步枪，还拿着避雷针。”她又开始抽泣起来，我觉得对她来说，当下最好是服用更强效的助眠药。

当我伸手去拿她的杯子时，警长拦住了我。“等一下，医生。克劳福德太太，你在电话里说他开车沿路跑了。他往哪边去了？”

“盖恩斯家的方向。”

又有一辆车停在车道上，一位警员匆匆赶来。镇上的救护车紧随其后。伦斯示意他们稍等一会儿再搬尸体。“克劳福德太太，你知道他为什么要枪杀道格拉斯吗？他们之间有什么嫌隙吗？”

她摇了摇头。“没有。我记得去年有一次菲尔比提到他父亲几年前就认识道格拉斯，可是道格拉斯告诉我他不记得此事。”

“在这儿陪着她。”伦斯告诉他的手下。

我给了她一粒帮助她入睡的胶囊，然后匆匆去追警长。

“你认为他去哪儿了？”我问。

“很难说。如果我们路过盖恩斯家，或许就能看见他。”

我们拐向去盖恩斯家的那条路上了，刚穿过一片茂密的松树林，我就看到了那辆绿色的纳什车。“他在那儿！在盖恩斯家的车道上！”

他把车停在尖桩篱栅旁，跟上一次一样堵住了入口。

当警长的车驶近时，我们看到他下车，走向阿比·盖恩斯家的侧廊，一只手拿着避雷针。

伦斯警长的车滑行着停在了纳什车的后面，然后他以最快的速度钻出车，拔出左轮手枪。“站住，菲尔比！”他喊道，“你被捕了！”

那个小个子推销员转向我们，脸上带着一种让人捉摸不定的微笑，然后拉开风雪门，我们就看不见他了。

“快来！”我边朝警长喊，边开始跑起来。

风雪门摇晃着关上了，只留下空荡荡的门廊，不过这次房门是锁着的。我按了门铃，然后检查了门廊远端的柴棚门，它也是锁着的，跟第一次一样。

阿比·盖恩斯打开门，看到伦斯警长手中的左轮手枪，问道：“这到底怎么回事？”

“我们要找詹姆斯·菲尔比。”警长告诉她，“他刚跑进去。”

她似乎和第一次一样迷惑。“没人跑进来。门一直锁着。我听了霍桑医生的建议。”

“我得搜一下。”伦斯警长说，他一直举着枪，随时准备着。

“当然可以，如果你不相信我的话。”她向我寻求支持，“我干吗要在这种事情上撒谎？”

“道格拉斯·克劳福德被杀了。”我不无伤感却严肃地向她解释道，“艾琳说是菲尔比干的。”

“我的上帝！”她在最近的椅子上坐了下来，“这个世界是怎么了？”

在警长搜查时，我一直陪着她。我心里越来越强烈地觉得警长会一无所获，就像我上次什么也没有找到一样。他搜遍了房子的两层楼和柴棚，甚至是只能从外面下去的地下室。他穿过草地和杂草，来到闲置的牲口棚，快速环顾四周，除了在一扇倒塌的门下发现了一窝小草蛇外，什么也没有找到。

最后，警长说道：“哪儿也找不到他，医生。”随即把手枪塞回枪套。

“跟第一次一样。他就像进入了另一个维度。”

“他为什么要杀道格拉斯？”阿比问道。

“我们也不太清楚。”伦斯警长答道，“我要去检查他的车。”

除了菲尔比推销的样品外，那辆绿色的纳什车上什么也没有。在这些样品中，我发现了克劳福德夫妇去年秋天从菲尔比手里购买的那种日晷，它只有顶部的金属部分，没有支撑底座。用于投影的指时针看起来很尖锐，有点危险。“我可不想掉到它上面。”我对警长说。

“不太可能。”车里还有几根避雷针，横放在副驾驶座位的后面，正好能放得下。警长对它们特别感兴趣，最后他找到了他想要的东西，它在避雷针下面的汽车地板上，有一部分被避雷针的一卷接地线遮住了。“步枪在这儿。”他用胜利的口吻宣布道。

“他最近用这枪射击过，我很惊讶他会留下它。”

“也许他在另一个维度上不需要它。”我说。

我围着房子走了一圈，从各个角度研究它。如果菲尔比没进这房子，那就是去了别的地方。大风雪门的窗户被纸板遮着，当门完全打开时，就会遮住我们的视线，门那边发生了什么根本看不清。从外面的马路上也看不见柴棚的门，而且它的门上了锁，又离得太远，对弄清楚菲尔比的消失没有帮助。只有两扇门通向门廊，它们中间还有一扇厨房的窗户。我尝试打开窗户，但打不开。

“钉死了。”阿比·盖恩斯告诉我，“我丈夫几年前就把这里钉住了，因为我们这里的西风吹得很厉害，他在它周围装了绝缘条，把它整个钉住了。”

她站在门口，看着我跪在地上，检查门廊的木板。有一块似乎松了，但我只能抬起一英寸左右。我确定道：“此路不通。”

“你认为我在撒谎，是吗？”

我抬头看着她。“不，我没有认为你撒谎，但你可能没有告诉我们事实的正确版本。詹姆斯·菲尔比消失过两次，两次都是在这个门廊上。假设他是自愿的，他选择这个地方一定是有原因的。他一定觉得你会设法保护他。”

“瞎说！”她现在很生气，不喜欢我有所暗示。

“你们曾经不仅仅是普通朋友吧？”

“看在上帝的分儿上，他是个推销员！”

“你是个孤独的寡妇。”

“你话中有话，这让我很反感，霍桑医生。”

在我继续说出我已经后悔了的话之前，伦斯警长走了过来，他的适时加入对缓解我们当下的尴尬来说再好不过了。即使她和詹姆斯·菲尔比有不正当关系，我也没有理由指责她。也许这只是我对当天发生的事情感到越来越沮丧的表现。“我要扣押这辆车，”伦斯在门廊上宣布，“我叫人把它拖回镇子。我建议你在我们找到他之前把门窗锁好，盖恩斯太太。”

“你放心，我会这么做的。”

警长用她的电话给克劳福德家的警察打了电话，然后我们回到了镇上。在路上，他说：“看起来你又遇到了一起密室谜案。”

“还不好说。房子是锁着的，但菲尔比是在外面失踪的，而不是在里面。”

“你认为他是怎么做到的？”

“我毫无头绪。”我坦言。

我的车停在了监狱旁，警长把我拉到一边，并承诺随时告诉我事态的发展。我开车回到我在纪念医院的诊所，查看玛丽·贝斯特记录的预约。那天下午很清闲，唯一预约的病人打电话来取消了预约。我给她讲了道格拉斯·克劳福德的事。

“事情就没有停过，是吗？”

“似乎没有。”

“他们找到菲尔比了吗？”

“伦斯警长和我发现他进了阿比·盖恩斯的房子。”

她看着我的脸，猜测我将要说什么。“故技重演？”

“对。打开风雪门后人就没影了。”

“一定是盖恩斯太太放他进去的。”

“她不承认。警长搜查了那里，什么也没找到，跟我上次一样。”

玛丽拿起一沓纸，坐到了我的桌前。在那个季节，她留了短发，给人一种认真、勤奋的感觉。

“那个门廊是什么样子的？”

我向她详细描述，她做了一些笔记，粗略地画了张草图。“地板呢？”她问道。

“我查了。一块松了，但只能掀起来几英寸，无论如何都没有足够的空间让他溜下去。”

"你说过他个子矮。"

"没有那么矮。大约是五英尺五英寸。"

"房顶呢？"

"若是他爬到风雪门上方，我会看到他的。反正上面什么都没有，只是门廊的顶棚。"

"那柴棚门呢？"

我摇了摇头。"排除这个猜测有两个原因：柴棚门是从里面闩上的，而且离风雪门十英尺远。如果菲尔比没有抓住风雪门，风雪门会摇晃着关上，我们就能看到他走向了另一扇门。"

"那就是盖恩斯太太让他进屋的。"

"似乎是这样。但是我第一次时检查过了，警长今天也搜查了。那房子并不大。"

下午晚些时候，警长亲自来了，看上去茫然无措。"到处都没有他的踪迹。我已经让州警上路盘查，以防他准备了另一辆车，但这似乎不太可能。"

"为什么不可能？"我问。

"嗯，他是故意把车停在盖恩斯家的，医生。就像是他在车道上，坐等我们来。"

我也考虑过这种可能性，尽管这并没有多大意义。菲尔比不可能知道我在车里，也许他只是在等警长。

"也许他是躲在房子里等天黑。"玛丽·贝斯特说。

"等阿比·盖恩斯开车送他去其他州。"

伦斯警长嘟哝着说："也许我们在屋里检查时，他已经绕过房子，跑到我的巡逻车那里，藏进了后备厢。不过，我很怀疑它的可能性。"

玛丽不认为他是在说笑话。"你看过你的后备厢吗，警长？"

"该死，没有！"

玛丽坚持拿着警长的钥匙，快步走到停车场，打开后备厢，我们透过诊所的窗户往外看着。当她掀开盖子，只看到一个备用轮胎和一些工具时，她似乎很失望。“好吧。”回来后，她把钥匙还给警长，告诉我们说：“菲尔比不在里面，但他肯定在某个地方，我要弄清楚他在哪里。”

我们把来龙去脉重新讲了一遍，主要是为了让她了解，凭我的经验，我知道谈论这些事情总没有坏处。很快，玛丽便分析起来。“你们都看见他走到门廊上了？”

“没错。”

“他不可能在你们没有看到的情况下离开门廊。他不可能穿过柴棚的门，或者地板，或者门廊的顶棚。他只有在风雪门开着，挡住你们的视线时才有可能进入那栋房子。”

“盖恩斯太太要么知情，要么不知情。”警长插话说，“可是他藏在哪儿呢？”

“他可能是从窗户或什么地方溜出去的。”玛丽提示道。

“除非她看见了他，帮助他。”我说，“记住，我们只比他晚到了一会儿，而且她马上就让我们进屋了。她没有时间在窗边等着，等他爬出去后再关上窗户。几分钟后，我亲自绕着房子转了一圈，所有的窗户都关着。”

玛丽的脸上突然洋溢出胜利的喜悦。“好吧，能否这样推理？菲尔比必须进入那栋房子，不可能去别的地方。但片刻之后他就消失了。请记住两件事。第一，阿比·盖恩斯和被害人有生意往来，在她丈夫死后，她把农场的大部分农田卖给了道格拉斯。也许道格拉斯欺骗了她，或者她认为他欺骗了她。第二，你多次说过詹姆斯·菲尔比是个小个子男人，他的胡子和向后梳的光滑头发很可能是伪装。”

“你想说什么，玛丽？”

“我忘了是你还是福尔摩斯说的，当你排除了所有不可能之后，剩下的任何事情，无论多么不可思议，一定就是真相。失踪的詹姆斯·菲尔比和丧偶的阿比·盖恩斯是同一个人。”

我和伦斯警长面面相觑。“这样啊，我不知道。”警长喃喃地说，“这似乎太过牵强了，但我们也许应该开车再去她家一趟。医生，你说呢？”

我站起来。“那就走吧。”

“我也去！”玛丽·贝斯特决定跟着我们，“我们把诊所关了，可以吗？”

离下班时间只剩十分钟了。“当然可以，一起去吧。”

在去的路上，坐在后座的玛丽继续谈她对案情的构想。“你从没同时见过他们俩，是吧？直到杰西·盖恩斯死后，菲尔比才出现。阿比计划报复那个她认为盗窃了她财产的男人时，因此她才需要他现身。”

“你说的可能有道理。”伦斯警长严肃地说，“我们拭目以待。”

“还有呢。我之前提到过福尔摩斯。难道你们没注意詹姆斯·菲尔比和詹姆斯·菲利莫尔这两个名字很相似吗？菲利莫尔是福尔摩斯探案故事中一个无头案中的人物。据说菲利莫尔回家去拿伞，然后就在这个世界上消失了。詹姆斯·菲尔比第一次去阿比·盖恩斯家时拿着避雷针，然后就消失了。”

我不得不笑着说：命运有时会发生奇怪的转折。

但我们快到盖恩斯家了，我不能再让猜谜游戏继续下去了。“玛丽，玛丽，詹姆斯·菲尔比和阿比·盖恩斯不是同一个人。他们不可能是同一个人。我给阿比·盖恩斯治病有一年了……”

“我知道，可是……”

“……而且艾琳·克劳福德告诉我，菲尔比去年帮过她家收割庄稼，曾经脱掉衬衫和其他人一起干活。”

“哦。那怎么……”

“我在车道这里下车。你们在车里等着。”

我避开了房子，直接去了房子后面的牲口棚。

虽然快到晚饭时间了，但离天黑还有很长一段时间。我拉开大的滑动门进入旧牲口棚，环顾四周，干草棚和空荡荡的牛栏一览无余，这些栏杆曾经是将奶牛约束在那里挤奶的地方。我知道伦斯警长来过这里，但时间很短。我划着一根火柴，把它扔到我脚边的一小堆秸秆上。

大约五分钟后，牲口棚里就充满了秸秆燃烧的味道。就在我想把火踩灭，准备放弃时，我正上方的干草棚里有了轻微的动静。有个身影出现了，开始沿着摇摇晃晃的木梯往下走，正是失踪的推销员詹姆斯·菲尔比。

“很高兴看到你又回到了我们身边。”我说。

“在你把这地方烧掉之前，赶紧把火扑灭！”

我踩灭了它，跟着他离开牲口棚。“警长在车道尽头等着呢。”我指出，以防他想逃跑，“你为什么要杀道格拉斯·克劳福德？”

“说来话长。”

“我有的是时间。”我看到阿比·盖恩斯走到了门廊上，想看看发生了什么事。

“几年前他和我父亲有些生意往来。我父亲自杀了，我一直觉得我父亲的死和克劳福德脱不了干系。这是我生命中最重要的一件事，但当我向他提起此事时，他甚至都没有印象了。”

“所以你杀了他。”我们慢慢地走过房子。警长和玛丽下车，迎着我们走来。

“是的。去年我试了两次，但都失败了。我卖给他一个日晷，上面的指时针特别尖，我希望能绊倒他，让他摔在上面，但没有成功。我帮他收割庄稼，被请去吃晚饭，我在他的汤里下了毒，但他和他的妻子在最后一刻换了位置，我不得不把碗打翻，以免他的妻子中毒。她一定认为我笨手笨脚的。这一次下手是因为我觉得我等得够久了。我用我的步枪打死了他，赌自己能逃走。今晚天黑后，我可以跑到这个国家的任何地方。”

“在设计好在盖恩斯家门前消失之后我就决定要这么做了。”

“我在你身上试过了，这招很管用，我想它对伦斯警长也会管用。”

“你的车两次都停在公路边，我们没办法绕过它，不得不在公路上看你要的小把戏，风雪门为你提供了完美的掩护。”

伦斯警长掏出了他的手铐。“给什么提供完美的掩护，医生？阿比·盖恩斯到底有没有参与？是她把他藏起来的？”

“不，没有。这个可怜的女人完全是无辜的。我想他选择这个地方只是因为这里有一个闲置的牲口棚，里面有不少地方可以藏身，但他必须把我们的注意力吸引到房子上，而不是牲口棚。”

“你是怎么做到的，菲尔比？”警长问道。

“让霍桑医生告诉你吧，他似乎什么都知道。”

“我最大的失误是以为柴棚的门总是锁着的。”我继续说，“当然，它不是。我站在这里看着克劳福德打开门，放了几罐枫糖浆进去。事实上，它通常是不上锁的，就像盖恩斯家的前门一样。你可以径直走进柴棚，然后从里面把门锁上，两次都是如此。然后，当我们搜查房子时，你从柴棚的后门跑进牲口棚，藏在那里，可能第一次你就找到了藏身之处。”

“等一下！”玛丽·贝斯特反对说，“萨姆，你自己也说过，在让风雪门开着，以挡住我们视线的同时，他不可能走到柴棚的门，它们相距十英尺呢。”

“我们都忘了一个重要的事实。他两次消失用了同样的花招，手里都拿着一根六英尺长的避雷针。第一次时，他把它放在前门旁，用它撑住打开的风雪门，直到他走到并打开柴棚的门再把避雷针拉进柴棚，此时的风雪门才在弹簧的影响下摇晃着关上。”

“真该死！”伦斯警长说。

“这倒提醒了我。”菲尔比突然告诉我们，“我把避雷针忘在干草堆里了。我能回牲口棚去拿吗？”

“上车。”警长命令道，“你玩失踪的日子结束了。”

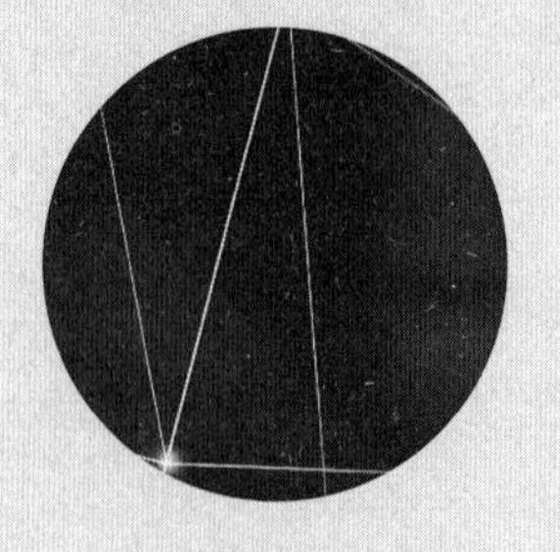

10 皮衣人

“自从二十世纪二十年代初我搬到新英格兰南部以来，”萨姆·霍桑医生举起酒杯喝了一口白兰地，对他的客人讲道，“我偶尔会听到一些有关皮衣人的故事。起初我以为那就是一个传说，无非想在夜里吓唬孩子，但后来得知真的有这么一个人。他是一个流浪者，寡言少语，穿着手工缝制的皮衣，在康涅狄格州和纽约州东部流浪了大约三十年，直到一八八九年去世。”

一九三七年夏天，皮衣人“回”到了诺斯蒙特，不过，我们对于他的到来还没有心理准备。八月的第一天，凌晨三点，伦斯警长打电话把我叫醒。

“霍桑。”我拿起床边的电话含糊不清地说道。

“医生，我在帕特南附近的特克山路，这里出了一起严重的车祸。你是离得最近的医生，只好打给你了。”

“我这就过去。”我简短地答道，然后挂断了电话。我的头落回到枕头上，但我挣扎着从床上爬起来，用湿毛巾擦擦脸，迅速穿好衣服，然后匆匆出门，走向我的车。除了偶尔有人临产，我很少在这个时间被叫出诊。虽然诺斯蒙特附近道路上的汽车越来越多，但事故却很少发生。

接到警长电话后，我只用了不到十五分钟就赶到了现场。车祸现场，一辆黑色的福特汽车冲出了马路，翻到了沟里。伦斯警长的车就在离它十英尺远的路上，他正尽最大努力救治受重伤的司机。附近农舍的一位妇女赶了过来，但只是站在安全距离外远远地观看。

“有多严重？”我问警长。

“头部流血，医生。”他平静地答道。借着耀眼的车灯，我看到他站了起来，迎接我的到来。“这人是马奇·吉尔曼。”

我是在扶轮社[①]例会上认识吉尔曼的，不过，他不是我的病人，也非亲密的朋友。他四十岁左右，在镇上经销饲料粮，生意算是成功，但更为人所知的是他喜欢追女人。

“伤得很重。”我说着，在他身边跪下，检查他的伤势。“你叫救护车了吗？”

“立刻叫了，但救护车引擎出了点问题，所以我就给你打电话了。”

我凑近这个流血的人。“马奇！马奇，你能听到我说话吗？”

他眨了眨眼，瞬间又闭上了。“什么……”

“你出车祸了，马奇。”

“皮衣……皮衣人……”

“什么？”我问。我很清楚地听到了他说的话，但不明白他说的是什么。

“皮衣人……在路上。我想躲开他……掉沟里了。”

“什么皮衣人，马奇？他是谁？”

但他只说了这些，就在这时，我听到远处黑暗的土路上传来了救护车的警笛声。但在它抵达之前，我只能设法帮他头上的伤口止血，我知道他的生命正在逐渐衰竭。

① 扶轮社是遵循国际扶轮规章成立的地区性社会团体，以所在城市或地区的名称作为社名，宗旨是增进职业交流，提供社会服务。原则上，要在固定的时间和地点每周召开一次例会，或每个月至少开两次例会。——译者注

就在他们把他抬上救护车的时候，那个一直在远处观察的女人走近了一些。当她走进灯光里时，我认出她是诺斯蒙特的小学老师。“威克利夫小姐，想不到是你。”

“我还住在这儿的农庄里。”她答道，双手交叉抱于胸前，似乎是想抵挡夜晚微风的吹拂。她相貌平平，但有点吸引力，年近三十还未婚，父母去世后独自生活。多数乡村地区都有她这样的女人。

在伦斯警长目送救护车离开时，我问她：“这里发生了什么？”

“我真的不知道。他一定开得很快。我听见汽车从房子旁边经过，然后打滑，掉进了沟里。我想是这些动静把我吵醒了。我匆匆穿上几件衣服就出来了，看到他受伤了，便立刻给警长打电话。”

“你看见过其他人吗？”伦斯警长走过来问道，“他提到的那个皮衣人？”

“没有人。当然，路上很黑。”她犹豫了一下，“很多年前，这一带出现过一个皮衣人。有关他的传说我知之不多，不过，我们当地的史志学者能讲清楚。”

“我不相信鬼魂。”警长告诉她，“你说的那个家伙已经死了快五十年了。”

“今年夏天有人见过他。”她回答说，“我听人说他回来了。”

“瞎扯！”伦斯警长告诉她。若不是自己亲眼见过，警长是不会相信的。

汉娜·威克利夫耸耸肩。“你能派人把这辆车从我的前院拖走吗？”

“明天早上第一件事就是它。”他保证道。

然后，警长开车赶往清教徒纪念医院，我也开车跟着去了。我们到达时，马奇·吉尔曼已经咽气了。

十点差几分时，我来到诊所，玛丽·贝斯特正忙着处理诊所的杂事以及八月一日的账单。“我刚才给你打电话了，萨姆。九点了你还没来，我很担心。”

“凌晨三点我有个急诊，所以决定多睡一小时。”

“害死马奇·吉尔曼的那个车祸？”

我点点头。“我想这消息已经传遍全镇了。”

“差不多。我想他是一个重要的人。”

“本小镇的重要人物。”我告诉她。阿普丽尔结婚并搬到缅因州后，玛丽接替她成了我的护士，有时我会忘记她只在诺斯蒙特待了两年，还不认识所有人。“今天我有什么安排？”

“不是很忙。十点半见里特太太，十一点见道格拉斯·格林，然后你就可以自由活动了。”

中午时分，我开车去见伦斯警长。“我看了医院出具的马奇·吉尔曼的验尸报告。”他说，“死于头部重伤。毫不奇怪。有一个伤口大量出血，还有一个较小的伤口，这些伤可能造成了轻微的脑震荡。”

“很抱歉我没能救活他。”我在他的办公桌旁坐下。

“但是皮衣人这事仍然困扰着我。汉娜·威克利夫说本镇的史志学者了解这个传说，那人会是斯潘塞·科布吗？”

“我就知道他一个，不过他不是官方人员。”

诺斯蒙特有一家小图书馆，位于镇广场的另一边，斯潘塞·科布在图书馆大楼里有一间办公室。我找到他时，他正站在一个矮梯上，查看一本新英格兰的旧地图集，那是一本皮面装帧的书，封面已经磨损，与书芯也脱离了。“你好，萨姆，”他向我打招呼，“我能为你做什么？”虽然刚到五十岁，但他已是满头白发，嘴里总是叼着烟斗。

“我有一个历史问题要问你，斯潘塞。听说过皮衣人吗？”

“那你现在真的要回顾历史了。来，请坐，我去找一下以前的一些参考文献。”实际上，他是县土地测量员，但由于这份工作只占用他很少的时间，他还承担起了诺斯蒙特史志学者的职责。

不一会儿，他把一张老照片放在我面前的桌子上。照片中，一个五十多岁的邋遢男人坐在一张木凳上，正吃一片切片面包和一个小圆面包。他全身穿着肥大发亮的衣服，粗大的针脚清晰可见。裤子和大衣似乎是用同样的材料拼接而成的，即用皮绳将皮质碎片缝在一起。他戴着一顶鸭舌帽，脚上穿着一双似乎是木质鞋底的靴子，旁边放着一个大约两英尺见方的皮包。

“这就是那个皮衣人。”斯潘塞·科布说，“这张照片拍摄于一八八九年，没过多久，他就死了。”

“给我讲讲他吧。”

科布划着一根火柴，重新点燃了他的烟斗。“十九世纪五十年代末，他第一次出现在这个地区，穿着你刚才看到的衣服。在接下来的三十年里，赶上夏季和冬季，他都会走一条特定的路线，沿着乡村公路从西边的哈德逊河走到东边的康涅狄格河，一圈下来有三百六十五英里左右，他要走大约三十四天。他的到来就像满月一样有规律，只是周期为三十四天，而不是二十九天或三十天。一旦确定了他的路线，就有人开始赋予它神秘的意义，因为三百六十五英里象征着一年的三百六十五天。”

“他是谁？有没有人知道他的身份？”

“他很少说话，只会说几句蹩脚的英语。虽然他有固定的落脚点，但如果有人问得太仔细，他就会放弃这个落脚点。人们起初害怕他，但后来知道他是一个平和的人，不爱惹事。从他的口音来看，人们认为他是法国人。”

“他后来怎么样了？”

“一八八八年十二月，有人注意到他的嘴唇上长了一个疮，似乎是癌性病变，于是把他送往哈特福德的一家医院，但很快他就跑了。媒体认定他是法国人朱尔斯·布戈莱，由于生意失败，再加上一场悲剧性的风流韵事，他被迫逃离祖国。然而，这些都无法证实。第二年三月，皮衣人死于癌症，他的遗物少得可怜，无法提供有关他身份的线索。”

“很吸引人的一个故事。”我说，“但是最近有传闻说是……”

斯潘塞·科布点点头。“我知道。皮衣人回来了。整个夏天我都听到有人议论此事。我不相信鬼魂，所以，我只能假设有人出于自己的原因，在重走皮衣人的老路。”

“我车里有一张交通图。如果我拿来，你能给我大概指出那条路线吗？”

“没有问题，我在一份旧剪报里见过路线图。当时有很多人保存着他来来回回的剪贴簿，里面有大量的材料可以利用。”

我看着他仔细复述皮衣人的路线。如果新的旅行者沿着原来的路线走，我想找到他应该不是什么很难的事情。我对皮衣人的故事很着迷，也很好奇他对杀死马奇·吉尔曼的那场事故了解多少。

“谢谢你，斯潘塞。”我告诉他，“你帮了大忙了。”

回到诊所，我在地图上标出距离。“你这么做是想干什么？”玛丽·贝斯特问道，“若是你找到他了会怎么样？你想和他一起走路？”

“也许吧。”

“这是我听到的最可笑的事情！”

“瞧，他每三十四天就要走三百六十五英里。这样算下来，每天要走十点五英里以上。正常人为什么要做这种事？”

“最初那个皮衣人做到了。说不定现在这个是他的孙子或什么人。”

我看得出她在嘲笑我，但我还是想找到他。我把地图摊开，放在旁边的座位上，开车沿着皮衣人的路线出发了。

汉娜·威克利夫的家是一个不错的起点，我开车去那里开始寻找线索。她的车不在，吉尔曼的失事车也如约被拖走了。我把车停在她家的车道上，走回公路，寻找事故发生的痕迹。她家门前的砂砾上没有任何痕迹，沟里只剩下一块保险杠的碎片，证明这里曾经发生过事故。

我试着想象皮衣人可能走过哪里，然后确定他应是一直沿着公路走，尤其是那天晚上，那么晚了，他不会不走公路的。但究竟为什么他一直在走路？显然，晚上他会在有人居住的地方过夜，或者在天气好的时候睡在田野里。凌晨三点他起来干什么？

我回到车里，继续开车。

在接下来的一小时里，我缓慢而仔细地找了二十英里，结论是皮衣人不知所踪。他也许已经放弃了徒步旅行，如果他曾经开始过的话。或者整件事就是一个荒诞的传言。我在一家有公用电话的加油站停下车，给诊所的玛丽打电话。

“我没有找到他。”我告诉她，“我从诺斯蒙特到希恩镇开着车找了二十英里了，公路上见不到他的影子。你那里有急诊吗？”

“没有，一切都很安静。”

“我想还是放弃吧，掉头回去。”

“也许你走错方向了。”她提醒道。

“什么？”

“你一直沿着他的路线逆时针方向开车，但也许他是顺时针走的。”

“该死！”我为什么要这样开车？我想了想，最后认定这是因为马奇·吉尔曼掉进沟里时正是朝着这个方向行驶的。当然，这说明不了什么。如果昨晚路上有一个穿皮衣的人，他可能朝任何一个方向走。“谢谢你，玛丽。你可能是对的。”

这个问题很关键，接下来，我打电话询问斯潘塞·科布。“你之前没有告诉我早先那个皮衣人走的是哪个方向，顺时针还是逆时针？”

“让我想想，我认为是顺时针。我见过的报纸上没有这样的记载，不过，情况似乎是这样的。”

“谢谢，斯潘塞。”

“你找到他了吗？”

“正在找的路上。”

我重新返回到线路上，然后再次经过威克利夫家的房子，绕过诺斯蒙特，一路往东开。这次我特别留心观察，还没走三英里，我就看见一个穿着棕色衣服的瘦削身影走在我前面的路上。当我靠近他时，他躲到一边，但我没有开车过去。

“想搭车吗？”我打开窗户喊道。

“不了，老兄。我在走路。”

他说话的口音很奇怪，不太像英国人，而且他的话让我也无话可说。我迅速决定把车停在他身后的路边，然后急忙追上他问道：“你不介意我和你一起走吧？”

“随便你，老兄。”

我跟在他身边。近距离看，我看到他确实穿着一件皮衣，不像早先那位皮衣人那样是用皮绳连缀在一起的，而是一件非常合身的衣服，让我想起丹尼尔·布恩[①]和其他拓荒者穿的鹿皮衣服。现在这人背着一个同样质地的背包，背包底部捆绑着几件财物。

“你这是要去什么特别的地方吗？”我问。

“我在徒步旅行。”

“你穿的皮衣真不错。我听说人们叫你皮衣人。”

他扭头看着我，我第一次清楚地看到了他的沙色头发和饱经风霜的脸。他四十多岁，也可能五十多岁。他眼睛的颜色是我见过的最淡的蓝色。他看上去一点也不像斯潘塞·科布给我看的那张老皮衣人的照片。前面的山上出现了一辆汽车，车速很快，后面扬起一小团沙尘。“谁这么叫我？”那人问。

“那些在路上见过你的人。”

---

① 美国历史上著名的拓荒者和探险家之一，其名声主要源自他对肯塔基州的拓荒和殖民。——译者注

那辆车经过我们时放慢了速度，我看见是汉娜·威克利夫在开车，正往家赶。我向她招手，她也向我招手。“没多少人在路上见过我。”皮衣人喃喃地说，“可能在我偶尔停下来吃点东西或晚上休息时有人见过。”

“刚才从我们身边经过的那个女人，你今天凌晨三点就在她家门前走过。”

“可能吧。”他承认，“有月亮的时候，我喜欢在夜里走一段时间，然后睡到天亮。这样比较凉快。”

“你叫什么名字？我是萨姆·霍桑。”

“扎克·泰勒。”他伸出一只古铜色的手，我们握了握手。

“扎卡里的那个扎克[①]？”

“没错。”

“我们有个总统就是这个名字[②]，那是很久之前的事了。”

“他们也是这么告诉我的。”

我们平稳地走着，比我习惯的走路速度要快一些。“你不是本地人。你是英国人？”

“我是澳大利亚人，老兄。听说过一个叫爱丽斯泉的地方吗？”

“有点印象。我以前可能在地图上见过。”

“那里是真正的内陆，除了沙漠，什么都没有。”

“你为什么来新英格兰？”

“世界很大，我决定到处看看。走了这么远，觉得这里很好，可以待上一段时间。我在纽约度过了一个春天，然后来到了这里。”

天色渐晚，快到晚饭时间了，但我们还是继续往前走。

“你的徒步旅行是沿着五十多年前那位皮衣人的路线走的。”我说，“这不仅仅是个巧合吧。”

---

① 扎卡里的英文为Zachary，扎克的英文为Zach。——译者注

② 指扎卡里·泰勒，美国政治家、军事家，曾任美国总统。——编者注

“嗯，我当时穿着这件皮衣，有人告诉我你提到的皮衣人曾在此地出现过。我在图书馆查到了他的路线，决定顺着它走。”

“整个夏天你都在走？”

“是啊。”

“如果你今天凌晨三点出门，你一定看到了一场车祸。一辆福特车试图避开你，结果掉进了沟里。”

他盯着我，眼神里透着怀疑。“你跟我来就是为了这个？萨姆·霍桑，你是警察？”

“不，我是医生。”

我们走近一个铁路道口，我认识这里的看守，他是一个眼睛斜视的老头，名叫塞思·豪林斯。当我们走近时，他从棚屋里出来，放下横跨铁路道口的闸杆。

“你好，塞思。”我喊道。

他转向我。“萨姆医生！好久没见到你了。还是步行！你的车呢？”

“我今天要锻炼一下。火车要来了吗？”

“毫无疑问！你没听见？”

我听到了。远处传来一声汽笛声，过了一会儿，火车进入视野。这是一列有二十节车厢的货车，以中速行驶。

火车经过后，我对塞思说：“你的听力真好，火车那么远你都能听见。”

“再好不过了。”他升起闸杆，咧嘴一笑，只是看不到他的牙齿了，“我能听到邻县奶牛的叫唤。”

我咯咯地笑起来，说：“你今晚要工作到什么时候，塞思？”

“直到我妻子来接我。她掌控我的时间。”

“回头见。”

我回到扎克·泰勒的身边，追上他的步伐。我们穿过铁轨，再次沿着公路出发。“你在这附近认识很多人吗？”扎克问。

“挺多的。我在这里当了十五年医生。”

“你饿了吗？我的袋里有一些酸面包，还有一点威士忌。”

“你在诱惑我。”

威士忌喝下去，感觉从喉咙向下都烧了起来，酸面包的味道还不错。

我们只停了大约十分钟就又出发了。另一辆车从我们身边经过，但司机不是我认识的人。这段路上车辆稀少。

“我刚才要问你的是关于那辆福特车的事故。”沉默地走了一会儿后，我提醒他说。

“是的。你问了，不是吗？”

“你看到了？”

“直到那辆车开到我跟前，我才看见它。不知道它从哪里开过来的。我跳到一边，那辆车蹿出了马路，车上的司机被甩到了车外。我能看到他有点晕眩，但他似乎伤得不重，我不想卷入这种事情。”

“所以，你就一直走。”

“没错。我又走了半小时，然后找了个干草堆睡觉。车里那个家伙怎么样了？”

“他已经死了。”

“上帝，听到这个消息我很难过。”

“你应该停下来帮他的，扎克。”

他拿出威士忌，又喝了一大口，并把酒瓶递给我。他说：“上次我停下来帮助一个遭遇车祸的人，结果在看守所里蹲了几个晚上。该死的警察以为我是流浪汉。”

“从某种程度上说，你不就是吗？”

“那可不一样，老兄！我身上有钱。有时，没有免费的食宿，我是要花钱的。”

“但你可是在新英格兰的乡村路上漫游。”

“老兄，我在徒步旅行！”

“什么？”

“徒步旅行。我想你不知道这个词。这是澳大利亚的习俗，澳大利亚原住民的习俗，真的，意思是非正式的休假。在休假期间，人们会回归原住民的生活，在灌木丛中漫游，有时还会拜访亲戚。”

“这就是你的徒步旅行？”

“没错。”

“那你家乡还有什么人？”

“妻子和家人。我希望有一天能回到他们身边。”

夜幕降临，我们还在走，我意识时间已经过了八点半了。这一天都去哪儿了？我和这个人走了多远？更重要的是，我喝了他几口威士忌？“你不停下过夜吗？”

“快了。”他同意道，“快了。”

一路上，他给我讲了很多他妻子和孩子的事，还有他在澳大利亚的生活。他还讲了丛林大盗内德·凯利穿着自制盔甲与警察战斗的传奇故事。一段时间后，威士忌酒瓶子空了，他把它扔进了路边的灌木丛中。“我太累了，走不动了。”终于，他承认累了。此时，前面出现了一个亮着灯的指示牌，表明那栋房子可以为旅行者提供住宿和早餐。“我要在这里过夜。”他告诉我。

“那我走了，回去找我的车。”话一出口，我就意识到这是多么愚蠢。我们已经走了几个小时了。我得走上半宿才能回到我的车那里。

“那太远了。跟我一块住下吧，老兄。”

我想打电话给伦斯警长，让他来接我，但又想到我喝了那么多威士忌，我不想让他看到我走路时有点摇晃的样子。

也许最好的办法是睡上几个小时。

一个胖乎乎的中年妇女在大房子门口迎接我们。“欢迎光临，旅客们。”她向我们打招呼，“我是波默罗伊太太。你们在找地方过夜吗？”

“是的。”扎克·泰勒告诉她，“你还有地方让我们住吗？”

“我有两张很不错的床，就在楼梯口的房间。每人十美元，包括一顿丰盛的早餐。”

“我们要了。”我同意了，感觉愈发困了。

“格伦！”她喊了一声，几乎立刻出现了一个小个子男人，头发灰白，有点瘸。“这是我丈夫格伦。他会带你们去房间。格伦，二号房，楼上。”

他心不在焉地对我们笑了笑。“很高兴你们能停下脚步。有行李吗？”

“没有，老兄。”扎克告诉他，“就我们两人。”

他领着我们上楼，他的妻子喊道：“你们可以明天早上再付钱！如果八点你们还没起床，我会叫醒你们吃早饭。”

即便只有一盏落地灯，光线也飘忽不定，但房间很大，所以住着还算令人愉快。房间里有两张床，铺着印有鲜花图案的床单，还有一个水罐和一只碗。“洗手间在走廊尽头。”波默罗伊告诉我们，“洗手间整晚都会开着一盏小灯。”

我脱掉外衣，倒在床上，精疲力竭。走了那么久，喝了那么多威士忌，我实在受不了了。

我瞥见扎克爬到另一张床上，然后我就睡着了。

当我睁开眼睛时，天已大亮。我意识到有人在敲门，便看了看放在床边桌子上的怀表，八点过五分。然后，我注意到扎克的床是空的，床单整整齐齐，似乎没有人在上面睡过。

“等一下！”我朝着门口喊了一声，抓紧穿上裤子。

我打开门，波默罗伊太太站在那里。“该吃早餐了，如果你想吃的话。”

"我马上下来。另一个人呢？"

她一脸茫然。"什么人？"

"扎克·泰勒，和我一起来的那家伙。"

波默罗伊太太直视着我的眼睛。"你是一个人来的，先生。没人和你一起。"

我打完电话不到半小时，伦斯警长就到了。波默罗伊太太家已是邻县地界，超出了他的司法管辖范围，但这并不妨碍他问波默罗伊太太几个问题。

"医生说他昨晚是和另一个人一起来的，你却说他是一个人来的，你说的是真的吗？"

她对我怒目而视，然后又瞪着警长说："他确实是一个人来的。"

"那你为什么给我一间有两张床的房间？"

她耸耸肩说："这间是空的。你是我们唯一的客人。"

伦斯警长不安地换了一个姿势。"我认识医生很多年了，波默罗伊太太。如果他说他是和什么人一起来的……"

"很明显，他喝了很多酒，警长。他甚至不能走直道。也许他是和别人在一起，但不是在这里。"

警长以探询的目光瞥了我一眼。"这是真的吗，医生？"

"那个家伙，皮衣人，有一瓶威士忌。我们边走边喝了几口。"

女人的丈夫从外面进来，她立即寻求他的支持。"告诉他们，格伦，告诉他们这人是一个人来的。"

矮个子男人瞥了我一眼。"当然是！我很高兴看到他没有开车，他都醉成那个样子了。"

我叹了口气，又开始说："有个人跟我一起。他去另一张床上睡觉了。他的名字叫扎克·泰勒，穿着一身皮衣，用料很像鹿皮。"

他们摇了摇头，不愿意改口。我心想：也许他们杀他是为了他那点微不足道的财产，可他们为什么不把我也杀了呢？"来吧，医生。"警长说，把手臂搭在我的肩膀上。“我送你去找你的车。”

就在我转身离开时，波默罗伊太太提醒我：“这个房间收费十美元。”

回到车上，伦斯警长一直沉默着，直到我开口。“我发现了那个所谓的皮衣人，见他不愿停下来和我说话，我就停下车跟他一起走。他是澳大利亚人，在徒步旅行。我猜他是在寻找自我吧。他看到了事故发生，但没想到吉尔曼受了重伤。他害怕卷入其中，就继续往前走了。”

“那喝酒是怎么回事，医生？这是真的吗？”

“他随身带着一瓶酒。途中，我就对着瓶子喝了几大口。我承认酒劲比我想象的大，但我一直都知道发生了什么。我们租下波默罗伊太太的房间时，扎克·泰勒和我在一起。”

“你们有没有在登记簿之类的东西上签字？”

“没有。她出租房间，提供早餐，仅此而已，并非经营旅馆。”

“你认为他们杀了他还是怎么的？”

“我不知道该怎么想。我最后一次见到他的时候，他正爬上我旁边的床。”

“但今天早上那张床铺得好好的。”

“我睡得很熟，就算波默罗伊太太带着一队大象进来我都不会知道。她很容易就可以进来把床铺好。”

“门没锁？”

我努力回忆。“我认为没锁。我确信我们没有钥匙。”

他目不转睛地盯着前面的公路。“我不知道该怎么判断了，医生。”

“好吧，我至少可以证明他和我在一起。到穿越县界的铁道口时，把车停下来。”

过了十分钟我们就到了，老塞思·豪林斯正想从道口看守的小棚屋里出来。“你好，塞思。”

“又是萨姆医生，但这次坐车了！”

“你好，塞思。”伦斯警长说，下车来到我身边。

“你好，警长。今天天气不错，是不是？”

“是啊！”

我走近他。“还记得我昨天下午来过吗，塞思？”

“当然记得！那时五点三十五分的火车正好经过。”

“记得和我一起走路的那个人吗？”

他显得很迷惑。“你是一个人，萨姆医生。你想糊弄我吗？”

“一个人？”警长重复道，“你确定？”

“我确定。萨姆医生走过来，我们在火车经过时聊了几句。然后他穿过铁轨，继续走他的路。”

“独自一人？”

“独自一人。”

我感觉自己陷入了一场无法醒来的噩梦中。

伦斯警长和我继续开车前进。“我没有疯，警长。”

“我知道，医生。”

“我也没有醉到想不起整件事情的程度。事实上，如果不是扎克·泰勒给我，我根本不会喝威士忌。”

“不过，那个老家伙也没有理由撒谎。你不会认为他和波默罗伊两口子有什么阴谋吧！他们可能根本不认识彼此。”

“就因这事，我不知道该怎么想了。但如果让它不了了之的话，那我就完蛋了！我必须证明那个皮衣人不是我想象出来的。”

伦斯警长想了想。“一定有人在路上看见你们一起走过。”

“是有几辆车经过，但没有我认识的人，除了……”

“是谁？”

“汉娜·威克利夫。她开车从我们身边经过，向我们挥手致意了。

我差点把她忘了。”

我们驱车前往威克利夫家，正是那个地方，马奇·吉尔曼的汽车灯光照在皮衣人的身上，让马奇第一次看清了皮衣人的样子。汉娜·威克利夫的车停在她家的车道上，警长按门铃时，她来到门口。她向我们打招呼，然后问：“还是想问有关事故的问题吗？”

“不完全是，威克利夫小姐。”警长说，“医生有个问题。昨天他和那个所谓的皮衣人在一起走路，但现在那个皮衣人失踪了，医生说曾有人见过他和皮衣人，但问过的三个目击者都矢口否认见过皮衣人和医生在一起。”

“我记得我和他走路时，你开车经过，并向我挥手。那是昨天下午晚些时候。”

她转而看着我。“我记得见过你，萨姆医生。我想知道你的车怎么了，但我赶时间，不能停车。”

“那么，你看见皮衣人了？”伦斯警长提示道。

“没看见，只有萨姆医生一个人。我没看见别人。”

这事太奇怪了，我只能摇摇头，面无表情地笑了笑。这有悖逻辑。“告诉我，你认识塞思·豪林斯吗，那个铁道口看守？他就在县界的这一边。”

“我可能见过他，但肯定从没跟他说过话。你问这个干什么？”

“那邻县的波默罗伊夫妇呢？他们把自己房子的房间出租给住宿的客人。”

“我从没听说过他们。为什么要问这些？”

“我们正在寻找看到医生和皮衣人在一起的证人。”警长告诉她，“皮衣人可能要对你家门口的那场事故负责。”

“我从没见过皮衣人。只有医生一个人。”

“谢谢你，威克利夫小姐。”警长说。我们走回车旁。

我坐到前座，说：“她在撒谎。”

“当然，波默罗伊夫妇和老塞思也是。但是为什么，医生？这些人甚至都不认识对方。”

“我不知道。”我承认，“我只知道他们在撒谎。”

“你觉得皮衣人会不会催眠他们，让他们不记得见过他？”

如此联想，我不禁笑了。“汉娜·威克利夫开车从我们身边经过。即使是世界上最好的催眠师，也不可能那么快就做到催眠对方。”

“那就只有另一种解释了，医生。你相信有鬼吗？”

第二天上午，我把这件事告诉了玛丽·贝斯特，她比我想得更清楚一些。“我们必须找到皮衣人，萨姆。我们必须找到扎克·泰勒，才能了解真相。”

“他可能已经死了，埋在波默罗伊家后面的某个地方了。”

“但也许他没有死，只是离开了！”

“那他们为什么都在说谎？警长甚至提出他可能是早先皮衣人的鬼魂，但那个皮衣人是法国人，不是澳大利亚人。”

“今天没有我你也能应付吧？我要出去找他。”

“你在浪费时间，玛丽。即使你找到他，也解释不了为什么每个人都在说谎。”

“不是每个人都在说谎。只有三个人说谎，算上波默罗伊太太的丈夫，那是四个。这肯定很有原因的。”

我让她出去了。有病人来看诊，我只好自己处理。那天，我大部分时间都在想扎克·泰勒和我一起走路的事。他出现在路上，然后就消失了。也许我从来就没有和他一起走过路。也许整件事都是我想象出来的。

直到那天快黑的时候，我才意识到我做了什么。在汽车冲出公路后，沟里的马奇·吉尔曼还活着。造成事故后，扎克·泰勒杀害并抢劫了吉尔曼。扎克觉得我已经怀疑他了，于是贿赂波默罗伊夫妇，让他们否认他的存在。然后，他又走回去贿赂了老塞思和汉娜·威克利夫。这是唯一的答案，而我却让玛丽·贝斯特一个人出去找凶手。

不到一分钟，我就意识到已是中年的自己变得越来越愚蠢了。如果扎克杀了吉尔曼，并且认为我怀疑他，那么，在我们一起走路的过程中，他完全有机会把我也弄死在沟里，没必要想方设法去贿赂四个人，况且，他们以后可能还会以此勒索他。

我又想了想，想起了不久前读过的一些文章。我来到候诊室的书柜前，伸手选了一本亚历山大·伍尔科特的散文集《当罗马燃烧时》。其中一篇名为《消失的女人》，讲述的是一个发生在一八八九年的传奇故事，一位年轻的英国女士陪她身体虚弱的母亲从印度返回英国，途中她们参观了巴黎博览会。但母亲消失了，酒店工作人员否认她的存在，她们住过的房间也换成了不同的家具和墙纸。有关她母亲的一切痕迹都消失了。最后，英国大使馆的一个年轻男子出面，证实她的母亲突然死于在印度感染的黑死病。为了防止游客恐慌，纷纷离开巴黎，破坏博览会，保持沉默是必要的。在最后的一个注释中，伍尔科特解释说：他曾经追踪过这个故事的源头，他在一八八九年巴黎博览会期间发行的《底特律自由新闻报》的一个专栏中读到过这个故事。但专栏作者已经记不起这个故事是自己编造的，还是在什么地方听说的了。

好吧，有没有可能那个澳大利亚人得了什么病？会不会他在夜里死去，波默罗伊夫妇掩盖了他的死讯，并且还贿赂了其他人？

但扎克·泰勒根本没病。事实上，他很健康。波默罗伊夫妇也不可能知道只有塞思·豪林斯和汉娜见过我们。不管怎么说，老塞思似乎不是那种可以被收买的人。

下午晚些时候，我还没等到玛丽的消息，于是我开始担心起她来。在最后一个病人离开后，我走到我的车旁，心想我应该开始去找她。就在这时，那辆熟悉的小跑车驶进了停车场，皮衣人就坐在玛丽旁边的前排座位上。

“我以为你已经死了。”我告诉他，“玛丽，你在哪儿找到他的？”

“在他徒步的路线上，就在我猜他应该在的地方。如果他没死，我知道他会在那儿的。”

“很高兴再次见到你，哥们儿。”扎克下车时说，“这个小姑娘确实很会劝人，一找到我，就坚持要我跟她一起回来。这打乱了我的整个行程。”

“我们会开车把你送回她接你的地方。”我向他保证，“或者你想去的其他地方，只要你告诉我昨晚在波默罗伊家发生了什么事。”

“你是说我们投宿的地方？什么也没有发生。我很早就起床，然后离开了。我想继续走路，而你还在熟睡。抱歉，我没跟你打招呼。”

“你跟波默罗伊太太说过话吗？”

“那时吃早饭还太早，我就付钱走人了。”

我意识到有人可能在耍小聪明。“你付了她多少钱？”

“二十美元，哥们儿。我连你的床位费也付了！”

回到诊所，我给伦斯警长打电话。当我们返回波默罗伊家时，格伦·波默罗伊正在前廊擦洗台阶。当我们走近时，他抬起头，满怀期待地看着我们，但认出我后，他立马变脸了。“你妻子在吗？”我问。

“我们不想惹麻烦。”

“我也不想，我们只是想见波默罗伊太太。”

随后，她出现在纱门前，慢慢地把门推开，说道：“我在这儿。”

“我们找到了皮衣人。”我告诉她，“他付了你两张床的钱。”

“是啊，我忘了。”她阴沉着脸答道，“我想我们欠你十美元。”她再也无法否认没见过皮衣人了。

“你以为我醉得记不清了，所以，在他走后你把床铺好，还撒谎说他从没来过这里。这样你就能从我这里多得十美元。在你看来，这可能是一个小小的行骗，却给我带来了很大的麻烦。”

“我会联系你们县的警长，让他留意你们。”伦斯警长告诉他们，

“如果你们的客人再有任何投诉，你们就准备去县监狱铺床吧。”

回到车里时，警长转向我说：“波默罗伊夫妇的问题搞定了，但还不能解释另外两人的问题。他们都说你是一个人。”

“下一站我们去找塞思·豪林斯。到了那里，我们先不要出声。让我跟他说。”

塞思正坐在看守的小棚屋里打瞌睡，但我一走近他就醒了。“你好吗，塞思？”

“又回来了，萨姆医生？这两天我见你的次数比平时一个月还要多。”

“我有所怀疑，塞思。我怀疑你是否见过我。现在谁跟我站在一起？”

我的问题似乎让他感到不安，他的目光从我的脸上移到了我的左边，可那里没有人站着。然后，他又看向另一个方向，但目光快速跳过了伦斯警长。

“塞思，”我平静地说，“你是盲人，对吗？”

他的手开始颤抖。“这份工作不需要我用眼睛。我能听到火车从邻县开过来！声音沿着铁轨传播，几英里外就能听到它们的汽笛声。”

“怎么会这样，塞思？你为什么不去看医生？”

“我从没感到过疼痛，朝着光看时只会感到光晕，我的视野不断缩小，直到像是在看一条隧道。过了一段时间，连那也没了。我觉得到了我这个年纪，看不看得见没什么区别。我妻子每天开车送我上班，然后接我。只要我能听见火车开过来的声音，能听见闸杆的升降声，那又有什么关系呢？”他的表情透露出此时他很是忧心，“他们会夺走我的工作吗，萨姆医生？”

我知道那是青光眼，没人能治。“有可能，塞思。我确信你擅长这个工作，但你也不想造成事故吧？设想有些小孩在铁轨上乱走，而你没有听见，是不是很危险？”

“我可不想那样。”他表示同意。

“这是伦斯警长。他会马上找一个人来接替你的。”

警长把手放在塞思的肩膀上，让他放心。“一小时内我就会派人过来，我们还会安排你妻子来接你。”

回到车里，我惊讶得直摇头：“想想看，一个盲人替我们守着铁道口……”

“你是怎么知道的，医生？”

“有人跟他说话，他就会回答，但从不先开口。当我问起和我在一起的那个人时，他的第一反应是我想骗他。他这么说是什么意思？如果他看见我一个人在铁路道口，那他这么说可就奇怪了。我两次见到他，他都提到我是步行或坐车来的，似乎是为了让我相信他能看见。然后，我想起我们在那里的时候，扎克从未说过话。而且塞思强调的是听到火车的声音，而不是看到它。有他的妻子来接他，再加上靠他的耳朵，他就能完成这项工作。”

“盲人的听力应该是非常敏感的。”伦斯警长指出，“如果他知道你是步行来的，他一定听到了两个人的脚步声。”

“我们走近时，一列火车正在驶来，这让他分心了。只有我在说话，火车经过后，我记得我和扎克·泰勒步调一致。如果他当时听了，只会听到一串离开的脚步声。当我们询问他的时候，他担心我会怀疑他失明，坚称我是一个人，因为他认为这是正确的。”

“在否认皮衣人存在这事上，塞思·豪林斯和波默罗伊夫妇的理由完全不同。但是汉娜·威克利夫呢？若是第四个人出于某种原因说没有见过他，是不是有点过于巧合了？”

“接下来我们就去拜访威克利夫小姐。”我面无表情地答道。

当我们再次拐进威克利夫家的车道时，已近傍晚。这次敲门后她过了一会儿才来开门。“希望我们没有打扰你吃饭。”我说。

“没有，没有。这次又是什么事？”

“恐怕还是皮衣人的事。我们终于找到他了。”

“这跟我有什么关系？”

“你说昨天在路上没看见他和我在一起，你撒谎了。你看，警长来问询时，告诉你已经有三个人否认看到皮衣人和我在一起了。那是个失误。据此你很快决定顺着他们的说法，说同样的谎言，因为这对你有利。你希望皮衣人消失，永远不存在。”

“我为什么要那样？”她问。

“因为你怕他看到你谋杀马奇·吉尔曼。”

她本来看着我，转眼又看向警长，然后又看向我，问道：“是什么让你产生这个想法的？”

“皮衣人扎克看到了事故发生，他认为吉尔曼根本没有受重伤。那辆车开到他附近时，他才看见。你告诉我，当吉尔曼试图刹车时，你听到了汽车打滑的声音，但昨天早上，当我检查路面时，那时事故刚发生几个小时，砂砾上没有任何打滑的痕迹。扎克没看见车开过来，因为它是从你家的车道开出来的，威克利夫小姐。它没有打滑，速度一点也不快，但为了避开皮衣人，它冲出了马路。马奇·吉尔曼被远远地抛了出去，摔晕了。在他完全清醒之前，你看到了机会。你走到路边，用什么东西打他，也许是锤子。我到的时候，他几乎不能说话，不久就咽气了。有证据表明他的头部受过两次击打。”

“我为什么要杀马奇·吉尔曼？”她问道。

“我不知道。他是有名的花花公子。你们之间发生的事……”

“滚出去！你们两个，马上给我滚出去！”

我转身朝车道走去，就在这时，玛丽把车停在了警长的后面。“我们有一位目击证人。”我轻声说。

看到皮衣人从车里走出，向我们走来时，她瞪大了眼睛。“不！不，让他离我远一点！”

“他确实存在，尽管你不希望他存在。他会告诉我们他看到了什么。”

“让他离开！”她喊道，“我告诉你！我杀了马奇·吉尔曼。我要告诉你他是活该，自作自受！”

当警长把她带走时，扎克问道：“她怎么了，老兄？”

“她以为你是某个人，”我告诉他，“她以为你是复仇天使。”

“怎么会。”他笑着说，“我只是一个四处漫游的家伙。”

11 幽灵客厅谋杀案

“现在，听我给你讲，”没等妻子给客人倒满酒，萨姆·霍桑医生就开始说了起来，“我在诺斯蒙特的那一周是我最无知的一周，也是我最接近相信超自然现象的一周。但最好还是让我从约瑟芬·格雷迪开始讲起。那年她十二岁，来自斯坦福市，因为劳动节过后，她就开学了，因此，她想在那之前跟米恩姨妈度过八月的最后一周。”

那是一九三七年的夏末，皮衣人的事情真相大白后不久，我希望能过一段平静的日子，调整一下心情，但那周肯定没有机会了。周一中午前不久，米恩·格雷迪带她的外甥女来到诊所，故事从此开始。约瑟芬的病症很简单，对她这个年龄的女孩子来说是常有的事。我的主要问题是获得她的信任，和她谈论一些本该由她母亲告诉她的事。“你米恩姨妈没跟你说吗？”我随口问道。米恩姨妈四十多岁，身体健壮，还在外面的候诊室等候，所以我压低了声音。

“哦，米恩姨妈有时怪吓人的。”她透露道，紧张地抓着她的蓝裙子的下摆。“整栋房子都很诡异。去年夏天过后，我就不想再回来了。”

“去年夏天发生了什么事？”

“奇奇怪怪的事。我觉得那房子闹鬼。我求妈妈今年不要送我回来，但她说那都是我的幻觉。她说和米恩姨妈待一周又不会要我的命，但看看我现在的样子！”

听到她说这些，我忍不住笑了。“约瑟芬，你的朋友都这么叫你吗，约瑟芬？”

“嗯。他们通常叫我乔茜[1]。”

“乔茜，不管你在这里，还是在家，这种事都会发生，它是成长的一部分。现在，给我讲讲房子里发生了什么怪事。那是一栋很漂亮的老宅，真的，我从没觉得它有什么古怪。”

她低头看着自己裸露的膝盖。“我外公死在里面。”

“那是很久以前的事了。很多老人都在家中去世。据我所知，他死前已经病了好几年了，但他建了一栋漂亮的房子。”

“它是一个鬼屋。”她突然说道，几乎是脱口而出，“晚上我想睡觉的时候，有时会听到动静。”

“到了半夜，风声再加上一点想象力，就会让人产生稀奇古怪的想法。”我设法让她安心，“我跟你讲，如果过一两天我去看你，看看你在闹鬼的房子里过得如何，你觉得怎么样？”

她似乎因此精神振作。“你明天会去吗？”

我笑了笑。“好吧，明天下午。那边有人喊我出诊，回来的路上我去看你。”

米恩·格雷迪坐在候诊室里，我把乔茜交给她。米恩没有结过婚，在那个守旧的年代，她被称为“老姑娘”。她穿着印花棉布做的家常连衣裙，每次到镇上都带着一把折叠伞。当我告诉她我答应第二天下午顺便去她家时，她皱着眉头问：“这不会有额外的费用吧？”

“不会，没有。它包含在来诊所诊治的正常费用里。这只是一次随访。”

听我这么说，她似乎放心了。“那我们明天等你来。”

---

① 乔茜（Josie）是约瑟芬（Josephine）的昵称。——译者注

她走后，我留在候诊室里，坐在玛丽·贝斯特的桌子对面。玛丽是我的护士、接待员和知己。有时候我会认为我已经爱上她了。“你能想象那个女孩的可怜吗？她的母亲和姨妈什么都没对她说过。米恩·格雷迪只是把她带到了我这里。”

“这是个小镇，萨姆。永远都是。你在这里住了这么久，应该知道这一点。”

“乔茜正处于非常容易受到外界影响的年龄。你经常会读到有关她这个年龄的孩子遇到鬼和超自然现象的故事。”

“你不信这种事，对吧？”

“当然不信，但这个姑娘可能需要帮助。”

“就算她需要，你也不是那个可以提供帮助的人。”玛丽指出，“你医治的是身体，不是心灵。”

“我只是顺便去她家。如果没有别的事，就当是参观那栋房子。我从来没进去过那里。”

“那栋老房子那么大，总让我想到城堡。”

“实际上，它没有看上去的那么老，米恩·格雷迪的父亲一九一〇年才盖好那栋房子，不过是二十七年前。据我所知，这里面还有一个很惨的故事。卡森·格雷迪是铁路大亨，五十岁时就已身家几百万美元了。他和家人选择在诺斯蒙特定居，并把这栋房子按照英国乡村住宅的风格规划设计。但刚挖好地基，格雷迪就在艾奥瓦州的一场火车事故中受了重伤。他活了下来，但是颈部以下完全瘫痪了。房子如期竣工，一家人搬了进去，但卡森·格雷迪余生再也没有离开过他的床。当然，他的每一个需求都得到了满足，妻子和两个女儿也一直陪伴着他，直到他在一九二一年去世。后来，约瑟芬的母亲嫁给了一个叫斯卡克罗斯的人，搬走了……”

“但她还用格雷迪的姓。”玛丽指出。

“我不清楚斯卡克罗斯怎么了，不是死了，就是抛弃了她们。总之，约瑟芬的母亲恢复了她的婚前姓氏。这可是一个富人的姓，现在仍然是。米恩·格雷迪和母亲一起住在这里，几年后，母亲也去世了。从那以后，房子就是米恩的了。我想她和她妹妹应该得到了大部分的遗产。”

“是不是人们都在传这房子闹鬼？”

“我从没听说过。我想这是米恩·格雷迪编的，为的是让乔茜住在这里更刺激。”

“看来是达到目的了。”

我到格雷迪家的时候大约是周二下午三点。这栋房子是石砌的，后面有一个木质结构的车库和工具棚。那是一个阳光明媚的夏日，我看见乔茜一个人走过房子旁边的大草坪。一个园丁正在玫瑰丛中修剪一些枯死的花。

“你好啊！”我下车跟乔茜打招呼，并把黑色药箱留在车座上，因为我知道此时用不到它。

“我还以为你不会来了呢！”她边大声说边走过来迎接我，“都三点多了。”

“我要先去另一个地方。今天感觉怎么样？”

“好多了。”她承认，“来吧，请进屋。”

这座三层的石砌建筑的正面，横贯着一条宽阔的门廊。那里摆着六把摇椅，其中一把旁边有一张小桌子，估计是米恩·格雷迪的最爱。桌子上放着一包打开的香烟和一个烟灰缸，还有一本玛格丽特·米切尔的畅销小说《飘》。

米恩·格雷迪打开纱门，出来跟我打招呼：“你好，霍桑医生。”她的裙子比她在我诊所时穿的那件好一点，而且能看出来她还略微化了妆。我不知道这是为了迎接我，还是为将会到来的其他客人准备的。

“下午好，格雷迪小姐。你喜欢读这本书？”

“是的，的确如此，虽然它是个大长篇。我希望在劳动节之前读完它。”她压低了声音说，“你真的没有必要来。我外甥女今天很好。”

“我只是觉得我应该来看看。”

“我给你倒些柠檬汁吧。像这样的热天，喝它会感觉清爽。”

虽然没有邀请我进屋，但乔茜跑到门廊上，拉开了纱门。我把这当成一种邀请，跟着米恩走进了这栋大房子。里面的装饰似乎和建造它时的样子差不多。窗框上挂着厚重的锦缎窗帘，家具还是世纪之交时的那种大而重的风格。

刚踏进房子时会感觉里面比较暗，之后，那种曲折和变化几乎是一种享受，米恩·格雷迪领我走过一个宽敞的走廊，经过一扇紧闭的双开门，进入一个比较大的房间，那里有一扇半圆形大窗户，透过它可以看到房后草坪外连绵起伏的山丘。一棵高大的橡树耸立在其他橡树之上，就像是哨兵一样守护在那里，很可能五十年前它就已经出乎其类了，只是那时离房子盖好还有很长时间。

“我们叫它橡树卫士。”米恩好像读懂了我的心思，“这是我父亲选择在这里盖房子的原因之一。这里是演奏室。”

房间很宽敞，通风良好，显然是用来招待客人的，一个角落里放着一架大钢琴。我的眼前浮现出这样一幅画面：新英格兰的权贵们相聚在这栋房子里，穿着正式的晚礼服，在品尝完丰盛的晚餐后，进入这个房间聆听钢琴演奏。但显然，这一切从未发生过，卡森·格雷迪的梦想因为那场火车事故而彻底破灭了。

米恩带我看了餐厅和大厨房，然后带我上楼，来到她父亲生前住过并在那里去世的大主卧。“现在是我的房间了。”她简单说道。从那儿可以俯瞰房子前方的区域，如果有汽车驶来，可以看得一清二楚。

“你父亲那时能坐轮椅吗？”我之所以这样问，更多是出于临床诊断的兴趣，而非其他原因。

“坐不了。他一直躺在床上，直到去世。有时我妈妈、护士、我妹妹和我一起才能收拾好他睡的床。床是医院的那种病床，我想他睡得还算舒服，但以这种方式度过生命的最后十一年实在是太折磨人了。若是今天，可能做某种手术就会对他有帮助。但那个时候，毫无希望。”

“他有没有抑郁症？”

“没有。我们想方设法让他打起精神，假装让他在床上管理铁路。人们会带着各种文件来让他研究。我会读给他听，他会口述信件，让我寄出去。有时晚上他会口述日记，但很快就放弃了。随着战争的到来，人们来家里汇报工作的次数越来越少。铁路需要有人在现场或在办公室里管理。”

“乔茜会不会认为卡森·格雷迪还在这栋房子里出没？”

“有时我真不懂这个姑娘哪里不对了，刚到这里她就开始胡思乱想了。”

乔茜走了过来，我们换了个话题。她的小房间在走廊的尽头，她领我去看。“这是我母亲小时候睡的地方。我希望从这里能看到那棵橡树。”

然后我们下楼，刚走到米恩听不见的地方，那女孩就低声说：“过来！我想让你看样东西。”

我跟在她后面，来到我刚才注意到的那扇关着的双开门，此门也能通向大演奏室的宽敞的走廊。她转动门把手，把门推开。“看看这个！”

眼前是一个展示精致瓷器的餐具柜，架子上摆满了昂贵的金边瓷器，看上去干净光亮。我忍不住说：“好漂亮的餐具！”

“它并不总在这里，医生。”她像是在跟我密谋什么事一样低声告诉我。

“有时候到了晚上，这里会出现一个小客厅，有沙发和椅子，墙上还挂着画。”

“我肯定这是你想象的……”

“不是我想象的！我问米恩姨妈的时候，她也说我是想象的。我去年夏天看见过，上周日晚上又看见了。我能描述房间里每件家具的样子！”

“有时候，大脑会想出一些稀奇古怪的事情骗人的，梦也会让人感觉很真实。”

她关上门，显然对我有些反感。“这地方闹鬼！我想他的鬼魂就在那个房间里。”

“谁的鬼魂？”

“我外公的。”

我掏出一张名片。“瞧，这是我家的电话号码。若是这周接下来的时间你这里发生任何奇怪的事情，就给我家里打电话，我马上就来。怎么样？”

“你不相信我？”

我低头对她笑了笑。“不是，我希望有证据能让我信服。”

在走回车的路上，我碰到米恩·格雷迪在和园丁说话。园丁名叫比尔·赫基默，四十多岁，在本镇各个地方打零工。我不知道他一直在为米恩做事。“医生，我外甥女怎么样了？”米恩问。

“很好。我想她不会再有什么麻烦了。”

赫基默从唇间取出一根牙签。“她是个可爱的小姑娘。只要她一来，这个家立马就会欢快起来。”

乔茜的姨妈走回那栋大房子，我没有走，继续跟园丁聊天。“比尔，你在这房子里做过什么事吗？”我漫不经心地问道，“这房子太漂亮了。”

“光这院子整个夏天就让我忙得够呛，它有将近三十英亩。”

“你住这儿吗？”

“不，我每周来三天，我还得设法维护其他客户。”

“很高兴在这儿见到你，比尔。”我边说边继续走回我的车。他点了点头，又开始摆弄起玫瑰花来。

周三，我几乎没再想米恩·格雷迪和她外甥女的事。对我来说，那天异常地忙碌，医院打过几次电话找我，还来了几个新病人。那天晚上回到家，我最不想听到的就是电话铃声。

我拿起听筒，听到的是约瑟芬·格雷迪惊恐的声音。“医生，快来！米恩姨妈出事了！我想她死了！”

“不要挂电话，乔茜。试着说慢一点。你在房子里吗？”

“她就躺在我跟你说过的那个客厅的地板上！客厅真在那儿。她头上都是血！”

“我马上去，乔茜。不要碰任何东西。”

但我没有马上动身，而是给伦斯警长打了电话，复述了刚才的对话。

“你最好也赶过去跟我会合。警长，我认为这不是她想象出来的。”

“我会去的，医生。”

我比伦斯警长早几秒到达格雷迪家的大房子。警长跑到我的车旁，大口喘着气，我们看到脸色苍白的约瑟芬·格雷迪正坐在门廊的摇椅上等着我们。“乔茜……”

“打过电话后，我不敢待在屋里。”她告诉我们。她的双手紧紧抓着摇椅的扶手，恐慌不已。

“现在平静下来。”我温柔地告诉她，同时不露声色地去摸她的脉搏，“我们来了。一切都会好起来的。这是伦斯警长。”

“你好，乔茜。要不你和医生在外面等着，我进去看看？”

伦斯警长打开纱门，我能感觉到她又开始发抖了。“我在楼上听到动静，像是有人大声说话，还有尖叫声，不过好像还没叫完就被强行中断了。我跑进米恩姨妈的卧室，她不在。然后我下楼，发现那个双开门开着，里面不是餐具柜，而是像我以前见过的那个客厅，墙是暗红色的，窗户上挂着厚重的窗帘。米恩姨妈躺在地板上，浑身是血，就在沙发前，沙发套是印花棉布的，还有红流苏。我大叫着跑出去给你打电话。我不知道还能做什么！”

“一切都会……”

伦斯警长出现在门口。“医生，你能来看看吗？我需要你正式确定米恩的死亡。”

“我也去。”约瑟芬说，“我会没事的。”

我们进去的时候，我把约瑟芬挡在身后，试图挡住她的眼睛，不让她再看到已经把她吓坏了的情景。米恩·格雷迪横躺在走廊的地板上，就在紧闭的那扇双开门外。她的头部似乎受到了重击，流了很多血。在跪在她身边之前，我就知道她已经死了。

“她原来不是在这儿！”乔茜在我身后喘息着说，“她在客厅里！”

我还没来得及阻止她，她就绕过我，猛地打开了那扇大双开门，门后是一个餐具柜，看上去和昨天看到的一模一样。在我抓住她之前，乔茜就昏倒在地板上了。

第二天早上，乔茜的母亲凯瑟琳·格雷迪开车过来。我前一天晚上给在斯坦福市的她打了电话，天刚亮她就驱车九十分钟赶了过来。她的头发是金色的，身材苗条，看起来比米恩年轻一些。昨天，我们安排乔茜和伦斯警长夫妇一起过夜。当我在格雷迪家见到凯瑟琳时，她的女儿和警长还没到。

“告诉我发生了什么事。”她恳求道，“你昨晚打电话给我，我简直不敢相信你说的话。”

“很抱歉那么晚打电话给你，斯卡克罗斯太太……”

“格雷迪。我用我的娘家姓。不过，请叫我凯特[1]。”她抬头看了看房子，“我们一直都是米恩和凯特。”

① 凯特（Kate）是凯瑟琳（Katherine）的昵称。——译者注

“……但在那之前我给你打电话，你总占线。”

“我整个晚上都在和我女儿学校的老师们打电话。我是乔茜学校家长和教师委员会的主席，学校下周开学。”

“乔茜没有父亲，你独自抚养她一定很难。”

她对我笑了笑。“我们凑合着过。乔茜很乖。”

“乔茜现在长大了，是个年轻女人了。在这场可怕的悲剧发生之前，你姐姐周一带她来见我了。”

凯特点了点头。“乔茜周一晚上给我打过电话，告诉了我这事。”

“她也跟你说过这里的闹鬼客厅吗？”

这个女人犹豫了。“是的，她说过。乔茜一直很有想象力。”

“这可能只是她正在经历的一个阶段，但显然这让她非常难过。她姨妈的死，加上她的这些幻想，可能会有长期的影响。”

“我想我知道闹鬼客厅这个故事的由来。她比较小的时候……”

就在这时，伦斯警长开车赶了过来，乔茜也在车上。车一停下，她就跳下来，跑着扑进妈妈的怀里。“太可怕了。”女孩抽泣着说，“米恩姨妈就死在那个可怕的房间里！”

“好了，没事了，亲爱的。一切都会好的。”

“可是那房间又不见了，没有人相信我！”

然后我们走进屋子，走过一楼。走廊的地毯上还有血迹，当我们打开那扇双开门时，餐具柜还在。伦斯警长漫无目的地拍了拍木质橱柜的两个侧面和背面，想要找到一块秘密嵌板，但什么也没找到。我们继续往前走，进入宽敞的演奏厅，从那里可以看到橡树卫士那边的美丽景色。

“我不想让你重温那个痛苦的时刻，乔茜。”伦斯警长开始说，“但你必须再给我们讲一遍发现尸体的情况。你得给我们描述一下这个房间。它有多大？”

她紧紧抓住母亲的胳膊，想了一会儿。“我想它大概有我躺着时的两倍长。”

“九英尺还是十英尺？”

“差不多。有点方，跟宽度比，这个房间的纵深更长。大约七英尺宽、九英尺长？我真的说不准。”

“那家具呢？”

“噢，我想我告诉过你那个带红流苏的沙发了。墙壁也是红色的，但是那种暗红，窗户上拉着的窗帘也是深色的。有两把椅子，那椅子更像是棕色的。”

“那地板呢？”

“有一块鲜艳的东方地毯。还有一盏灯，但光线很暗，就立在沙发旁边。”

“听起来不像是一个很吸引人的房间。”我评论道。

“哦，不是。它很吓人！”

“你一共看见过几次？”

“去年夏天有两次，周日晚上我来这里后看见过，还有就是昨天晚上我发现米恩姨妈的尸体时。”

“你有没有问过你姨妈？”她妈妈想知道。

“第一次问时她否认了小客厅的存在。她带我去看餐具柜，说那间小客厅一定是我想象出来的，但我知道那不是我的想象。”

凯特·格雷迪只是摇头。“我一点也听不懂。”

伦斯警长清了清嗓子。“作为死者的近亲，恐怕我需要你正式确认尸体的身份，格雷迪女士。而且你还需要给她换一件衣服，这样殡葬承办人才好下葬。”

凯特·格雷迪点了点头。“我现在就上楼挑一件。乔茜，你姨妈还睡在大卧室里吗？”

女孩点点头，说道：“我和你一起去。”好像不想离开母亲似的。

伦斯警长叹了口气。“你觉得怎么样，医生？是孩子的想象力过于丰富了，还是这栋房子闹鬼了？”

“我不知道，但我怀疑是鬼魂杀死了米恩·格雷迪。”

我开车回到我在清教徒纪念医院翼楼的诊所。当时诺斯蒙特没有固定的法医，尸体解剖会分配给任何一位碰巧有空的住院医生。此次受命的是医院唯一的黑人医生林肯·琼斯。我在他办公室找到他，询问有关米恩·格雷迪的伤情。

“钝器，萨姆。相当重的东西，比如烛台，甚至是锤子。只是一击，但下手很重。”他从桌子里拿出一个信封，“我想你和警长可能会对这个感兴趣。她的左手紧紧抓着它，好像是她摔倒时抓住的。”

我低头盯着信封里的红流苏，想起乔茜描述的房间里那张不存在的流苏沙发。

那天晚些时候，当我回到格雷迪家时，凯特和她的女儿正在米恩卧室里收拾衣服。“这事让人绝望。”凯特承认道，“房子里有那么多东西，需要一个月才能整理利索。”

“尸体已经交给殡仪馆的人了。”我告诉她，“你现在可以着手安排葬礼了。”

她点了点头。“我想明天、周六和周日把米恩安置好，劳动节上午入葬。”

“我觉得这样安排没有问题。”

乔茜从走廊进来。“我们需要那间储藏室的钥匙。”

她的母亲点了点头。“可能就在这里的某个地方。帮我拿这些铺盖。我们把它们拿到地下室去洗。”

我觉得让乔茜忙起来是件好事，这样她的注意力便可以从发现尸体的震惊中转移开来。当我和凯特·格雷迪单独在一起时，我问：“你知道你女儿描述的这个房间吗？稍早的时候你想告诉我一些事情来着。”

“这与一个小说有关。”她凝视着卧室窗外的路，回忆起她的父亲，“即使被限制在这个房间里，他仍然是一个善良的人。在他成长的过程中，他曾经遇到过一个叫马德琳·耶尔·威恩的女士，她的父亲是耶尔锁的发明者。马德琳曾经短暂写过一阵子小说，但我父亲对她发表在《哈珀》杂志上的一篇小说很感兴趣。小说的名字就叫《小房间》，讲的是一个女孩去新英格兰一所农舍看望姑姑们。她记得她曾经玩耍过的一个小房间，但多年后再去看时，小房间已经不见了，取而代之的是一个深度不大的餐具柜，而姑姑们否认小房间曾经存在过。多年后，小姑娘长大了，她带着自己的女儿再去时，发现小房间又回来了，姑姑们则否认餐具柜的存在。在她去世后，她的女儿回到这座房子，餐具柜还在那里。她觉得得用某种方式弄清真相，于是邀请了两个好朋友一起参观那房子。但她们走岔了，在单独参观中，一人发现了小房间，另一人发现了餐具柜。最后，她们决定一起回到房子里。”说到这里，她停下不说了。

“他们发现了什么？”我催促道。

“在夜里，一把火把房子烧成了平地。这就是小说的结局。”

“你给约瑟芬讲过这个小说吧？”

“我父亲给我讲过很多次，后来好几年，我也反复给乔茜讲过。在她的想象中，那间幻想出来的小房间变成了这间闹鬼的客厅。楼下的餐具柜一直在那儿，她去看姨妈的事就变得跟小说里一样了。”

我把手伸进口袋，摸了摸红色的流苏。“你介意我到外面转转看看吗？”

“不介意。”

我走出前门，绕到房子的后面。那儿只有一扇大窗户，就是楼下大演奏室里的那扇华丽的半圆形窗户。在它隔壁，也就是乔茜所说的客厅所在的地方，没有看出墙上的石头有破损的地方。

“在检查房子？”旁边有个声音问道。

我转过身，看见园丁比尔·赫基默朝我走来。“你好，比尔。我不知道你今天要来干活。”

“我不是来干活，我只是过来拿我的工具。米恩·格雷迪死了，我在这里就没活干了。”

“这事太可怕了。知道是谁杀了她吗？”

赫基默耸了耸肩。“可能是个流浪汉，在找吃的。他们会在交叉道口从货运火车上下来。”

“我知道。”我一直怀疑赫基默去年夏天正是通过这种方式来到诺斯蒙特的。

“那女孩怎么样了？”

“乔茜？她发现了尸体，很震惊。不过我想她会没事的。”我正要转身离开时问道：“比尔，你曾经进过这房子，是吧？”

“有过几次。”他承认。

“你曾经去过一楼的小客厅吗，那个有红墙和流苏沙发的房间？”

“不确定。总之，我记不清了。”

“不管怎样，还是要谢谢你。”最后我产生了一个想法，“你可以问问凯特·格雷迪，米恩的妹妹，看看她是否要你继续工作到夏末。”

“我认为没有那个必要。”他决定道，“我又没见过那个女人。”

“我可以介绍你认识，她现在就在里面。”

“改时间吧，也许。”他走过后院的草坪离开，留下我一个人站在那里。我注意到他没有携带任何工具。

当我回到房子前面时，住在同一条路上的拉塞尔太太过来看望凯特和她的女儿，并带来了一柳条篮子新鲜的水果。

她们正站在宽敞的前廊上交谈，拉塞尔太太看到我时向我招手：“你好，霍桑医生！”

“你好，拉塞尔太太。”她跟凯特·格雷迪差不多年纪，高个子，性格开朗，找我看过病，但次数不多。

“这事太令人震惊了！可怜的米恩遭遇了什么？在抓住凶手之前，我在自己家里也不会觉得安全。”

“我们谁都不会觉得安全。”我附和道。

“真不敢想，上周日我还在这栋房子里跟她说话来着！”

这引起了我的兴趣。“她带你进过客厅吗？就是那个有流苏沙发的红房间。”

拉塞尔太太皱起了眉头。“我从没见过这样的客厅。她总是在那间能看到美景的大房间里招待客人。”

她走后，我问凯特·格雷迪是否可以让我再检查一下餐具柜。“当然可以。”她告诉我说，“乔茜和我在楼上有事要做。”

我打开那扇白色的双开门，冷峻地盯着餐具柜。

然后我走进隔壁的大房间。就在我忙着敲打餐具柜靠着的那面墙时，我觉察到乔茜悄悄溜回了楼下，正观察我。“你在做什么？”她问。

“寻找秘密镶板。”

“有吗？”

“要是我知道，那就不是秘密机关了。”

“你相信我说的那个房间，是吗？”

“如果真有这样一个房间，建造时肯定会为它留出足够的空间，而且这个房间似乎也没有其他的功用。这里有工具吗？我需要某种钻头。”

“赫基默先生在地下室里放了一些工具。”

我跟她顺着楼梯走到地下室，担心赫基默可能已经回来把工具取走了，但它们还在那里。我选了一个电钻和一个小手电筒，又来到楼上。我们一起把餐具柜里的瓷器拿了出来，我转动曲柄，在木柜的背板上钻了几个小洞。然后我通过其中一个洞往里看，用手电筒照其他的洞来打光。

我期望能发现那个幻想中的客厅，但恐怕我要失望了。手电筒的光线只照出一扇大窗户，以及椽木和墙上挂着的蜘蛛网。

“这是怎么回事？”凯特·格雷迪在我身后问道，“你在餐具柜里干什么？”

“对不起，我应该事先征得你的同意。这里似乎有太多解释不清的地方，我在木头上钻了几个洞，想看看后面有什么。”

“那里本来是打算建成我父亲的私人书房。”她解释说，“他的吸烟室。事故发生后，他觉得不再需要它了，就一直没有完工。后来，我母亲就在这儿放了一个餐具柜。”

“你父亲有没有留下这栋房子的任何设计图或文件？”

“诺斯蒙特图书馆里可能有一些。妈妈去世后，我结婚搬走了，我想米恩可能给了图书馆一些文件。米恩没有见过我丈夫，也没有受邀参加婚礼，她因此非常生气，好像我抛弃了这个家庭一样。她告诉我，房子和父亲的所有东西都跟我一刀两断了。当然，我已经继承了一笔遗产，但她说房子和父亲的财产都是她的。那时我已经怀孕了，尽管我对她的态度很不满，但没有跟她争吵。后来父亲给他的第一个孙辈留下了一笔信托基金，这让她始终闷闷不乐。”

“然后你丈夫离开了你。”

她警惕地瞥了乔茜一眼，乔茜已经悄悄去了大房间，正向窗外眺望，但她还是能听到我们的谈话。“斯卡克罗斯先生不想为孩子承担责任。”她径直说道，“她出生时，他已经走了，再也没回来。”

我从口袋里拿出红流苏，该让她看看了。“你妹妹死的时候手里攥着这个。”

她的脸顿时苍白。“客厅……”

“是的，就像乔茜描述的那样。房子里还有其他带红流苏的沙发吗？”

“没有。”她深吸了一口气。“如果那间客厅存在，是不是意味着我父亲……”

“我不相信有鬼，格雷迪夫人。这栋房子就在这里，而且是新的，而不是在某个平行宇宙里，在那个宇宙里，现在还是一九一〇年，你的父亲还活得好好的。”我朝门口走去。

“你要去哪儿？”

“我想在图书馆关门前去一趟。”

诺斯蒙特图书馆在法院的一个翼楼上，它有一个单独入口，开在一条小街上。艾萨克斯小姐是一位上了年纪的图书管理员，我在本镇生活的十五年里，她一直是这个地方的管理员。快到六点闭馆之前，我走了进去，此时她正拄着拐杖在房间里走来走去。

“哎呀，霍桑医生，你在这个时候产生了阅读的兴趣，可真是怪事啊。”

“事情比较特殊，艾萨克斯小姐。”

“我正要关门。”她那薄薄的嘴唇中间蹦出了这几个字。

“我知道米恩·格雷迪几年前把她父亲的文件捐赠给了这个图书馆。”

“不知道她为什么这么做。”艾萨克斯小姐不以为意地说，“这些都是他病残时留下的私人文件，重要的东西都已经送到耶鲁大学了。”

“可以看看你们收到的文件吗？”

“明天上午吧。我们现在要闭馆了，霍桑医生。”

“艾萨克斯小姐……”

她面无表情地盯着我。“已到六点。我们现在要关门。”

看来丝毫没有通融的余地了。

第二天上午十点，我返回图书馆，因为这是图书馆的开馆时间。想必艾萨克斯对我如此坚持感到很惊讶，但她没有表现出来。“如果我没记错的话，你想看卡森·格雷迪的文件。”

“没错，艾萨克斯小姐。”

她给我拿出了一大纸箱文件。“这是全部。我告诉过你没有多少。”

我立马就看出里面没有房子的平面图或图纸。档案里只有一些无关紧要的信件和一本日记，记录的是卡森·格雷迪多年来努力给女儿们口述的内容。即使这样，似乎也记录得比较潦草，很多日记间隔六个月才记，甚至更久，其内容主要是对季节变化的评论。有篇日记似乎很典型，根据日期推算，那时应该是世界大战刚刚结束：

我躺在病床上，我可爱的女儿凯特正在誊写。世界终归和平，我们只希望它能持续下去。现在是十一月中旬，树木凋零。我凝视着窗外那棵高大的老橡树卫士，它的叶子已经落尽，光秃秃的。对很多人来说，冬天是令人沮丧的季节，但对那些困在床上，无法移动的人来说，夏天可能更加难熬。

“他过得很艰难。”我合上日记本感叹道。

艾萨克斯小姐点点头，帮我把所有的东西都放回纸箱里。“他过去常到这里来。事故发生后，我只去看了他一次，在他楼上的房间里。我给他带了几本书，我知道他的家人对此很是感激。”

“谢谢你的帮助。”我告诉她。我找不到有用的东西不是她的错。

那天下午我去了殡仪馆。似乎半个镇子的人都在那里，或许吸引他们前来的是米恩·格雷迪的惨死，而非对她特别喜爱。凯特·格雷迪一直在棺材附近，迎接每一位前来吊唁的人，但我注意到约瑟芬悄悄离开了。伦斯警长当然也在场，我问他调查进展如何。

“没什么进展，医生。”他承认，“没有强行入室的迹象，有可能是她给凶手开的门。人们经常这么做。”

“困扰我的是消失的房间，警长。如果乔茜说的是实话，那这事怎么解释？这房子闹鬼吗？”

“如果她说的不是实话呢？”

“我甚至不愿意去想这个问题。”

乔茜从我们身边走过，走了出去。我离开警长，跟着她来到外面，但她已经消失在建筑的拐角处，朝着停车场的方向走了。我看见比尔·赫基默在附近徘徊。“你好，比尔。要进去吗？”

“我……不，我不想进去。我是来致哀的，但我不太喜欢待在灵柩旁。我喜欢记住人们过去的样子。”

乔茜从车里拿了些东西回来。“你好，赫基默先生。”

他立刻满面笑容。“你好，乔茜。你今天好吗？”

“还好。”她耸了耸肩答道。

“葬礼结束后你会和你母亲一起回去吗？”

“当然，我不能留在这儿。”

我转过身，看见凯特·格雷迪把头伸出门外，显然是在找她的女儿。她看见我们在说话，突然从台阶上跑下，沿着人行道跑了过来，一脸愤怒。“乔茜！回屋去！”

“我只是……”

“回屋！照我说的做！”

我试图让她平静下来。“格雷迪夫人，我们只是在聊天。乔茜来了不到一分钟。这是你姐姐的园丁比尔·赫基默。”

然后，她转而看着我。“虽然已经过去十二年了，我还能认出他。这是比尔·斯卡克罗斯，我的前夫！”

后来，我和他一起离开，就我们两个人，穿过汽车，上了公路，开始向几个街区外的镇广场走去。“你为什么来诺斯蒙特？”我问。

“我不知道。我从没见过那栋房子，也没见过凯特的姐姐。我自己的生活乱成一团麻，这似乎是一种让我回到快乐时光的方法。我只是来看看，但有天晚上，我在酒吧遇到了她的园丁。米恩·格雷迪的园丁。他告诉我出于健康原因他要搬到西部去，他现在对那些花过敏。更重要的是，他告诉我，米恩的外甥女每年夏天都会来这里待一周，赶上节假日也会来。这么多年过去了，我想看看我的女儿。”

“所以，你就申请接替了他的工作。”

这个我刚知道他就是比尔·斯卡克罗斯的男人点了点头。“我没有什么大本事，但我在图书馆看书学习园艺。很快，格雷迪小姐开始称赞我的园艺技术。我女儿也来了。跟她相处了一周，即使隔着一段距离，也让我觉得一切都值了。米恩以前从未见过我，当然，在凯特接送乔茜时，我会设法避开她的视线。我在复活节短暂地见过乔茜，这周又见了一次，她似乎就在我眼前变成了一个大姑娘。”

“她确实是大姑娘了。”我表示同意，“你想和凯特复合吗？”

他一声叹息。“刚才你也看见她了。那是不可能的！我离开了她，她永远不会原谅我的。”

我深吸一口气。“我必须问你这个问题，比尔。是你杀了米恩·格雷迪吗？”

“米恩？当然不是！我为什么要毁掉唯一能见到女儿的机会呢？哪怕一年只有一周。”

“你在这栋房子的时间很长。你看到过其他人在附近转悠吗？你在房子里的时候有没有看到或听到什么奇怪的事情？”

“我告诉过你，我只进去过几次。我在地下室放了些工具。有一次我听到一种奇怪的声音，但大房子总会发出这样那样的动静，是不是？”

“你女儿也提到了某种响声。那是一种啸叫声吗，就像有人在模仿鬼叫一样？”

他摇了摇头。“不是那样的。更像是微弱的呜呜声，而且持续时间不长。”

“某种动物？”

“可能是。”他不肯定地答道。

“我得回去开我的车。”我告诉他，“待会儿见，比尔。你会参加葬礼吗？”

“既然她已经看见我了，那就不必躲着了。”

在殡仪馆再次召集亲友辞灵之前，伦斯警长和他的妻子邀请凯特和乔茜去他们家早早地吃晚餐，意在表示友好。我特别感谢此举，因为我决定要趁这个时候再看看那个餐具柜。当我赶到那栋房子时，天还很亮，我把车停在屋后，从地下室的门进去。从外面开门很容易，只需一根棍子就能拨开插销，我知道凶手做过同样的事情。我拾级而上，来到一楼，轻轻地移动脚步，然后停下。

放餐具柜的那个房间有一扇门开了一条小缝，虚掩着。

我沿着走廊继续往前走，紧张得几乎无法呼吸，不知为何，我预感到将要发现什么。我把门再推开一点，眼前正是乔茜说的那个客厅。红色的墙壁，窗户上的厚重窗帘，有红流苏的沙发，完全符合她的描述。我甚至看到那块东方小地毯上还残留着米恩的血迹。

我像是梦游一样走进了那个小房间。然后，我听到有人出现在我的身后，转身看见她手里拿着一把锤子。

“把乔茜交给警长后，我想回家清理一下。”凯特·格雷迪说，“你不应该出现在这儿的。”

“是不应该，但我该检查一下车库里的你的车。”

“也就是说，你终于还是发现这间鬼屋了。”

我摇了摇头。“它不是房间，而是一部电梯。”

就在此时，她抡起了锤子。

过了很久，过了晚上的探视时间，我才终于有机会向伦斯警长解释这一切。那时，凯特·格雷迪已被关押，事态开始稳定下来。“我从没想过你会攻击一位女士，医生。”他带着一丝微笑说。

“她拿着一把锤子向我冲过来，警长。我别无选择。我想你会发现这和杀死她姐姐的凶器是一样的，而且是从比尔放在地下室的工具箱里拿的。”

“你最好从头说起，就从这个闹鬼的客厅开始。”

“今天上午，我在图书馆读到了一些东西。它是卡森·格雷迪想要保存的一本日记，他躺在病床上向女儿们口述，她们记录。他提到从窗户往外看能到橡树卫士，但唯一能看到它的窗户是一层演奏室的半圆形大窗户。卡森·格雷迪的卧室面向房子的正面。起初这让我很是困惑，但后来比尔·斯卡克罗斯提到有一次在房子里听到了呜呜声。乔茜也听到了某种动静。我想起卡森·格雷迪因火车事故致残时，格雷迪家的房子才开始建造，恍然大悟：格雷迪改变了房子的结构设计，增加了一部电梯，而且大到足以放得下他的病床，初期的电梯通常会被装饰成小房间的样子，配有椅子和灯。这部电梯甚至用窗帘遮住了一扇假窗户。它在运行时会发出声响，斯卡克罗斯和乔茜听到的就是那种动静，透过餐具柜上的洞只能看到空洞洞的电梯井。”

“但是，在她姐姐被杀的那天晚上，凯特·格雷迪并不在这里，医生。”

“当初我们是这样认为的。她家离这里只有九十分钟的车程，而且别忘了，那晚我给她打电话时，她的电话有段时间一直占线。她应该在出门时把话筒摘了下来。我推测她之所以赶过来，是因为乔茜在周一晚上给她打的那通电话，乔茜告诉了母亲闹鬼客厅的事。对于电梯的事，凯特当然心知肚明。她是在这房子里长大的，甚至有可能在父亲从楼下的窗户欣赏风景时，是她在那里记录的口述。她也知道米恩对电梯一事守口如瓶。乔茜提到去年夏天也看到过神秘的客厅，当它再次发生时，凯特一定意识到这是米恩故意为之，目的是吓唬她的女儿，甚至想造成更坏的结果。乔茜继承的外祖父的遗产是以信托基金持有的，还记得吧。如果乔茜出了什么事，我想钱就成了凯特和米恩的。周二晚上，她赶过来，指责米恩威胁她的女儿，用那个突然消失的房间吓唬她。她们争吵起来，凯特不小心杀了米恩。”

伦斯警长直摇头。“她摘下了话筒，医生。记住这一点。她在制造不在场证明，说明她有预谋。米恩没有结婚，她死了之后，钱和房子可能就归凯特所有。如果凯特是无辜的，她早就应该把电梯和客厅的事告诉我们了。”

“我想你说得对。”我表示同意，“凯特今晚回到那里是想清理电梯地板上的血迹。一旦电梯被人发现，她对她女儿说的谎话就不攻自破了。”

“一定还有其他人知道那里有电梯。”

“只有米恩、凯特和她们已经去世的父母知道。建造它的工人可能不是本镇人，再说了，二十五年过去了，他们现在应该要么已经过世，要么四散而去了。这是姐妹二人在成长过程中一直拥有的一个秘密，一个与她们的父亲生活无助有关的秘密。她们都很珍惜它，也许是她们忘不了跟卡森·格雷迪在这个可移动的小房间里单独相处的那些时刻。”

“那餐具柜呢？”

“它当然是装在电梯下面的。当电梯升到二楼时，它就出现在双开门后。电梯在一楼时，餐具柜就到了地下室。格雷迪无疑是从马德琳·耶尔·威恩的小说中得到了灵感，他一直在讲那个故事。今晚，凯特把电梯升到了一楼，这样她就可以从厨房拿水清理血迹了，我就是在那时发现的。乔茜周二晚上发现尸体时，她就躲在房子里，趁女儿打电话求救时，她把尸体从电梯里推了出来，然后从后门溜出去，跑到她藏车的地方，开车回家了。”

伦斯警长抚摸着下巴。“为什么客厅在二楼的时候我们没有注意到呢？”

“听说那层楼有一间上锁的储藏室，但我们从来没有把它和闹鬼的客厅联系起来。当然，电梯按钮被隐藏得很好。”

“现在，妈妈进了监狱，乔茜会怎么样？”

我想了想。“嗯，她刚刚发现了一个非常爱她的父亲。我想比尔·斯卡克罗斯可能会有所作为。”

12 泳池离奇毒杀案

“对我来说，一九三七年的夏天忙忙碌碌。”萨姆·霍桑医生将酒杯举到嘴边，对来访者说，“当九月终于到来时，我差不多是如释重负。学校又开学了。平静的夏季农业生活节奏已近尾声，诺斯蒙特人开始投入秋天增加的社交活动中。夏末的农业博览会来了又走，但我们仍有欧内斯特·霍兰的海味聚餐会可以期待。”

诺斯蒙特镇有两份周报，《诺斯蒙特刀锋报》比较成功，其出版商便是霍兰。五六年前，他搬到此地，盖了一栋带游泳池的豪宅。我不属于他的社交圈子，在我们这样大小的镇子上，没有几个人在他那个圈子里。我是他的私人医生，因此有资格受邀参加海味聚餐会。

“下周六是海味聚餐会。”九月中旬的一天，在要离开诊所时，霍兰提醒我的护士玛丽·贝斯特说，“泳池开放，记得带上你的泳衣。”

“他是真的邀请我吗？”在他走后，玛丽问道。

“当然。去年的聚会上，我只是短暂地停留了一会儿，似乎每个人都玩得很开心。算上雇员，在场的大约有二十个人。”

因此，在九月的最后一个周六，我开车载着玛丽去霍兰家参加传统的海味聚餐会。《诺斯蒙特刀锋报》每周五出版，她正在车里阅读一份。除了报道墨索里尼抵达柏林进行为期四天的访问外，世界新闻栏目基本没有其他的内容。“他去那儿干什么？”玛丽不无怀疑地说道，

“我敢打赌，他这是想和希特勒拉帮结派！”

“有可能。”我答道，“当地新闻有什么？”

“没有。”她一边翻页，一边迟疑地答道，“哦，莉迪娅·迈耶的社会新闻有些东西。你知道欧内斯特·霍兰的弟弟菲利普要从加利福尼亚赶过来吗？”

“我从不知道他还有个弟弟。”我坦承道，“但我也没有理由应该知道。”

“我们可能会在聚餐会上见到他。”

那天天气有点凉，不适合游泳，当然玛丽并没有带泳衣。我把我的泳裤放在车上，但不确定会不会下水。我们停车的地方用一根绳子围了起来，马克·托尔斯正在那里指挥新来的车辆停放。马克大约四十岁，和我年龄相仿。自从霍兰把他从竞争对手的周报挖走后，他就一直在这家报社工作。他看起来比较年轻，可能是经常锻炼，体重保持得比较好的缘故吧。

玛丽告诉我他是本镇极受女性喜爱的黄金单身汉之一。

“只是一辆普通的老别克，医生？”他跟我打招呼，“你以前可是开过几辆敞篷跑车的。”

“那时我年轻，马克，现在我已经不再招摇了。”

“得了吧！你和我一样是个单身汉。我们知道乐趣在哪里。”他会意地瞥了玛丽·贝斯特一眼，我差点就给他一拳。但事实相反，我红着脸走开了。

当我故意大步走向前门时，玛丽急忙跟上我。“不用理他。”她告诉我，“我都不往心里去。”

“马克·托尔斯的毛病在于他认为每个人都跟他一样。”

霍兰的妻子休在门口迎接我们。她长着一头黑发，和蔼可亲，生活悠闲的她每个月都要去一趟波士顿的美容院，因此，拥有那种只有有钱人才能保养的姣好的面容。“很高兴见到你，萨姆。我们很高兴你能来。”

她瞥了玛丽一眼，我迅速介绍她们认识。休·霍兰在希恩镇有自己的医生，所以她们从未因为治病见过面。“很高兴认识你，玛丽。欧内斯特认为你很棒！他总说你很能干。”

“我只是表面看起来如此。”玛丽笑着回答，“跟萨姆这样的老板共事，干活很轻松。”

“进来喝一杯吧，就餐时间在五点左右。在此期间，如果凉爽的天气没让你们失去游泳的兴趣，这里有泳池。”

我们遇到的第一个穿着泳裤的人拿着一杯啤酒。他看起来像年轻版的欧内斯特·霍兰，我猜得没错，他就是霍兰加州来的弟弟。“你一定是菲利普吧，”我伸出手说，“我是萨姆·霍桑医生，这是我的护士玛丽·贝斯特。”

他紧紧地握了握我的手。近距离看，他的皮肤很黑，表明他暴露在加州阳光下的时间太长了。“很高兴认识你，医生。我哥哥提到过你。”

“游泳会不会太凉了？”玛丽问。

“我觉得不会。在老家时，我一年到头差不多每天都泡在水里。穿上你的泳衣，跟我来吧。”

“我忘家里了。”她承认。

这时，一个满头银发的女士出现了，我认出她是报社社会版编辑莉迪娅·迈耶。我一直认为，像《诺斯蒙特刀锋报》这种规模的周报，开设社会新闻栏目确实有点自以为是，但诺斯蒙特人喜欢，认为这个栏目提升了报纸的发行量。“你好，菲尔[1]，”她一边说，一边用盒式照相机给他拍照，“又在秀身材？”

“为了你，美人儿，随时随地！”他咧嘴一笑，端着啤酒走了。莉

① 菲尔（Phil）是菲利普（Philip）的昵称。——译者注

迪娅耸耸肩。“人生的一个小磨难。老板的弟弟。”她是年龄永远是个谜的那种女人。她可能已经三十岁，也可能五十岁了，但我觉得是后者。“来吧，我们去喝一杯。”

欧内斯特·霍兰和他的妻子坐在帐篷内的吧台旁，他喝的是加了冰块的威士忌，而他妻子则用吸管喝酒精度低的汤姆·柯林斯鸡尾酒。“休告诉我你来了。”他说，“你想喝什么？”

莉迪娅无奈选了一杯马提尼，而很少喝酒的玛丽喝的是无酒精姜汁饮料，我喝了点波旁威士忌，留心观察外面的其他人。马克·托尔斯已经从停车场过来，坐到了客人中间，所以我想人都到齐了。这群人五花八门，包括霍兰的雇员，还有几位我这样的朋友和熟人。我还注意到已经白发苍苍的弗雷德里克斯博士也在场，他是霍兰的私人牧师。霍兰和镇上的官员却一直关系不睦，所以聚餐会上并没有他们的身影。

几位年轻的客人在草坪上玩槌球，玛丽和我紧挨着男女主人坐着。半小时过后，随着其他人的加入，我们坐的金属椅子围成了一个半圆形，离泳池边缘大约十英尺。其中有欧内斯特和休，还有莉迪娅·迈耶和马克·托尔斯。

没有看到欧内斯特的弟弟。

“你怎么看德国的形势？”霍兰问我。

“有些人认为希特勒正在把国家推向战争。”

“哦，这很难说。我认为他不会那么快就重蹈德皇的覆辙。”

“墨索里尼已经去柏林与他会面了，穿着专门为此次会面设计的制服。他们说希特勒下周会动员一百万人去听他们的演讲。”

“男人总是谈论战争。”休·霍兰一边吸着饮料，一边反对道，但男人们没有理会她。

马克·托尔斯点燃了一支古巴雪茄。“我认为没什么可担心的，英国人应该能够牵制住希特勒。”

“你应该去编辑一份大城市的报纸，马克。”莉迪娅告诉他，“对我来说，在诺斯蒙特这样的小镇做我的社会新闻就挺好，但你的舞台应该是写世界新闻。”托尔斯名义上是《诺斯蒙特刀锋报》的编辑，但众所周知，几乎所有的编辑要写什么都是霍兰说了算。

休去看食物准备得怎么样了，其他人则开始讨论在小镇和大城市出版报纸的相对优势。我站起来，走向空无一人的泳池，凝视它那平静的水面。欧内斯特·霍兰曾告诉我，自二十世纪二十年代中期读了《了不起的盖茨比》后，他就一直想要拥有一个泳池。现在这个泳池很大，约有四十英尺长，二十英尺宽，深水区安了一块跳板，浅水区垒着台阶。池边铺着瓷砖，就像浴室的地板一样，泳池上沿有一圈几英寸宽的檐边，伸向泳池。现在水面平静，微风不拂，我可以一眼看到池底，它被漆成诱人的蓝绿色，就像加勒比海蔚蓝的天空，不过，由于折射，我看到的池底是扭曲的。

这些都在引诱我跳进去，但我还是克制住冲动，跟泳池保持距离。

我回到其他人身边，发现玛丽·贝斯特看上去很无聊，欧内斯特·霍兰正在描述大城市新闻编辑室的氛围。显然，他年轻时曾在《纽约先驱论坛报》短暂工作过。“当然，那是在二十年代，就像戏剧《头版》里的情节一样。”

“有人躲在卷顶书桌里吗？”莉迪娅低声说道。

“我记得有一次……”欧内斯特开始说，玛丽突然指向泳池。

“看那儿！是你弟弟！”

每个人都扭头看过去，只见浑身滴水的菲利普·霍兰从泳池里爬了出来。“你们好，诸位。”

欧内斯特·霍兰看着他弟弟，皱起了眉头。“你到底是怎么到水里去的？”

“平常的方式。我跳水。”他抓起一条毛巾，开始擦身子。

“可泳池没有人。”马克·托尔斯说。

我不得不表示赞同。“我刚才走到了池边，没看到里面有人。”

菲尔·霍兰微笑着对我们眨了眨眼。“那我想这就是我的秘密了，不是吗？”他转身离开去找啤酒。

“你是他哥哥，”莉迪娅对欧内斯特说，“你知道他是怎么进到水里的吗？”

霍兰耸耸肩。“问他为什么这样做反倒比较好，我可以回答。他这辈子都想超越我。我是哥哥，在我们成长的过程中，每当我做到了什么，他总会想方设法做得更好。我想这就是手足相争吧。他看到泳池，由于自己不能拥有，他就决定表演一些愚蠢的魔术，以此胜过我。我还以为他现在已经过了青春期呢。”

“冷静，欧内斯特，”他的妻子劝他道，“食物十分钟内准备好。”

我突然做了一个决定。“这个时间足够我快速游个来回的。”

玛丽是所有人中最惊讶的那一个。“你要下到泳池里去？”

“为什么不呢？菲利普刚从里面出来。”

休·霍兰把我带到房子里面的一间更衣室，我迅速换上带来的黑色泳裤。与其说我想游泳，不如说我想解开一个谜。自十五年前来到诺斯蒙特以后，我已经破了几十起奇怪不可能犯罪案件，但还没有一起涉及泳池的。我想起几年前看过的一部关于侦探菲洛·万斯的小说，但也没有帮助，因为它描述的从泳池里消失的方法不适合现在的情况。水下一定有什么开口，我想找到它。

“别在水下待太久，”玛丽警告说，“天还是有点冷。”

我用脚趾试了试水，觉得还不算凉。然后我走到浅水区开始游泳，采用传统的蛙泳。水面离泳池的瓷砖边缘大约一英尺，我在那里没发现什么异常。

我快速潜到水下，检查泳池两边和底部，这时，有些客人过来看我游泳。我不擅长在水下憋气，不到一分钟就浮出了水面，向玛丽挥手。我深吸一口气，又潜了下去，但还是什么也没发现。泳池的池壁用油漆漆过，看不出有裂缝。霍兰的游泳池没有秘密入口。我游到浅水区，拾级而上，回到其他人旁边。玛丽递给我一条干净的毛巾，让我擦干身体。“发现什么没？”

“一无所获。”

“他肯定一直在那里。水的折射导致失真，所以你看不到他。”

我摇了摇头。“我们都坐在外面，面对着游泳池，坐了二十分钟或更久。水面没有波动，也没人游泳。他从未在水面上露过头，也没穿潜水服，实际上只穿着泳裤。他要么能在水下呼吸，要么是施展魔法，从这个池子里变出来的。”

帐篷内，其他客人很快就知道了菲尔·霍兰在泳池里大变魔术的事，当然，若是这可以称为魔术的话。此时，他仍然穿着泳裤，腰间裹着一条浴巾，站在那里喝着啤酒，毫不理会客人们对他的所有疑问。

“再来一次，让我们都看看。”罗丝·英尼斯建议道。她身体很胖，整天乐呵呵的，她是烹饪方面的专家，在《诺斯蒙特刀锋报》工作，与莉迪娅·迈耶共用一间办公室。

菲尔·霍兰得意地笑了笑，享受着属于他的荣耀时刻，问道：“你觉得呢，大哥，我应该再来一次吗？”

“为什么不反过来做呢？”欧内斯特建议道，“跳进泳池，然后消失。”他的语气中带有一丝厌恶。

“没问题，我也可以做到。”

众人立刻开始议论起来，他们认为欧内斯特的提议是认真的。休·霍兰正在给自己调制另一杯汤姆·柯林斯鸡尾酒，我走到她面前。“我想你最好去劝劝你丈夫，他和菲尔在泳池这事上好像要失控了。”

“跟我小叔子有关的事总会失控。”她同意。然后，为了让所有人都能听见，她提高嗓门宣布道：“品尝海味的时间到了！诸位请到外面去！”

聚餐会承办者已经在泳池的另一侧为二十位客人摆好了桌子。

我们往外走时，休·霍兰解说道："沙坑里的热岩石上烤了二百只软壳蛤蜊，还有四打玉米、五只烤鸡、十个红薯和二十只龙虾。厨师带来了四筐湿海草，将海草铺在下面，将它们分层摆放。只要蛤蜊一开口，就可以上桌了。"

我和玛丽坐在一起，她可以说是一位蛤蜊专家，她马上宣布："这些蛤蜊太棒了！"其他人似乎也很享受这顿盛宴，不过，我注意到菲尔·霍兰还没有坐下。事实上，他已经解下浴巾，穿着泳裤四处走动，一边和人聊天，一边喝啤酒。

"还要游泳？"托尔斯问他。

"这是在以命相赌！所以我现在才不吃东西。欧内斯特大哥想考验一下我的能力，让我跳进泳池，然后消失，我接下来就要做这个。"

"这可不算是考验！"欧内斯特从他的桌子那边喊道。休坐在他旁边，把酒杯举到唇边，试图无视这一切。一位服务员正用一个罐子给大家添啤酒，轮到休时，她挥手示意服务员走开，宁愿继续喝她的汤姆·柯林斯鸡尾酒。

我觉得啤酒的口感很不错。我正想说这是我多年来吃过的最好的海鲜大餐，菲尔喝完了啤酒，放下空杯子，然后故意大步走到泳池边，一头扎进了泳池的深水区。

有那么一会儿，谁也没有动，等着他重新浮上来。

霍兰继续吃东西，努力无视他弟弟抢镜式的表演，但是，大约两分钟后，他身边的休变得焦躁不安。泳池里的水完全静止了，从我们餐桌所在的位置，看不到有人头露出水面。她站起来，我也跟着站了起来。其他六个人见状，也起身向泳池走去，不一会儿，只有欧内斯特·霍兰还留在餐桌旁。

休靠近泳池时，手里还端着她的酒，许是想尽量表现得若无其事。我在她身边，罗丝·英尼斯紧跟在我们后面，其他人则在罗丝身后。他们都想看看霍兰的弟弟是否会在他们眼前创造奇迹，从泳池里消失。

我深吸一口气，从池边往泳池里看。菲利普·霍兰并没有消失。他脸朝下趴在池底，四肢伸展，像一只巨大的海星。

休·霍兰的酒杯掉落水中，要不是我拉住她，她也会随之掉进泳池。“玛丽！”我喊道，“照顾好她。她晕过去了。”

我还穿着泳裤，我知道此时需要我跳下去救他。

我从池边潜下去，直奔池底，想用一只胳膊抱住他。据我估计，他已经在水里待了大约四分钟了，如果我能及时把他救上去，他还有一线生机。在水下，他的体重比实际有所减轻，但我仍然很难把他拉起来，直到马克·托尔斯也潜下来帮我。原来他脱了鞋子和衬衫，跟着我跳进了泳池。我们合力把菲尔·霍兰瘫软的身体抬到泳池边的瓷砖地上。几个人立即开始对他施救，但已经无济于事了。

我爬出泳池去找玛丽。“最好打电话叫救护车过来，也许还有点希望。”

“我刚才打了，我也给伦斯警长打了电话。”

我们回到泳池边，此时，脸色苍白的欧内斯特·霍兰终于来到围在他弟弟身边的那些人中间。马克·托尔斯从泳池里捡起一只鞋，是他刚才掉进去的，还有休·霍兰晕倒时掉落的酒杯和吸管。休则坐在一张椅子上，双手抱着头。

我走过去问她：“你没事吧？我包里有一些嗅盐。”

“我的脑子不转了。”她回应道，摇着头，想让自己清醒一点，“这是怎么回事？菲尔是不是……”

“他们正在救治他，看样子情况不妙。”

“哦，我的上帝！”

最后，我走过去，跪在尸体旁边，检查菲尔的脉搏和呼吸。

没有生命体征了，他已经死了。

“你认为是心脏病发作吗？”玛丽·贝斯特问道，“不然怎么会这么突然呢？”

“我不知道。我们要等验尸结果出来。”

伦斯警长在救护车之后赶到。接到电话时他正在家里，他把徽章别在他穿的蓝色运动衫上就来了。

“你好，医生。”他跟我打招呼，“你是来做客的，还是他们把你喊来的？”

“来做客的。我是欧内斯特·霍兰的医生。死者是他的弟弟菲利普，来自加州。作为特技表演的一部分，他跳进了泳池，再也没有上来。我们在几分钟内救他上来，但已经没有生命体征了。”

警长看了一眼堆满食物的桌子。“你会认为是饭后痉挛吗？”

“除了几杯啤酒，他什么也没吃。而且如果是痉挛的话，他死得也太快了。他没有丝毫的挣扎和扭动。”

欧内斯特·霍兰来到我们站的地方。“我一点也不明白，警长。我弟弟身体非常健康。”他弟弟的死与其说让他沮丧，不如说让他恼火，就像菲尔最后一次赢了他一回一样。

“我们会查明真相的。”伦斯警长向他保证道，“我一会儿再跟你谈。”离开霍兰后，他对我说：“给我讲讲情况，医生。谁在这里？发生了什么？”

“这是他一年一度的海味聚餐会。总共二十位客人。霍兰和他的妻子休，玛丽和我，还有他报社里的三个人：马克·托尔斯、罗丝·英尼斯和莉迪娅·迈耶。当然，还有此次的罹难者。另外十二人包括他的几个雇员，以及像我这样在镇上和他打交道的人。牧师你可能认识。为餐会服务的有六人，包括厨师在内。情况就是这样。”

“想过他有可能是被毒死的吗？”

“我看不出来是怎么死的。我看就像溺水，只是发生得太快了。”我快速回顾了一遍我和玛丽到达后发生的所有事情。

“听上去这两兄弟之间毫无感情可言。”

“不要过分解读，警长。”我建议道，“兄弟姐妹之间肯定存在竞争，不足为奇。”

由于死亡似乎是意外，警长只和霍兰夫妇谈了谈，还有马克·托尔斯和我，因为我们是跳进水中捞人的。聚会也戛然而止，其他人都尽快离去了。

“如果我需要的话，你能给我一份完整的宾客名单吗？”伦斯警长问休·霍兰。

“当然可以，但你需要它干什么？”

“尸检之后我们才能知道。”警长回答说，但可不是为了让任何人在那天晚上睡得更好才这样说的。

临走前，我走到泳池前，凝视着波光粼粼的池水。菲尔·霍兰打算如何从里面消失？跟他之前突然出现的方式一样吗？是什么阻止了他的消失？是什么看不见的东西一直在水面以下等着他呢？

我本想周日早晨睡个懒觉，却没能如愿。本来伦斯警长说要到周一才能出验尸结果，但那天不到十点他就来敲我家的门了。“医生，很抱歉周日这么早打扰你，但我需要你陪我去霍兰家。现在很确定菲利普·霍兰死于氰化钾中毒。”

“那不可能！”这是我的第一反应，“如果啤酒被人下了毒，他走不到泳池就会死掉。食入氰化钾一分钟左右就会死亡。我破过很多起中毒案件，对此一清二楚。”

“见鬼，医生，也许整个泳池都被下毒了。”

我知道他不是认真的，但我还是要指出，在霍兰中毒后，我和托尔斯都立刻下水了。“池水没有异常。”

“为什么不穿好衣服，陪我走一趟呢？我需要你帮忙，医生。”

“让我抓紧时间吃个早餐，我会去的。”

伦斯警长点点头。“给我也倒点咖啡。”

我们是十一点多到的霍兰家，牧师弗雷德里克斯博士在做完周日上午的礼拜后驱车来看望他们了。弗雷德里克斯是一个和蔼可亲的白发老人，比起前一天在聚餐时穿的休闲装，穿着牧师黑色套装的他显得更自在。

我们进去时他向我们打招呼，并和我们握手。“我是来帮忙安排葬礼的。对每个人来说，此时都很艰难。可怕的意外……”

警长打断了他的话。“恐怕这不是一场意外。初步尸检结果表明霍兰先生死于氰化钾中毒。”

死者的哥哥听到这个消息皱起了眉头。“这怎么可能？”

“我们也不知道。”

“一定是哪里出了差错。”休·霍兰说。她穿着一件绿色的家居长袍，裹着她那苗条的身体。显然，牧师的到访让他们感到吃惊，还没来得及换衣服。“这不是你能闻出来的毒药吗？”

“苦杏仁的味道，通常如此。”警长说，“但在那样的水里，味道可能会被冲淡一些。”

“我弟弟的肺里有水吗？”欧内斯特问道。

“少量的水。他死时可能还在喘气。”

“上帝！”休·霍兰说着，扭头看向别处。

“很抱歉，太太。我知道这个消息让人难以接受。”

“我们已经决定周二上午举行葬礼。”欧内斯特宣布道，“弗雷德里克斯博士会在他的教堂举行仪式。”他似乎想通过把注意力放在葬礼上来回避弟弟死亡的事实。

伦斯警长看起来很是不快。“我需要和你私下谈谈，霍兰先生，还有霍兰太太。”

欧内斯特站起来，开始来回踱步。他穿着白色衬衫和裤子，比他妻子的着装正式些，但仍然穿着家居拖鞋。“没有必要深入调查，警长。很明显，我弟弟是服毒自杀。”

“自杀？”我说。不知为何，我没有考虑过这种可能性。

“他一生都想胜我一筹。我始终是他要想方设法胜过的兄长。当他从东部跑到西部，搬到加州后，我差不多是非常高兴的。他这次回来从一开始就是场灾难。”他转向妻子，希望得到她的赞同，“不是吗，休？”

“不是好事。”她平静地承认。

“他变得比我记忆中的更混蛋了。我成功取得的一切都成了他挖苦我的理由：报纸，这栋房子，甚至我的游泳池。他还记得自从我读了《了不起的盖茨比》之后，我就一直想要一个游泳池。”

“游泳池。”我重复道，“给我们讲讲游泳池的事吧。”

弗雷德里克斯博士站了起来。“如果没有别的事要我做，我真的得走了。欧内斯特和休，在你们悲伤的时刻，我再次向你们表达诚挚的同情。明天晚上我会在殡仪馆，我们得把周二的葬礼安排好了。”他向我和警长点头致意，离开了。

“他能来真是太好了。”休·霍兰说，“我们不常去教堂，当然了，事情发生时，他恰好在聚餐会上。”

我接过了话茬。“这就是我们要确定的事情，到底泳池里发生了什么。”我竖起一根手指。“首先，我们一群人坐在那里聊天，在我的印象中，他们在谈论希特勒和墨索里尼。我甚至走到泳池边上看了看。水中没有任何动静，没有人浮出水面呼吸，我也没有看到水底有人。泳池里没有人。几分钟后，菲尔·霍兰从水里冒了出来，实际上等于是挑战我们不知道他从哪里出来的。我甚至亲自下去游了一圈，检查了泳池的四壁。没有藏身之处，没有秘密入口。”

“当然没有！”霍兰表示同意，“它只是一个游泳池！”

我又举起一根手指。“其次，你为难你弟弟，要他反其道而行之，跳进池子里，然后消失。”

“我希望他消失，确实，一路滚回加利福尼亚。”

“欧内斯特……”休把一只手放在他的胳膊上，想要他平静下来。

“他愿意这么做。我们的问题是，他如何玩的第一个魔术，他又打算如何玩第二个魔术？”

“他可以跳进泳池，死了就消失了。”欧内斯特·霍兰说，“我认为他就是这么做的。他在我的聚会上自杀了，最后一次超过了我。”

“欧内斯特，简直是疯了！”休表示反对。

“也许他疯了。”

“我说的不是他，我说的是你，你竟然有这种想法。”

伦斯警长在椅子上紧张地换了个姿势。“霍兰先生，如果你弟弟是自杀，你认为他是怎么做到的？食入氰化钾会在一两分钟内死亡。除了啤酒，他什么都没有吃，毒不可能下在啤酒里，否则，你会在他跳进水里之前看到他的中毒症状。”

“他的嘴里可能有某种胶囊，”霍兰猜测说，“一下水就能咬破的那种。”

伦斯警长转向我。“有这种东西吗，医生？”

“明胶胶囊的应用并不广泛，但是可以制造。我想可能有人在里面投了毒。但他必须提前计划，并随身携带才行。不过，看起来他不像是一个打算自杀的人。”

“要么是自杀，要么是整个泳池都被下毒了。”欧内斯特·霍兰说。

“还有其他可能吗？”

“我不知道。”我承认。

当然，在泳池里下毒的想法是荒谬的。别说是少量毒药，即使一加仑[①]的毒药也会被稀释到无害。此外，我和托尔斯都下到过泳池里，没有任何不良后果，这是不可否认的事实。在开车回我家时，我把这一切解释给警长听。

“那你怎么看，医生？他是自杀吗？”

---

① 英美制容量单位，英制1加仑合4.546升，美制1加仑合3.785升。——译者注

“我不知道。自杀无法解释菲尔·霍兰为什么早些时候会神奇地从没人的泳池里冒出来。”

多年来，伦斯警长一直跟随我的思路推理，现在自然很快上道。“你认为这两件事有联系，是吧，医生？他要从泳池里消失，就得采用跟他当初进入泳池一样的方式，只不过有什么东西或人阻止了他。”

“也许吧。”

“你破过比这更棘手的案子。你会搞定它的。”

等警长把我送回家后，我开始有时间思考这个问题，但不清楚自己是否破过比这更棘手的案件。霍兰原本希望周日下午早些时候移交他弟弟的遗体，这样就有时间进行防腐处理，以便为周日晚上的瞻仰遗容仪式做好准备。但事实并非如此，周一下午和晚上将是唯一的亲友辞灵时间。后来我打电话时，休告诉我怎样安排并不重要，因为菲尔在诺斯蒙特没有朋友。至于他在加州的生活，他有点像个花花公子，做的是电影业的边缘工作，跟几位小明星恋爱，但从来没有专情于某人，希望与某人成家。休给他最近交往的一位女性朋友打了电话，听到他的死讯，她流下了几滴眼泪，但建议把他葬在东部。

“我想和《诺斯蒙特刀锋报》的几个人谈谈。”我告诉休，“他们这周会出一期报吗？”

“当然。”她肯定地答道，“直到周二的葬礼后，欧内斯特才会去办公室，但这一期由马克·托尔斯负责出。像往常一样，它会在周四晚上付印。”

“我注意到莉迪娅·迈耶在聚餐会上拍了一些照片，是要上报的吗？”

“我想她是打算在自己的专栏里用一两张。”

“如果我明天上午去报社，她的照片会冲洗出来吗？”

“应该没问题。我们有自己的暗房，莉迪娅拍的所有照片都是在报社自己冲洗。”

“我想看看那些照片，有可能她抓拍到了我没有注意的一些东西。”

“有可能。”休·霍兰说，“这是否意味着你不相信我丈夫关于菲尔自杀的推断？”

“坦率地讲，我不知道该相信什么。他怎么看待这事？”

“他现在正休息。虽然他话说得狠，但都是虚张声势，看到一个兄弟死在眼前，他还是很震惊的。”

我相信她说的话。

周一上午，我给诊所的玛丽打电话，告诉她我会晚一点到。我知道十一点前不会有病人。然后，我来到了镇广场，刀锋报社就在弗雷德里克斯博士的教堂旁边。我想这家人手不多的报社正跟其他任何一周的周一一样忙得团团转。马克·托尔斯现在是全身心投入工作，电话夹在下巴和肩膀之间，还在飞快地写着什么，这跟周六那天引导我们停车的他简直判若两人，只有烟灰缸里冒着烟的古巴雪茄让人想起此人真的是他。

当我经过他的办公桌时，他挂断了电话。“你好，医生。我听说菲尔是被毒死的。”

“验尸报告是这么说的。”

“这是你喜欢破解的那种不可能犯罪之一吗？”

“我喜欢破解这些难题。”我同意道，“现在判断它是哪种犯罪还为时过早。我是来看莉迪娅·迈耶周六拍的照片的。”

“莉迪娅！”他喊道。

她从里屋出来，手里拿着一沓文稿，我向她说明来意。“没问题，萨姆医生。我把照片放回我的桌上了。因为发生了这样的事，我们决定不在社会新闻栏目报道聚会的情况，只报道菲利普·霍兰的死讯。”

我跟着她进了她和罗丝·英尼斯共用的小办公室。两个人的桌子上都有一台安德伍德牌大打字机，罗丝正从一块大巧克力蛋糕上切下一块。“你来得正是时候，可以帮我试吃一下这个配方的口味。”她对我说，“这是樱桃酒口味的黑森林蛋糕，有奶油和酸樱桃夹心。”

“听起来太腻了，不利于我的节食计划。”我告诉她，“不过还是要谢谢你。”

莉迪娅叹了一口气。“你能想象整天和罗丝还有她的食谱共用一间办公室的感受吗？”她在桌上的稿件堆里翻找，找到了一个文件夹，里面是她周六拍的照片。那是些普通的黑白照片，质量还过得去，上面可看到几群人，他们手里拿着饮料，或站或坐。有几张是在泳池附近拍的，其中一张是她刚到时给菲利普·霍兰拍的泳装照。这些抓拍的照片都不能告诉我任何新的信息。我把它们放回文件夹，还给了她。

罗丝拿她的蛋糕去让托尔斯和其他员工品尝了，我利用这个机会问了莉迪娅几个问题。“你在这里工作很久了，是吧？”

“从欧内斯特创办这家报纸就在这儿。我是他的第一批雇员之一。”

“那时菲利普不是住在东部吗？”

她点了点头。“在波士顿。他从来没有欧内斯特那样信念坚定，而是整天忙于寻欢作乐。我想这在禁酒令期间成年的人身上多有发生。菲尔是个随身揣着扁酒壶、胳膊挽着女孩子的人，眼看着大哥娶了一个完美的女人，创办了一份周报。我想当欧内斯特开始建大房子和豪华游泳池时，他弟弟就受不了了，去了加利福尼亚。”

“那他为什么回来？”

莉迪娅·迈耶耸耸肩。“做客。我知道马克以为菲尔在争取当报社编辑，菲尔在想办法说服他的哥哥让自己取代马克的位置，但此事是绝不会发生的。我告诉马克，欧内斯特无论如何都不会雇用他的弟弟。”

“两个人之间没感情了。”

“是的。”她表示同意，然后目光犀利地看着我，“但欧内斯特不会杀他，如果你是这么想的话，那就错了。他不会杀亲弟弟的。”

“我从没这样想过。菲尔在他们家住了多久？”

“劳动节前后开始的。他说过要回去，但我想他没提过日期。”

罗丝·英尼斯带着蛋糕回来了，而且只剩下一块了。“刚好给你，萨姆医生。”

我对她笑了笑。“不了，谢谢，罗丝。”

“好吧，那就犒劳我自己吧。”

那天晚上，我没有去殡仪馆，但第二天早上，我和伦斯警长去了教堂，参加了弗雷德里克斯博士主持的葬礼。多位商界人士、《诺斯蒙特刀锋报》的广告商以及报社员工参加了葬礼。仪式结束后，我们随行前往墓地，站在后面看欧内斯特·霍兰的弟弟下葬。

“你怎么想的，医生？”当我们大步走回汽车时，警长问道，“你知道他是如何被害的吗？”

“第一个魔术是解开谜团的钥匙。如果知道他是怎么从那个无人的泳池里冒出来的，我们就知道其余的事情了。”我沉默不语，陷入了沉思，直到我们到达镇中心。“我今天稍晚想去一趟，警长。我想再看看那个游泳池。”

“游泳吧。”他建议说，“温度还行。”

“我游过了。”

“下毒的泳池。”他若有所思地说，“你认为他的皮肤上有与水发生反应的化学物质吗？”

我咯咯地笑了。“那不太可能。那会在他第一次下水时杀死他。他出水后，除了一条浴巾，没有任何东西擦过他的皮肤。他皮肤上的任何化学物质都有可能被冲掉。”

“会不会有人在他跳水前给他皮下注射了什么药物？”

“尸检没有发现任何针孔。此外，如果在跳进泳池前被针头扎到，霍兰肯定会有反应。不，毒药几乎肯定是被咽下去的，一接触胃酸，他就死定了。”

“他才来了几周就开始树敌，并因此被杀，也实在太快了。”

“聚餐会上的大多数人都认识他，有些人可能出于某些理由担心他回来对自己不利。”

“我想我最好过一会儿跟你一起去。”伦斯警长决定。

我们下午三点左右到达，发现休·霍兰正在泳池里游泳。她从泳池里爬上来，只见她身穿深绿色的泳衣，露出完美的双腿。她向我们打招呼，然后说：“自从周六出事以后，没人下过水。欧内斯特不愿意靠近它。我想必须有人下去，证明它没有被施了恶咒或什么的。”

“你丈夫在家吗？”

她看看伦斯警长，又看看我。“他和马克在客厅里。来吧，我带你们进去。”

我们从侧门进去，我惊讶地发现，没了拥挤的宾客和聚餐会承办人，客厅竟然如此宽敞。霍兰和他的编辑伏在一张咖啡桌上，正在研究本周报纸拟采用的稿子。即便在他弟弟葬礼的日子，欧内斯特·霍兰仍管理着《诺斯蒙特刀锋报》。

“抱歉，打扰了。”我告诉他们，“警长和我想再看看泳池。”

“尽管看，休会关照你们的。”霍兰的目光再次回到他面前的文稿上，跟马克·托尔斯谈自己的意见。

他的妻子正在吧台后面给自己调酒。“他似乎不太关心他的兄弟。”警长评论道。

“他们不亲。”她说着，把杯子举到唇边，“你们又不是不知道。”

我突然转身，走到泳池边。直觉产生得如此之快，以至于我无法完全相信它。我必须想清楚，必须确定无疑。盯着泳池里几无涟漪的水面，我知道我是对的。我走回客厅，休·霍兰目不转睛地看着我。

“怎么了？你看起来好奇怪。”

我轻轻地润了润嘴唇。“我知道菲尔·霍兰是怎么死的了。我知道是谁干的了。”

“不是吧？”

“我确定。刚才我看到你把杯子举到唇边时，我就想到了。还记得那次聚餐时，我们在吃饭，你也是这样端着酒杯，喝了一口汤姆·柯林斯鸡尾酒，但之前你是用吸管喝的。”

她的丈夫和托尔斯停止了交谈，转而看向我们。伦斯警长不安地换了一个姿势，不知道接下来会发生什么。

“菲利普死后，马克把你的杯子和吸管从泳池里拿了出来。但你吃饭时并没用吸管，那吸管是从哪儿来的？它是怎么进到泳池的？”

她伸手抓起吧台下面的什么东西，然后跑向后门。我立刻追上了去。就在她跑到泳池边时，我拦腰搂住了她，掰开她攥着的手，抢过来一小瓶白色粉末。

“不要这样。”我猛地把她拽了回来，喘着气说，“这就是你杀死菲利普·霍兰的方法。”

在我解释事件事情的过程中，欧内斯特·霍兰的表情始终未变。他坐在沙发上，直愣愣地看着前方。也许他想起了自己小时候带给菲利普的痛苦，又或是成年后菲利普带给他的痛苦。

“要知道，这一切都取决于菲利普最初那次泳池魔术是如何变的。当我意识到休的酒杯掉入泳池，而她并没有用吸管时，我问自己：吸管是从哪里来的？我刚才也是这样问她的。我们看到马克捞起了酒杯和吸管，所以，在他潜入水里之前，它们是浮在水面上的。我在菲利普之后潜下去时，肯定没带吸管，所以，必定是菲利普带着的。在他死后，吸管浮上了水面。在水里，一根吸管意味着什么？任何男孩都能告诉你那是呼吸装置。你可以待在水下，用吸管呼吸而不被人发现。菲利普正是这样做的。当我们来到屋外，在池子附近坐下时，他已经在泳池里了，站在浅水区，脑袋刚好在水面以下。他靠在池边，用刚刚露出水面的吸管呼吸。从我们坐的地方看不见他，即使我走过去往里看，也没有看到他。因为他平贴在泳池壁上，而水面之上的那个几英寸的边檐也有助于他的隐藏。想要看到他，我得弯下腰，俯身直视水底，但我没有理由这么做。实际上，我记得我站的地方离池边还有一点距离。”

“他当时只穿着泳裤。”马克·托尔斯指出，“为什么我们没有看到那根吸管呢？”

“我想他把它塞在泳裤的松紧带下面了。它可能会被压扁一点，但仍然可以用来呼吸。”

等休·霍兰换好衣服，伦斯警长把她带了出来。看到她戴着手铐，欧内斯特很吃惊，他从座位上站了起来。“有这个必要吗，警长？”

“她刚才想在泳池自杀，霍兰先生。我们都不希望发生那样的事，是不是？”

“当然不希望。”他同意道，但没有正视他妻子的眼睛。

“这一切都是为了抢他哥哥的风头。”我继续说，“这事很幼稚，也许源于他童年的经历。当然，当有人要求菲利普反过来从泳池里消失时，他不得不尝试，尽管他知道如此一来，他就会露馅。从一个没有被彻底检查过并被认为没有人的泳池走出来是一回事，潜入泳池设法隐藏起来并用吸管呼吸则是另一回事。到那时，肯定会有人从边缘往下看，或者走到泳池另一边，那样立刻便会发现他。这一回合他指定会输，但他准备用另一种方式赢他哥哥，是不是，休？”

她转向我。“你好像什么都知道。”

“他向你要了第二根吸管，藏在泳裤的松紧带下。只是这次你给他的吸管上有氰化钾，它是水溶性粉末，湿润之后粘在了吸管的内壁。他潜入泳池，紧贴池壁站着，将吸管伸出水面，深吸一口气。不到一分钟，他就死了。”

“她为什么要这么做，医生？”伦斯警长问道。

“他为什么要跟她要一根吸管，以便表演一个会在她丈夫的聚会上抢她丈夫风头的把戏呢？她为什么害怕他接下来要做的事？我相信几年前菲利普住在这里的时候，她和菲利普偷过情，他正准备向欧内斯特幸灾乐祸地炫耀此事。休可不想因为菲利普想让她丈夫难堪而冒险失去一切。她宁愿杀了他，也不愿失去欧内斯特、这栋房子以及其他的一切。对不对，休？”

她盯着我和警长看，但没有看她的丈夫。“我在这里是不会说的。等去了你的办公室我再交代，警长。”

“吸管是关键。”我最后说，“她知道，如果发现吸管和他的尸体一起漂浮在泳池里，真相就会水落石出。她才因此假装晕倒，把酒杯掉进水里，这样我们就会认为吸管一定和酒杯一起掉进游泳池里的。”

马克·托尔斯第一次开口说话：“那她从哪儿弄的毒药？”

“摄影要用氰化钾。报社的暗房里可能有。她只须往她手上的小瓶里装一点。她可能是去看丈夫时弄的。我不知道最初她拿它何用，但她还是找到了它的用途。”

最终，她告诉伦斯警长，拿毒药是为了杀死在院子里挖洞的几只鼹鼠。为此，她把毒药放进了吸管里。当菲利普·霍兰跟她要一根吸管表演他的泳池魔术时，她不小心给了他一根有毒的吸管。

我怀疑整个州是否有陪审团会相信这种解释，即使这话出自休·霍兰这样迷人的女人。